水滸傳

册二

施耐庵 著

北京聯合出版公司

第十三回　急先鋒東郭争功　青面獸北京鬥武

古語有之：畫咸陽宫殿易，畫楚人一炬難；畫舳艫千里易，畫八月潮勢難。今讀《水滸》至東郭争功，其安得不謂之畫火畫潮第一絶筆也！夫梁中書之愛楊志，止爲生辰綱伏綫也，乃愛之而將以重大托之，定不得不先加意獨提掇之。于是傳令次日大小軍官都至教場比試，蓋其意止在周謹一分請受耳。今觀其略寫使槍，詳寫弓馬，亦可謂于教場中盡態極妍矣，而殊不知作者滔滔浩浩、莽莽蒼蒼之才，殊未肯已也。忽然階下左邊轉出一個索超，一時遂若連彼梁中書亦似出于意外也者。而于是于兩漢未曾交手之前，先寫梁中書着楊志好生披挂，又借自己好馬與他騎了。于是李成亦便叫索超去加倍分付，亦將自己披挂戰馬全副借與。當是時，兩人殊未嘗動一步出一色，而讀者心頭眼底已自异樣驚魂動魄，閃心摇膽。却又放下兩人，復寫梁中書走出月臺，特特增出一把銀葫蘆頂茶褐羅三檐凉傘，重放炮，重發擂，重是金鼓起，重是紅旗、黄旗、白旗、青旗招動，然後托出兩員好漢來。讀者至此，其心頭眼底，胡得不又爲之驚魂動魄，閃心摇膽！然而兩人固殊未嘗交手也。至于正文，衹用一句『戰到五十餘合不分勝負』，就此一句，半路按住，却重復寫梁中書看呆，衆軍官喝采，滿教場軍士們没一個不説，李成、聞達不住聲叫好鬥，使讀者口中自説滿教場人，而眼光自落在兩個好漢、兩匹戰馬、兩般兵器上。不惟書裏梁中書呆了，連書外看書的人也呆了，于是鳴金收軍而後，重復正寫一句兩個各要争功，那肯回馬。如此行文，真是畫火畫潮，天生絶筆，自有筆墨未有此文，自有此文未有此評。嗚呼，天下之樂，第一莫若讀書，讀書之樂，第一莫若讀《水滸》，即又何忍不公諸天下後世之酒邊燈下之快人恨人也！

如此一回大書，愚夫讀之，則以爲東郭争功，定是楊志分中一件驚天動地之事。殊不知止爲後文生辰綱要重托楊志，故從空結出兩層樓臺，以爲梁中書愛楊志地耳。故篇中凡寫梁中書加意楊志處，文雖少，是正筆，寫與周謹、索超比試處，文雖絢爛縱横，是閑筆。夫讀書而能識賓主旁正者，我將與之遍讀天下之書也。

看他齊臻臻地一教場人，後來發放了大軍，留下梁中書、衆軍官、索超、楊志，又發放了衆軍官，留下梁中書、索超、楊志，又發放了索超，留下梁中書、楊志。嗟乎！意在乎此矣。寫大風者曰：『始于青蘋之末』，『盛于土囊之口』。吾嘗謂其後當必重收到青蘋之末也。今梁中書、楊志，所謂青蘋之末，而教場比試，所謂土囊之口，讀者其何可以不察也。

話説當時周謹、楊志兩個勒馬，在于旗下，正欲出戰交鋒。祇見兵馬都監聞達喝道：『且住！』自上廳來稟復梁中書道：『復恩相：論這兩個比試武藝，雖然未見本事高低，槍刀本是無情之物，祇宜殺賊剿寇。今日軍中自家比試，恐有傷損，輕則殘疾，重則致命，此乃于軍不利。可將兩根槍去了槍頭，各用氈片包裹，地下蘸了石灰，再各上馬，都與皂衫穿着。但是槍杆厮搠，如白點多者當輸。』梁中書道：『言之極當。』隨即傳令下去。

兩個領了言語，向這演武廳後去了槍尖，都用氈片包了，縛成骨朵，身上各換了皂衫，各用槍去石灰桶裏蘸了石灰；再各上馬，出到陣前。楊志横槍立馬看那周謹時，果是弓馬熟閑。怎生結束？頭戴皮盔，皂衫籠着一副熟銅甲，下穿一對戰靴，系一條緋紅包肚，騎一匹鵝黄馬。那周謹躍馬挺槍直取楊志，這楊志也拍戰馬拈手中槍來戰周謹。兩個在陣前來來往往，翻翻復復，攪做一團，扭做一塊。鞍上人鬥人，坐下馬鬥馬。兩個鬥了四五十合。看周謹時，恰似打翻了豆腐的，斑斑點點，約有三五十處。看楊志時，祇有左肩胛上一點白。梁中書大喜，叫喚周謹上廳，看了迹道：『前官參你做個軍中副牌，量你這般武藝，如何南征北討，怎生做的正請受的副牌？教楊志替此人職役。』管軍兵馬都監李成上廳稟復梁中書道：『周謹槍法生疏，弓馬熟嫻。不爭把他來逐了職事，恐怕慢了軍心。再教周謹與楊志比箭如何？』梁中書道：『言之極當。』再傳下將令來，叫楊志與周謹比箭。

兩個得了將令，都扎了槍，各關了弓箭。楊志就弓袋内取出那張弓來，扣得端正，擎了弓，跳上馬，跑到廳前，立在馬上，欠身稟復道：『恩相，弓箭發處，事不容情，恐有傷損，乞請鈞旨。』梁中書道：『武夫比試，何慮傷殘，但有本事，射死勿論。』楊志得令，回到陣前。李成傳下言語，叫兩個比箭好漢，各關與一面遮箭牌，防護身體。兩個各領了遮箭防牌，綰在臂上。楊志道：『你先射我三箭，後却還你三箭。』周謹聽了，恨不得把楊志一箭射個透明。楊志終是個軍官出身，識破了他手段，全不把他爲事。怎見的兩個比試？

一個天姿英發，一個鋭氣豪强。一個曾向山中射虎，一個慣從風裏穿楊。彀滿處兔狐喪命，箭發時雕鶚魂傷。較藝術當場比并，施手段對衆揄揚。一個磨鍬解實難抵當，一個閃身解不可提防。頃刻内要觀勝負，霎時間要見存亡。雖然兩個降龍手，必定其中有一强。

當時將臺上早把青旗麾動。楊志拍馬望南邊去。周謹縱馬趕來，將繮繩搭在馬鞍鞽上，左手拿着弓，右手搭上箭，拽得滿滿地，望楊志後心颼地一箭。楊志聽得背後弓弦響，霍地一閃，去鐙裏藏身，那枝箭早射個空。周謹見一箭射不着，却早慌了。再去壺中急取第二枝箭來，搭上弓弦，覷的楊志較親，望後心再射一箭。楊志聽得第二枝箭來，却不去鐙裏藏身。那枝箭風也似來，楊志那時也取弓在手，用弓梢祇一撥，那枝箭滴溜溜撥下草地裏去了。周謹見第二枝箭又射不着，心裏越慌。楊志的馬早跑到教場盡頭，霍地把馬一兜，那馬便轉身望正廳上走回來。周謹也把馬祇一勒，那馬也跑回，就勢裏趕將來。去那緑茸茸芳草地上，八個馬蹄翻盞撒鈸相似，勃喇喇地風團兒也似般走。周謹再取第三枝箭，搭在弓弦上，扣得滿滿地，盡平生氣力，眼睁睁地看着楊志後心窩上，祇一箭射將來。楊志聽得弓弦響，扭回身，就鞍上把那枝箭祇一綽，綽在手裏，便縱馬入演武廳前，撇下周謹的箭。

梁中書見了大喜，傳下號令，却叫楊志也射周謹三箭。將臺上又把青旗麾動。周謹撇了弓箭，拿了防牌在手，拍馬望南而走。楊志在馬上把腰祇一縱，略將脚一拍，那馬潑喇喇的便趕。楊志先把弓虚扯一扯。周謹在馬上聽得腦後弓弦響，扭轉身來，便把防牌來迎，却早接個空。周謹尋思道：『那厮祇會使槍，不會射箭。等我待他第二枝箭再虚詐時，我便喝住了他，便算我贏了。』周謹的馬早到教場南盡頭，那馬便轉望演武廳來。楊志的馬見周謹馬跑轉來，那馬也便回身。楊志早去壺中掣出一枝箭來，搭在弓弦上，心裏想道：『射中他後心窩，必至傷了他性命。他和我又没冤仇，灑家祇射他不致命處便了。』左手如托泰山，右手如抱嬰孩，弓開如滿月，箭去似流星。説時遲，那時快，一箭正中周謹左肩。周謹措手不及，翻身落馬。那匹空馬直跑過演武廳背後去了。衆軍卒自去救那周謹去了。梁中書見了大喜，叫軍政司便呈文案來，教楊志截替了周謹職役。

楊志喜氣洋洋，下了馬，便向廳前來拜謝恩相，充其職役。祇見階下左邊轉上一個人來，叫道：『休要謝職！我和你兩個比試。』楊志看那人時，身材凛凛，七尺以上長短，面圓耳大，唇闊口方，腮邊一部落腮胡鬚，威風凛凛，相貌堂堂，直到梁中書面前聲了喏，禀道：『周謹患病未痊，精神不在，因此誤輸與楊志。小將不才，願與楊志比試武藝。如若小將折半點便宜與楊志，休教截替周謹，便教楊志替了小將職役，雖死而不怨。』梁中書看時，不是别人，却是大名府留守司正牌軍索超。爲是他性急，撮鹽入火，爲國家面上祇要争氣，當先厮殺，以此人都叫他做急先鋒。李成聽得，便下將臺來，直到廳前禀復道：『相公，這楊志既是殿司制使，必然好武藝。雖和周謹不是對手，正好與索正牌比試武藝，便見優劣。』梁中書聽了，心中想道：『我指望一力要抬舉楊志，衆將不伏。一發等他贏了索超，他們也死而無怨，却無話説。』

梁中書隨即唤楊志上廳問道：『你與索超比試武藝如何？』楊志禀道：『恩相將令，安敢有違。』梁中書道：『既然如此，你去廳後换了裝束，好生披挂。』教甲仗庫隨行官吏，取應用軍器給與，就叫：『牽我的戰馬，借與楊志騎。小心在意，休覷得等閑。』楊志謝了，自去結束。

却説李成分付索超道：『你却難比别人，周謹是你徒弟，先自輸了。你若有些疏失，吃他把大名府軍官都看得輕了。我有一匹慣曾上陣的戰馬并一副披挂，都借與你。小心在意，休教折了鋭氣！』索超謝了，也自去結束。

梁中書起身，走出階前來。從人移轉銀交椅，直到月臺欄干邊放下。梁中書坐定。左右祇候兩行。唤打傘的撐開那把銀葫蘆頂茶褐羅三檐涼傘來蓋定在梁中書背後。將臺上傳下將令，早把紅旗招動。兩邊金鼓齊鳴，發一通擂。去那教場中兩陣內各放了個炮。炮響處，索超跑馬入陣內藏在門旗下。楊志也從陣裏跑馬入軍中，直到門旗背後。將臺上又把黃旗招動，又發了一通擂。兩軍齊吶一聲喊。教場中誰敢做聲，靜蕩蕩的。再一聲鑼響，扯起淨平白旗。兩下衆官沒一個敢走動胡言說話，靜靜地立着。

將臺上又把青旗招動。衹見第三通戰鼓響處，去那左邊陣内門旗下，看看分開。鸞鈴響處，正牌軍索超出馬，直到陣前兜住馬，拿軍器在手，果是英雄。怎生打扮？但見：

頭戴一頂熟銅獅子盔，腦後斗大來一顆紅纓；身披一副鐵葉攢成鎧甲，腰系一條鍍金獸面束帶，前後兩面青銅護心鏡；上籠着一領緋紅團花袍，上面垂兩條綠絨縷領帶；下穿一雙斜皮氣跨靴。左帶一張弓，右懸一壺箭，手裏橫着一柄金蘸斧。坐下李都監那匹慣戰能征雪白馬。

看那匹馬時，又是一匹好馬。但見：

兩耳如同玉箸，雙睛凸似金鈴。色按庚辛，仿佛南山白額虎；毛堆膩粉，如同北海玉麒麟。衝得陣，跳得溪，喜戰鼓性如君子；負得重，走得遠，慣嘶風必是龍媒。勝如伍相梨花馬，賽過秦王白玉駒。

左陣上急先鋒索超兜住馬，掗着金蘸斧，立馬在陣前。右邊陣内門旗下，看看分開。鸞鈴響處，楊志提手中槍出馬，直至陣前，勒住馬，橫着槍在手，果是勇猛。怎生結束？但見：

頭戴一頂鋪霜耀日鑌鐵盔，上撒着一把青纓；身穿一副鈎嵌梅花榆葉甲，系一條紅絨打就勒甲絛，前後獸面掩心；上籠着一領白羅生色花袍，垂着條紫絨飛帶；脚登一雙黄皮襯底靴。一張皮靶弓，數根鑿子箭，手中挺着渾鐵點鋼槍。騎的是梁中書那匹火塊赤千里嘶風馬。

看時，又是一匹無敵的好馬。但見：

鬃分火焰，尾擺朝霞。渾身亂掃胭脂，兩耳對攢紅葉。侵晨臨紫塞，馬蹄迸四點寒星；日暮轉沙堤，就地滾一團火塊。休言火德神駒，真乃壽亭赤兔。疑是南宮來猛獸，渾如北海出驪龍。

右陣上青面獸楊志，捻手中槍，勒坐下馬，立于陣前。兩邊軍將暗暗地喝采。雖不知武藝如何，先見威風出衆。正南上旗牌官拿着銷金令字旗，驟馬而來，喝道：「奉相公鈞旨，教你兩個俱各用心。如有虧誤處，定行責罰。若是贏時，多有重賞。」二人得令，縱馬出陣，都到教場中心。兩馬相交，二般兵器并舉。索超忿怒，輪手中大斧，拍馬來戰楊志。楊志逞威，拈手中神槍，來迎索超。兩個在教場中間，將臺前面，二將相交，各賭平生本事。一來一往，一去一回，四條臂膊縱橫，八隻馬蹄撩亂。但見：

征旗蔽日，殺氣遮天。一個金蘸斧直奔頂門，一個渾鐵槍不離心坎。這個是扶持社稷，毗沙門托塔李天王；那個是整頓江山，掌金闕天蓬大元帥。一個槍尖上吐一條火焰，一個斧刃中迸幾道寒光。那個是七國中袁達重生，這個是三分内張飛出世。一個似巨靈神忿怒，揮大斧劈碎西華山；一個如華光藏生嗔，仗金槍搠透鎖魔關。這個圓彪彪睜開雙眼，肐查查斜砍斧頭來；那個必剝剝咬碎牙關，火焰焰搖得槍杆斷。這個弄精神，不放些兒空；那個覷破綻，安容半點閑。

當下楊志和索超兩個鬥到五十餘合，不分勝敗。月臺上梁中書看得呆了。兩邊衆軍官看了，喝采不迭。陣面上軍士們遞相厮覷道：「我們做了許多年軍，也曾出了幾遭征，何曾見這等一對好漢厮殺！」李成、聞達在將臺上不住聲叫道：「好鬥！」聞達心裏衹恐兩個内傷了一個，慌忙招呼旗牌官拿着令字旗，與他分了。將臺上忽的一聲鑼響，楊志和索超鬥到是處，各自要爭功，那裏肯回馬。旗牌官飛來叫道：「兩個好漢歇了，相公有令。」楊志、索超方才收了手中軍器，勒坐下馬，各跑回本陣來。立馬在旗下，看那梁中書，衹等將令。李成、聞達下將臺來，直到月臺下禀復梁中書道：「相公，據這兩個武藝一般，皆可重用。」梁中書大喜，傳下將令，

叫喚楊志、索超。旗牌官傳令，喚兩個到廳前，都下了馬，小校接了二人的軍器。兩個都上廳來，躬身聽令。梁中書叫取兩錠白銀，兩副表裏來，賞賜二人。就叫軍政司將兩個都升做管軍提轄使，便叫貼了文案，從今日便參了他兩個。索超、楊志都拜謝了梁中書，將着賞賜下廳來。解了槍刀弓箭，卸了頭盔衣甲，換了衣裳。索超也自去了披挂，換了錦襖。都上廳來，再拜謝了衆軍官，入班做了提轄。衆軍卒打着得勝鼓，把着那金鼓旗先散。

梁中書和大小軍官，都在演武廳上筵宴。看看紅日沉西，筵席已罷，衆官皆歡。梁中書上了馬，衆官員都送歸府。馬頭前擺着這兩個新參的提轄，上下肩都騎着馬，頭上都帶着花紅，迎入東郭門來。兩邊街道扶老攜幼，都看了歡喜。梁中書在馬上問道：『你那百姓歡喜爲何，莫非哂笑下官？』衆老人都跪下禀道：『老漢等生在北京，長在大名府，不曾見今日這等兩個好漢將軍比試。今日教場中看了這般敵手，如何不歡喜！』梁中書在馬上聽了大喜。回到府中，衆官各自散了。索超自有一班弟兄，請去作慶飲酒。楊志新來，未有相識，自去梁府宿歇，早晚殷勤，聽候使喚。都不在話下。

且把這閑話丢過，衹説正話。自東郭演武之後，梁中書十分愛惜楊志，早晚與他并不相離。月中又有一分請受，自漸漸地有人來結識他。那索超見了楊志手段高强，心中也自欽伏。不覺光陰迅速，又早春盡夏來，時逢端午，蕤賓節至。梁中書與蔡夫人在堂家宴，慶賀端陽。但見：

盆栽綠艾，瓶插紅榴。水晶簾卷蝦鬚，錦綉屏開孔雀。菖蒲切玉，佳人笑捧紫霞杯；角黍堆金，美女高擎青玉案。食烹异品，果獻時新。弦管笙簧，奏一派聲清韵美；綺羅珠翠，擺兩行舞女歌兒。當筵象板撒紅牙，遍體舞裙拖錦綉。消遣壺中閑日月，遨游身外醉乾坤。

當日梁中書正在後堂與蔡夫人家宴，慶賞端陽。酒至數杯，食供兩套，衹見蔡夫人道：『相公自從出身，今日爲一統帥，掌握國家重任。這功名富貴從何而來？』梁中書道：『世杰自幼讀書，頗知經史。人非草木，豈不

第十四回　赤髮鬼醉臥靈官殿　晁天王認義東溪村

一部書共計七十回，前後凡叙一百八人，而晁蓋則其提綱挈領之人也。晁蓋提綱挈領之人，則應下筆第一回便與先叙。先叙晁蓋已得停當，然後從而因事造景，次第叙出一百八個人來，此必然之事也。乃今上文已放去一十二回，到得晁蓋出名，書已在第十三回。我因是而想：有有全書在胸而始下筆著書者，有無全書在胸而姑涉筆成書者。如以晁蓋爲一部提綱挈領之人，而欲第一回便先叙起，此所謂無全書在胸而姑涉筆成書者也；若既已以晁蓋爲一部提綱挈領之人，而又不得不先放去一十二回，直至第十三回方與出名，此所謂捫有全書在胸而後下筆著書者也，夫欲有全書在胸而後下筆著書，此其以一部七十回一百有八人輪回叠于眉間心上，夫豈一朝一夕而已哉！觀鴛鴦而知金針，讀古今之書而能識其經營，予日欲得見斯人矣。

加亮初出草廬第一句曰：『人多做不得，人少亦做不得。』至哉言乎！雖以治天下，豈復有遺論哉！然而人少做不得一語，人固無賢無愚，無不能知之也。若夫人多亦做不得一語，則無賢無愚，未有能知之者也。嗚呼！君不密則失臣，臣不密則失身，豈惟民可使由，不可使知。周禮建官三百六十，實惟使由，不使知之屬也。樞機之地，惟是二三公孤得與聞之。人多做不得，豈非王道治天下之要論耶，惡可以其稗官之言也而忽之哉！

一部書一百八人，聲色爛然，而爲頭是晁蓋先説做下一夢。嗟呼，可以悟矣。夫羅列此一部書一百八人之事迹，豈不有哭，有笑，有贊，有罵，有讓，有奪，有成，有敗，有俯首受辱，有提刀報仇，然而爲頭先説是夢，則知無一而非夢也。大地夢國，古今夢影，榮辱夢事，衆生夢魂，豈惟一部書一百八人而已。盡大千世界無不同在一局，求其先覺者，自大雄氏以外無聞矣。真蕉假鹿，紛然成訟，長夜漫漫，胡可勝嘆！

話説當時雷橫來到靈官殿上，見了這條大漢睡在供桌上，衆土兵上前，把條索子綁了，捉離靈官殿來。天色却早是五更時分。雷橫道：『我們且押這廝去晁保正莊上，討些點心吃了，却解去縣裏取問。』一行衆人却都奔這保正莊上來。

原來那東溪村保正，姓晁名蓋，祖是本縣本鄉富户，平生仗義疏財，專愛結識天下好漢。但有人來投奔他的，不論好歹，便留在莊上住。若要去時，又將銀兩賫助他起身。最愛刺槍使棒，亦自身强力壯，不娶妻室，終日祇是打熬筋骨。鄆城縣管下東門外有兩個村坊，一個東溪村，一個西溪村，祇隔着一條大溪。當初這西溪村常常有鬼，白日迷人下水在溪裏，無可奈何。忽一日，有個僧人經過，村中人備細説知此事。僧人指個去處，教用青石鑿個寶塔，放于所在，鎮住溪邊。其時西溪村的鬼，都趕過東溪村來。那時晁蓋得知了大怒，從溪裏走將過去，把青石寶塔獨自奪了過來東溪邊放下。因此人皆稱他做托塔天王。晁蓋獨霸在那村坊，江湖上都聞他名字。

却早雷橫并土兵押着那漢，來到莊前敲門。莊裏莊客聞知，報與保正。此時晁蓋未起，聽得報是雷都頭到來，慌忙叫開門。莊客開得莊門，衆土兵先把那漢子吊在門房裏。雷橫自引了十數個爲頭的人，到草堂上坐下。晁蓋起來接待，動問道：『都頭有甚公幹到這裏？』雷橫答道：『奉知縣相公鈞旨，着我與朱仝兩個引了部下土兵，分投下鄉村各處巡捕賊盗。因走得力乏，欲得少歇，徑投貴莊暫息。有驚保正安寢。』晁蓋道：『這個何礙。』一面教莊客安排酒食管待，先把湯來吃。晁蓋動問道：『敝村曾拿得個把小賊麽？』雷橫道：『却才前面靈官殿上，有個大漢睡着在那裏。我看那厮不是良善君子，一定是醉了，就便睡着。我們把索子縛綁了。本待便解去縣裏見官，一者忒早些，二者也要教保正知道，恐日後父母官問時，保正也好答應。現今吊在貴莊門房裏。』晁蓋聽了，記在心，稱謝道：『多虧都頭見報。』少刻莊客捧出盤饌酒食。晁蓋喝道：『此間不好説話，不如去後廳軒下少坐。』便叫莊客裏面點起燈燭，請都頭到裏面酌杯。晁蓋坐了主位，雷橫坐了客席。兩個坐定，莊客鋪下果品案酒，菜蔬盤饌。莊客一面篩酒，晁蓋又叫置酒與土兵衆人吃。莊客請衆人，都引去廊下客位裏管待。大盤酒肉，祇管教衆人吃。晁蓋一頭相待雷橫吃酒，一面自肚裏尋思：『村中有甚小賊吃他拿了，我且自去看是誰？』相陪吃了五七杯酒，便叫家裏一個主管出來，『陪奉都頭坐一坐，我去浄了手便來。』

那主管陪侍着雷横吃酒。晁蓋却去裏面拿了個燈籠，徑來門樓下看時，土兵都去吃酒，没一個在外面。晁蓋便問看門的莊客：『都頭拿的賊吊在那裏？』莊客道：『在門房裏關着。』晁蓋去推開門，打一看時，衹見高高吊起那漢子在裏面，露出一身黑肉，下面抓扎起兩條黑魆魆毛腿，赤着一雙脚。晁蓋把燈照那人臉時，紫黑闊臉，鬢邊一搭朱砂記，上面生一片黑黄毛。晁蓋便問道：『漢子，你是那裏人？我村中不曾見有你。』那漢道：『小人是遠鄉客人，來這裏投奔一個人，却把我來拿做賊，我須有分辨處。』晁蓋道：『你來我這村中投奔誰？』那漢道：『我來這村裏投奔一個好漢。』晁蓋道：『這好漢叫做什麽？』那漢道：『他唤做晁保正。』晁蓋道：『你却尋他有甚勾當？』那漢道：『他是天下聞名的義士好漢，如今我有一套富貴來與他説知，因此而來。』晁蓋道：『你且住，衹我便是晁保正。却要我救你，你衹認我做娘舅之親。少刻我送雷都頭那人出來時，你便叫我做阿舅，我便認你做外甥。衹説四五歲離了這裏，今番來尋阿舅，因此不認得。』那漢道：『若得如此救護，深感厚恩。義士提携則個！』正是：

黑甜一枕古祠中，被捉高懸草舍東。却是劉唐未應死，解圍晁蓋有奇功。

且説晁蓋提了燈籠，自出房來，仍舊把門拽上，急入後廳來見雷横，説道：『甚是慢客。』雷横道：『且是多多相擾，理甚不當。』兩個又吃了數杯酒，衹見窗子外射入天光來。雷横道：『東方動了，小人告退，好去縣畫卯。』晁蓋道：『都頭官身，不敢久留。若再到敝村公幹，千萬來走一遭。』雷横道：『却得再來拜望，不須保正分付。請保正免送。』晁蓋道：『却罷，也送到莊門口。』

兩個同走出來，那伙土兵衆人，都得了酒食，吃得飽了，各自拿了槍棒，便去門房裏解了那漢，背剪縛着帶出門外。晁蓋見了，説道：『好條大漢！』雷横道：『這厮便是靈官廟裏捉的賊。』説猶未了，衹見那漢叫一聲：『阿舅，救我則個！』晁蓋假意看他一看，喝問道：『兀的這厮不是王小三麽？』那漢道：『我便是，阿舅救我。』衆人吃了一驚。雷横便問晁蓋道：『這人是誰？如何却認得保正？』晁蓋道：『原來是我外甥王小三。這厮如何却在廟裏歇？乃是家姐的孩兒，從小在這裏過活，四五歲時隨家姐夫和家姐上南京去住，一去了十數年。這厮十四五歲又來走了一遭，跟個本京客人來這裏販棗子，向後再不曾見面。多聽得人説，這厮不成器。如何却在這裏？小可本也認他不得，爲他鬢邊有這一搭朱砂記，因此影影認得。』晁蓋喝道：『小三！你如何不徑來見我，却去村中做賊？』那漢叫道：『阿舅！我不曾做賊！』晁蓋喝道：『你既不做賊，如何拿你在這裏？』奪過土兵手裏棍棒，劈頭劈臉便打。雷横并衆人勸道：『且不要打，聽他説。』那漢道：『阿舅息怒，且聽我説。自從十四五歲時來走了這遭，如今不是十年了？昨夜路上多吃了一杯酒，不敢來見阿舅。權去廟裏睡得醒了，却來尋阿舅。不想被他們不問事由，將我拿了。却不曾做賊。』晁蓋拿起棍來又要打，口裏罵道：『畜生！你却不徑來見我，且在路上貪噇這口黄湯。我家中没得與你吃，辱没殺人！』雷横勸道：『保正息怒，你令甥本不曾做賊。我們見他偌大一條大漢，在廟裏睡得蹊蹺，亦且面生，又不認得，因此設疑，捉了他來這裏。若早知是保正的令甥，定不拿他。』唤土兵：『快解了綁縛的索子，放還保正。』衆土兵登時解了那漢。雷横道：『保正休怪！早知是令甥，不致如此。甚是得罪！小人們回去。』晁蓋道：『都頭且住，請入小莊，再有話説。』

雷横放了那漢，一齊再入草堂裏來。晁蓋取出十兩花銀，送與雷横道：『都頭休嫌輕微，望賜笑留。』雷横道：『不當如此。』晁蓋道：『若是不肯收受時，便是怪小人。』雷横道：『既是保正厚意，權且收受。改日却得報答。』晁蓋叫那漢拜謝了雷横。晁蓋又取些銀兩賞了衆土兵，再送出莊門外。雷横相别了，引着土兵自去。

晁蓋却同那漢到後軒下，取幾件衣裳與他换了，取頂頭巾與他戴了，便問那漢姓甚名誰，何處人氏。那漢道：『小人姓劉名唐，祖貫東潞州人氏。因這鬢邊有這搭朱砂記，人都唤小人做赤髮鬼。特地送一套富貴來與保正哥哥。昨夜晚了，因醉倒在廟裏，不想被這厮們捉住，綁縛了來。正是：有緣千里來相會，無緣對面不相逢。今日幸得到此，哥哥坐定，受劉唐四拜。」拜罷，晁蓋道：「你且說送一套富貴與我，見在何處？」

劉唐道：「小人自幼飄蕩江湖，多走途路，專好結識好漢。往往多聞哥哥大名，不期有緣得遇。曾見山東、河北做私商的，多曾來投奔哥哥，因此劉唐敢說這話。這裏别無外人，方可傾心吐膽對哥哥說。」晁蓋道：「這裏都是我心腹人，但說不妨。」劉唐道：「小弟打聽得北京大名府梁中書，收買十萬貫金珠寶貝玩器等物，送上東京與他丈人蔡太師慶生辰。去年也曾送十萬貫金珠寶貝，來到半路裏，不知被誰人打劫了，至今也無捉處。今年又收買十萬貫金珠寶貝，早晚安排起程，要趕這六月十五日生辰。小弟想此是一套不義之財，取之何礙。便可商議個道理，去半路上取了。天理知之，也不爲罪。聞知哥哥大名，是個真男子，武藝過人。小弟不才，頗也學得本事。休道三五個漢子，便是一二千軍馬隊中，拿條槍也不懼他。倘蒙哥哥不弃時，獻此一套富貴。不知哥哥心内如何？」晁蓋道：「壯哉！且再計較。你既來這裏，想你吃了些艱辛，且去客房裏將息少歇。暫且待我從長商議。來日説話。」晁蓋叫莊客引劉唐廊下客房裏歇息。莊客引到房中，也自去幹事了。

且說劉唐在房裏尋思道：「我着甚來由苦惱這遭，多虧晁蓋完成，解脱了這件事。衹叵奈雷横那厮，平白騙了晁保正十兩銀子，又吊我一夜。想那厮去未遠，我不如拿了條棒趕上去，齊打翻了那厮們，却奪回那銀子，送還晁蓋，他必然敬我。此計大妙。」劉唐便出房門，去槍架上拿了一條樸刀，便出莊門，大踏步投南趕來。此時天色已明。但見：

北斗初横，東方漸白。天涯曙色才分，海角殘星暫落。金鷄三唱，喚佳人傅粉施朱；寶馬頻嘶，催行客爭名競利。牧童樵子離莊，牝牡牛羊出圈。幾縷曉霞横碧漢，一輪紅日上扶桑。

這赤髮鬼劉唐挺着樸刀，趕了五六里路，却早望見雷横引着土兵，慢慢地行將去。劉唐趕上來，大喝一聲：「兀那都頭不要走！」

雷横吃了一驚，回過頭來，見是劉唐拈着樸刀趕來。雷横慌忙去土兵手裏，奪條樸刀拿着，喝道：「你那厮趕將來做什麽？」劉唐道：「你曉事的，留下那十兩銀子還了我，我便饒了你。」雷横道：「是你阿舅送我的，干你甚事！我若不看你阿舅面上，直結果了你這厮性命。剗地問我取銀子！」劉唐道：「我須不是賊，你却把我吊了一夜，又騙我阿舅十兩銀子。是會的將來還我，佛眼相看。你若不還，我叫你目前流血。」雷横大怒，指着劉唐大罵道：「辱門敗户的謊賊，怎敢無禮！」劉唐道：「你那詐害百姓的腌臢潑才，怎敢罵我！」雷横又罵道：「賊頭賊臉賊骨頭，必然要連累晁蓋。你這等賊心賊肝，我行須使不得！」劉唐大怒道：「我來和你見個輸贏。」拈着樸刀，直奔雷横。雷横見劉唐趕上來，呵呵大笑，挺手中樸刀來迎。兩個就大路上厮并。但見：

雲山顯翠，露草凝珠。天色初明林下，曉烟才起村邊。一來一往，似鳳翻身；一撞一衝，如鷹展翅。一個照搠盡依良法，一個遮攔自有悟頭。這個丁字脚，搶將入來；那個四换頭，奔將進去。兩句道：雖然不上凌烟閣，衹此堪描入畫圖。

當時雷横和劉唐就路上鬥了五十餘合，不分勝敗。衆土兵見雷横贏不得劉唐，却待都要一齊上并他，衹見側首籬門開處，一個人掣兩條銅鏈，叫道：「你們兩個好漢且不要鬥！我看了多時，權且歇一歇，我有話說。」便把銅鏈就中一隔。兩個都收住了樸刀，跳出圈子外來，立住了脚。看那人時，似秀才打扮，戴一頂桶子樣抹眉梁頭巾，穿一領皂沿邊麻布寬衫，腰系一條茶褐鑾帶，下面絲鞋净襪，生得眉清目秀，面白須長。這秀才乃是智多星吴用，表字學究，道號加亮先生，祖貫本鄉人氏。曾有一首《臨江仙》，贊吴用的好處：

萬卷經書曾讀過，平生機巧心靈，六韜三略究來精。胸中藏戰將，腹内隱雄兵。謀略敢欺諸葛亮，陳平豈敵才能，略施小計鬼神驚。名稱吴學究，人號智多星。

當時吴用手提銅鏈，指着劉唐叫道：「那漢且住！你因甚和都頭爭執？」劉唐光着眼看吴用道：「不干你秀才事。』雷橫便道：『教授不知，這廝夜來赤條條地睡在靈官殿裏，被我們拿了這廝帶到晁保正莊上，原來却是保正的外甥。看他母舅面上，放了他。晁天王請我們吃酒了，送些禮物與我。這廝瞞了他阿舅，直趕到這裏問我取。你道這廝大膽麼？』吳用尋思道：『晁蓋與我都是自幼結交，但有些事，便和我相議計較。他的親眷相識，我都知道，不曾見有這個外甥。亦且年甲也不相登，必有些蹺蹊。我且勸開了這場鬧，却再問他。』吳用便道：『大漢休執迷。你的母舅與我至交，又和這都頭亦過得好。他便送些人情與這都頭，你却來討了，也須壞了你母舅面皮。且看小生面，我自與你母舅說。』劉唐道：『秀才，你不省得這個。不是我阿舅甘心與他，他詐取了我阿舅的銀兩。若是不還我，誓不回去。』雷橫道：『祇除是保正自來取，便還他。却不還你。』劉唐道：『你屈冤人做賊，詐了銀子，怎地不還？』雷橫道：『不是你的銀子，不還，不還，不還！』劉唐道：『你不還，祇除問得我手裏樸刀肯便罷。』吳用又勸：『你兩個門了半日，又没輸贏，祇管門到幾時是了。』劉唐道：『他不還我銀子，直和他拼個你死我活便罷。』雷橫大怒道：『我若怕你，添個土兵來并你，也不算好漢。我自好歹搠翻你便罷。』劉唐大怒，拍着胸前叫道：『不怕，不怕！』便趕上來。這邊雷橫便指手劃脚，也趕攏來。兩個又要廝并。這吳用橫身在裏面勸，那裏勸得住。劉唐拈着樸刀，祇待鑽將過來。雷橫口裏千賊萬賊駡，挺起樸刀，正待要鬥。祇見衆土兵指道：『保正來了。』

劉唐回身看時，祇見晁蓋披着衣裳，前襟攤開，從大路上趕來，大喝道：『畜生不得無禮！』那吳用大笑道：『須是保正自來，方才勸得這場鬧。』晁蓋趕得氣喘，問道：『怎的趕來這裏鬥樸刀？』雷橫道：『你的令甥拿着樸刀趕來，問我取銀子。小人道不還你，我自送還保正，非干你事。他和小人鬥了五十合。教授解勸在此。』晁蓋道：『這畜生！小人并不知道，都頭看小人之面請回，自當改日登門陪話。』雷橫道：『小人也知那廝胡爲，不與他一般見識。又勞保正遠出。』作別自去，不在話下。

且說吳用對晁蓋說道：『不是保正自來，幾乎做出一場大事。這個令甥端的非凡，是好武藝。小生在籬笆裏看了，這個有名慣使樸刀的雷都頭，也敵不過，祇辦得架隔遮攔。若再鬥幾合，雷橫必然有失性命，因此小生慌忙出來間隔了。這個令甥從何而來？往常時，莊上不曾見有。』晁蓋道：『却待正要來請先生到敝莊商議句話，正欲使人來，祇是不見了他，槍架上樸刀又没尋處。祇見牧童報說：「一個大漢，拿條樸刀，望南一直趕去。」我慌忙隨後追得來，早是得教授諫勸住了。請尊步同到敝莊，有句話計較計較。』那吳用還至書齋，挂了銅鍾在書房裏，分付主人家道：『學生來時，說道先生今日有幹，權放一日假。』拽上書齋門，將鎖鎖了，一同晁蓋、劉唐，直到晁家莊上。晁蓋竟邀入後堂深處，分賓而坐。

吳用問道：『保正，此人是誰？』晁蓋道：『江湖上好漢，此人姓劉名唐，是東潞州人氏。因有一套富貴，特來投奔我。夜來他醉卧在靈官廟裏，却被雷橫捉了，拿到我莊上。我因認他做外甥，方得脱身。他說有北京大名府梁中書，收買十萬貫金珠寶貝，送上東京與他丈人蔡太師慶生辰，早晚從這裏經過。此等不義之財，取之何礙！他來的意，正應我一夢。我昨夜夢見北斗七星，直墜在我屋脊上。斗柄上另有一顆小星，化道白光去了。我想星照本家，安得不利？今早正要求請教授商議，不想又是這一套。此一件事若何？』吳用笑道：『小生見劉兄趕得來蹺蹊，也猜個七八分了。此一事却好。祇是一件，人多做不得，人少又做不得。宅上空有許多莊客，一個也用不得。如今祇有保正、劉兄、小生三人，這件事如何團弄？便是保正與兄十分了得，也擔負不下這段事。須得七八個好漢方可，多也無用。』晁蓋道：『莫非要應夢之星數？』吳用便道：『兄長這一夢不凡，也非同小可。莫非北地上再有扶助的人來？』吳用尋思了半晌，眉頭一縱，計上心來。說道：『有了，有了！』晁蓋道：『先生既有心腹好漢，可以便去請來，成就這件事。』吳用不慌不忙，迭兩個指頭，言無數句，話不一席，有分教：蘆花叢裏泊戰船，却似打魚船；荷葉鄉中聚義漢，翻爲真好漢。正是：指麾說地談天口，來誘拿雲捉霧人。

畢竟智多星吳用說出什麼人來，且聽下回分解。

第十五回　吳學究說三阮撞籌　公孫勝應七星聚義

《水滸》之始也始于石碣，《水滸》之終也終于石碣。石碣之爲言一定之數固也。然前乎此者之石碣，蓋托始之例也。若《水滸》之一百八人，則自有其始也。一百八人自有其始，則又宜何所始？其必始于石碣矣。故讀阮氏三雄，而至石碣村字，則知一百八人之入《水滸》，斷自此始也。

阮氏之言曰：『人生一世，草生一秋。』嗟乎！意盡乎言矣。夫人生世間，以七十年爲大凡，亦可謂至暫也。乃此七十年也者，又夜居其半，日僅居其半焉。抑又不寧惟是而已，在十五歲以前，蒙無所識知，則猶擲之也。至于五十歲以後，耳目漸廢，腰髖不隨，則亦不如擲之也。中間僅僅三十五年，而風雨占之，疾病占之，憂慮占之，飢寒又占之，然則如阮氏所謂論秤稱金銀，成套穿衣服，大碗吃酒，大塊吃肉者，亦有幾日乎耶！而又況乎有終其身曾不得一日也者！故作者特于三阮名姓，深致嘆焉，曰『立地太歲』，曰『活閻羅』，中間則曰『短命二郎』。嗟乎！生死迅疾，人命無常，富貴難求，從吾所好，則不著書，其又何以爲活也！

加亮說阮，其曲折迎送人所能也，其漸近即縱之，既縱即又另起一頭，復漸漸逼近之，真有如諸葛之于孟獲者，此定非人之所能也。故讀說阮一篇，當玩其筆頭落處，不當隨其筆尾去處，蓋讀稗史亦有法矣。

話說當時吳學究道：『我尋思起來，有三個人，義膽包身，武藝出衆，敢赴湯蹈火，同死同生，義氣最重。祇除非得這三個人，方才完得這件事。』晁蓋道：『這三個却是什麽樣人？姓甚名誰？何處居住？』吳用道：『這三個人是弟兄三個，在濟州梁山泊邊石碣村住，日常祇打魚爲生，亦曾在泊子裏做私商勾當。本身姓阮，弟兄三人，一個喚做立地太歲阮小二，一個喚做短命二郎阮小五，一個喚做活閻羅阮小七。這三個是親弟兄，最有義氣。小生舊日在那裏住了數年，與他相交時，他雖是個不通文墨的人，爲見他與人結交，真有義氣，是個好男子，因此和他來往。今已二三年有餘，不曾相見。若得此三人，大事必成。』晁蓋道：『我也曾聞這阮家三弟兄的名字，祇

不曾相會。石碣村離這裏祇有百十里以下路程，何不使人請他們來商議？』吳用道：『着人去請，他們如何肯來。小生必須自去那裏，憑三寸不爛之舌，說他們入伙。』晁蓋大喜道：『先生高見，幾時可行？』吳用答道：『事不宜遲，祇今夜三更便去，明日晌午可到那裏。』晁蓋道：『最好。』

當時叫莊客且安排酒食來吃。吳用道：『北京到東京也曾行到，祇不知生辰綱從那條路來？再煩劉兄休辭辛苦，連夜去北京路上探聽起程的日期，端的從那條路上來。』劉唐道：『小弟祇今夜也便去。』吳用道：『且住。他生辰是六月十五日，如今却是五月初頭，尚有四五十日。等小生先去說了三阮弟兄回來，那時却叫劉兄去。』晁蓋道：『也是。劉兄弟祇在我莊上等候。』

話休絮煩。當日吃了半晌酒食，至三更時分，吳用起來洗漱罷，吃了些早飯，討了些銀兩，藏在身邊，穿上草鞋。晁蓋、劉唐送出莊門。吳用連夜投石碣村來，行到晌午時分，早來到那村中。但見：

青鬱鬱山峰迭翠，綠依依桑柘堆雲。四邊流水繞孤村，幾處疏篁沿小徑。茅檐傍澗，古木成林。籬外高懸沽酒旆，柳陰閑纜釣魚船。

吳學究自來認得，不用問人，來到石碣村中，徑投阮小二家來。到得門前看時，祇見枯樁上纜着數祇小漁船，疏籬外曬着一張破魚網。倚山傍水，約有十數間草房。吳用叫一聲道：『二哥在家麼？』祇見一個人從裏面走出來，生得如何？但見：

摳兜臉兩眉竪起，略綽口四面連拳。胸前一帶蓋膽黄毛，背上兩枝横生板肋。臂膊有千百斤氣力，眼睛射幾萬道寒光。人稱立地太歲，果然混世魔王。

那阮小二走將出來，頭戴一頂破頭巾，身穿一領舊衣服，赤着雙脚，出來見了是吳用，慌忙聲喏道：『教授何來？甚風吹得到此？』吳用答道：『有些小事，特來相浼二郎。』阮小二道：『有何事？但說不妨。』吳用道：

『小生自離了此間，又早二年。如今在一個大財主家做門館，他要辦筵席，用着十數尾重十四五斤的金色鯉魚。因此特地來相投足下。』阮小二笑了一聲，説道：『小人且和教授吃三杯却説。』吴用道：『小生的來意，也欲正要和二哥吃三杯。』阮小二道：『隔湖有幾處酒店，我們就在船裏蕩將過去。』吴用道：『最好。也要就與五郎説句話，不知在家也不在？』阮小二道：『我們一同去尋他便了。』兩個來到泊岸邊，枯樁上纜的小船解了一隻，便扶着吴用下船坐了。樹根頭拿了一把劃楸，衹顧蕩，早蕩將開去，望湖泊裏來。正蕩之間，衹見阮小二把手一招，叫道：『七哥曾見五郎麽？』吴用看時，衹見蘆葦叢中，摇出一隻船來。那漢生的如何？但見：

疙疸臉横生怪肉，玲瓏眼突出雙睛。腮邊長短淡黄鬚，身上交加烏黑點。渾如生鐵打成，疑是頑銅鑄就。休言岳廟惡司神，果是人間剛直漢。村中唤作活閻羅，世上降生真五道。

這阮小七頭戴一頂遮日黑箬笠，身上穿個棋子布背心，腰系着一條生布裙，把那船隻蕩着，問道：『二哥，你尋五哥做什麽？』吴用叫一聲：『七郎，小生特來相央你們説話。』阮小七道：『教授恕罪，好幾時不曾相見。』吴用道：『一同和二哥去吃杯酒。』阮小七道：『小人也欲和教授吃杯酒，衹是一向不曾見面。』兩隻船厮跟着在湖泊裏，不多時，劃到一個去處，團團都是水，高埠上有七八間草房。阮小二叫道：『老娘，五哥在麽？』那婆婆道：『説不得。魚又不得打，連日去賭錢，輸得没了分文，却才討了我頭上釵兒，出鎮上賭去了。』阮小二笑了一聲，便把船劃開。阮小七便在背後船上説道：『哥哥正不知怎地，賭錢衹是輸，却不晦氣。莫説哥哥不赢，我也輸得赤條條地。』吴用暗想道：『中了我的計。』兩隻船厮并着，投石碣村鎮上來。劃了半個時辰，衹見獨木橋邊一個漢子，把着兩串銅錢，下來解船。阮小二道：『五郎來了。』吴用看時，但見：

一雙手渾如鐵棒，兩隻眼有似銅鈴。面皮上常有些笑容，心窩裏深藏着鴆毒。能生横禍，善降非灾。拳打來獅子心寒，脚踢處蚖蛇喪膽。何處覓行瘟使者，衹此是短命二郎。

那阮小五斜戴着一頂破頭巾，鬢邊插朵石榴花，披着一領舊布衫，露出胸前刺着的青鬱鬱一個豹子來；裏面匾扎起褲子，上面圍着一條間道棋子布手巾。吴用叫一聲道：『五郎得采麽？』阮小五道：『原來却是教授，好兩年不曾見面。我在橋上望你們半日了。』阮小二道：『我和教授直到你家尋你，老娘説道：「出鎮上賭錢去了。」因此同來這裏尋你。且來和教授去水閣上吃三杯。』阮小五慌忙去橋邊，解了小船，跳在艙裏，捉了劃楫，衹一劃，三隻船厮并着。劃了一歇，早到那個水閣酒店前。看時，但見：

前臨湖泊，後映波心。數十株槐柳緑如烟，一兩蕩荷花紅照水。凉亭上四面明窗，水閣中數般清致。當壚美女，紅裙掩映翠紗衫；滌器山翁，白髮偏宜麻布襖。休言三醉岳陽樓，衹此便爲蓬島客。

當下三隻船撑到水亭下荷花蕩中，三隻船都纜了。扶吴學究上了岸，入酒店裏來，都到水閣内揀一副紅油桌凳。阮小二便道：『先生，休怪我三個弟兄粗俗，請教授上坐。』吴用道：『却使不得。』阮小七道：『哥哥衹顧坐主位，請教授坐客席，我兄弟兩個便先坐了。』吴用道：『七郎衹是性快。』四個人坐定了，叫酒保打一桶酒來。店小二把四隻大盞子擺開，鋪下四雙箸，放下四般菜蔬，打一桶酒放在桌子上。阮小七道：『有什麽下口？』小二哥道：『新宰得一頭黄牛，花糕也似好肥肉。』阮小二道：『大塊切十斤來。』阮小五道：『教授休笑話，没甚孝順。』吴用道：『倒來相擾，多激惱你們。』阮小二道：『休恁地説。』催促小二哥衹顧篩酒，早把牛肉切做兩盤，將來放在桌上。阮家三兄弟讓吴用吃了幾塊，便吃不得了。那三個狼餐虎食，吃了一回。

阮小五動問道：『教授到此貴幹？』阮小二道：『教授如今在一個大財主家做門館教學。今來要對付十數尾金色鯉魚，要重十四五斤的，特來尋我們。』阮小七道：『若是每常，要三五十尾也有，莫説十數個，再要多些，我弟兄們也包辦得。如今便要重十斤的也難得。』阮小五道：『教授遠來，我們也對付十來個重五六斤的相送。』吴用道：『小生多有銀兩在此，隨算價錢。衹是不用小的，須得十四五斤重的便好。』阮小七道：『教授，却没討處。

便是五哥許五六斤的，也不能夠，須是等得幾日才得。我的船裏有一桶小活魚，就把來吃酒。』阮小七便去船内取將一桶小魚上來，約有五七斤，自去竈上安排，盛做三盤，把來放在桌上。阮小七道：『教授，胡亂吃些個。』四個又吃了一回。看看天色晚了，吴用尋思道：『這酒店裏須難説話，今夜必是他家權宿，到那裏却又理會。』阮小二道：『今夜天色晚了，請教授權在我家宿一宵，明日却再計較。』吴用道：『小生來這裏走一遭，千難萬難，幸得你們弟兄今日做一處，眼見得這席酒不肯要小生還錢。今晚借二郎家歇一夜，小生有些須銀子在此，相煩就此店中沽一瓮酒，買些肉，村中尋一對鷄，夜間同一醉如何？』阮小二道：『那裏要教授壞錢，我們弟兄自去整理，不煩惱没對付處。』吴用道：『徑來要請你們三位。若還不依小生時，衹此告退。』阮小七道：『既是教授這般説時，且順情吃了，却再理會。』吴用道：『還是七郎性直爽快。』吴用取出一兩銀子，付與阮小七，就問主人家沽了一瓮酒，借個大瓮盛了，買了二十斤生熟牛肉，一對大鷄。阮小二道：『我的酒錢一發還你。』店主人道：『最好，最好。』

四人離了酒店，再下了船，把酒肉都放在船艙裏，解了纜索，徑劃將開去，一直投阮小二家來。到得門前，上了岸，把船仍舊纜在樁上。取了酒肉，四人一齊都到後面坐地。便叫點起燈燭。原來阮家弟兄三個，衹有阮小二有老小，阮小五、阮小七都不曾婚娶。四個人都在阮小二家後面水亭上坐定。阮小七宰了鷄，叫阿嫂同討的小猴子在厨下安排。約有一更相次，酒肉都搬來擺在桌上。

吴用勸他弟兄們吃了幾杯，又提起買魚事來，説道：『你這裏偌大一個去處，却怎地没了這等大魚？』阮小二道：『實不瞞教授説，這般大魚衹除梁山泊裏便有。我這石碣湖中狹小，存不得這等大魚。』吴用道：『這裏和梁山泊一望不遠，相通一派之水，如何不去打些？』阮小二嘆了一口氣道：『休説。』吴用又問道：『二哥如何嘆氣？』阮小五接了説道：『教授不知，在先這梁山泊是我弟兄們的衣飯碗，如今絶不敢去。』吴用道：『偌大去處，終不成官司禁打魚鮮？』阮小五道：『什麼官司敢來禁打魚鮮，便是活閻王也禁治不得！』吴用道：『既没官司禁治，如何絶不敢去？』阮小五道：『原來教授不知來歷，且和教授説知。』吴用道：『小生却不理會得。』阮小七接着便道：『這個梁山泊去處，難説難言！如今泊子裏新有一伙强人占了，不容打魚。』吴用道：『小生却不知，原來如今有强人，我那裏并不曾聞得説。』

阮小二道：『那伙强人，爲頭的是個秀才，落第舉子，唤做白衣秀士王倫，第二個叫做摸着天杜遷，第三個叫做雲裏金剛宋萬。以下有個旱地忽律朱貴，見在李家道口開酒店，專一探聽事情，也不打緊。如今新來一個好漢，是東京禁軍教頭，什麼豹子頭林沖，十分好武藝。這伙人好生了得，都是有本事的。這幾個賊男女聚集了五七百人，打家劫舍，搶擄來往客人。我們有一年多不去那裏打魚。如今泊子裏把住了，絶了我們的衣飯，因此一言難盡！』吴用道：『小生實是不知有這段事。如何官司不來捉他們？』阮小五道：『如今那官司，一處處動彈便害百姓。但一聲下鄉村來，倒先把好百姓家養的猪羊鷄鵝，盡都吃了，又要盤纏打發他。如今也好，教這伙人奈何。那捕盗官司的人，那裏敢下鄉村來。若是那上司官員差他們緝捕人來，都嚇得屎尿齊流，怎敢正眼兒看他。』阮小二道：『我雖然不打得大魚，也省了若干科差。』吴用道：『恁地時，那廝們倒快活。』阮小五道：『他們不怕天，不怕地，不怕官司，論秤分金銀，异樣穿綢錦，成瓮吃酒，大塊吃肉，如何不快活！我們弟兄三個空有一身本事，怎地學得他們。』吴用聽了，暗暗地歡喜道：『正好用計了。』阮小七又道：『人生一世，草生一秋。我們衹管打魚營生，學得他們過一日也好。』

吴用道：『這等人學他做什麼！他做的勾當，不是笞杖五七十的罪犯，空自把一身虎威都撇下。倘或被官司拿住了，也是自做的罪。』阮小二道：『如今該管官司没甚分曉，一片胡塗，千萬犯了迷天大罪的倒都没事。我弟兄們不能快活，若是但有肯帶挈我們的，也去了罷！』阮小五道：『我也常常這般思量，我弟兄三個的本事，又不是不如别人，誰是識我們的。』吴用道：『假如便有識你們的，你們便如何肯去？』阮小七道：『若是有識我們的，水裏水裏去，火裏火裏去。若能夠受用得一日，便死了開眉展眼。」吳用暗暗喜道：「這三個都有意了。我且慢慢地誘他。」吳用又勸他三個吃了兩巡酒。正是：

祇爲奸邪屈有才，天教惡曜下凡來。試看小阮三兄弟，劫取生辰不義財。

吳用又説道：「你們三個敢上梁山泊捉這伙賊麽？」阮小七道：「便捉的他們，哪裏去請賞？也吃江湖上好漢們笑話。」吳用道：「小生短見，假如你們怨恨打魚不得，也去那裏撞籌卻不是好。」阮小二道：「先生你不知，我弟兄們幾遍商量，要去入伙。聽得那白衣秀士王倫的手下人，都説道他心地窄狹，安不得人。前番那個東京林沖上山，慪盡他的氣。王倫那廝不肯胡亂着人。因此我弟兄們看了這般樣，一齊都心懶了。」阮小七道：「他們若似老兄這等慷慨，愛我弟兄們便好。」阮小五道：「那王倫若得似教授這般情分時，我們也去了多時，不到今日。我弟兄三個便替他死也甘心！」吳用道：「量小生何足道哉！如今山東、河北多少英雄豪杰的好漢。」阮小二道：「好漢們盡有，我弟兄自不曾遇着。」

吳用道：「祇此間鄆城縣東溪村晁保正，你們曾認得他麽？」阮小五道：「莫不是叫做托塔天王的晁蓋麽？」吳用道：「正是此人。」阮小七道：「雖然與我們祇隔得百十里路程，緣分淺薄，聞名不曾相會。」吳用道：「這等一個仗義疏財的好男子，如何不與他相見？」阮小二道：「我弟兄們無事，也不曾到那裏，因此不能夠與他相見。」吳用道：「小生這幾年也祇在晁保正莊上左近教些村學。如今打聽得他有一套富貴待取，特地來和你們商議，我等就那半路裏攔住取了，如何？」阮小五道：「這個却使不得。他既是仗義疏財的好男子，我們却去壞他的道路，須吃江湖上好漢們知時笑話。」吳用道：「我祇道你們弟兄心志不堅，原來真個惜客好義。我對你們實説，果有協助之心，我教你們知此一事。我如今見在晁保正莊上住，保正聞知你三個大名，特地教我來請你們説話。」阮小二道：「我弟兄三個，真真實實地并没半點兒假。晁保正敢有件奢遮的私商買賣，有心要帶挈我們，一定是煩老兄來。若還端的有這事，我三個若捨不得性命相幫他時，殘酒爲誓，教我們都遭橫事，惡病臨身，死于非命。」阮小五和阮小七把手拍着脖項道：「這腔熱血，祇要賣與識貨的！」

吳用道：「你們三位弟兄在這裏，不是我壞心術來誘你們。這件事，非同小可的勾當。目今朝内蔡太師是六月十五日生辰，他的女婿是北京大名府梁中書，即日起解十萬貫金珠寶貝與他丈人慶生辰。今有一個好漢姓劉名唐，特來報知。如今欲要請你們去商議，聚幾個好漢，向山凹僻靜去處，取此一套富貴，不義之財，大家圖個一世快活。因此特教小生祇做買魚，來請你們三個計較，成此一事。不知你們心意如何？」阮小五聽了道：「罷，罷！」叫道：「七哥，我和你説什麽來？」阮小七跳起來道：「一世的指望，今日還了願心，正是搔着我癢處。我們幾時去？」吳用道：「請三位即便去來。明日起個五更，一齊都去晁天王莊上去。」阮家三弟兄大喜。有詩爲證：

壯志淹留未得伸，今逢學究啓其心。大家齊入梁山泊，邀取生辰寶共金。

當夜過了一宿。次早起來，吃了早飯，阮家三弟兄分付了家中，跟着吳學究，四個人離了石碣村，拽開脚步，取路投東溪村來。行了一日，早望見晁家莊，祇見遠遠地綠槐樹下晁蓋和劉唐在那裏等。望見吳用引着阮家三兄弟，直到槐樹前，兩下都厮見了。晁蓋大喜道：「阮氏三雄，名不虛傳。且請到莊裏説話。」六人俱從莊外入來，到得後堂，分賓主坐定。吳用把前話説了。晁蓋大喜，便叫莊客宰殺猪羊，安排燒紙。阮家三弟兄見晁蓋人物軒昂，語言灑落，三個説道：「我們最愛結識好漢，原來祇在此間。今日不得吳教授相引，如何得會！」三個弟兄好生歡喜。當晚且吃了些飯，説了半夜話。

次日天曉，去後堂前面，列了金錢紙馬，擺了夜來煮的猪羊、燒紙。三阮見晁蓋如此志誠，排列香花燈燭面前，個個説誓道：「梁中書在北京害民，詐得錢物，却把去東京與蔡太師慶生辰，此一等正是不義之財。我等六人中，但有私意者，天地誅滅，神明鑒察。」六人都説誓了，燒化錢紙。

六籌好漢正在後堂散福飲酒，衹見一個莊客報說：『門前有個先生要見保正化齋糧。』晁蓋道：『你好不曉事！見我管待客人在此吃酒，你便與他三五升米便了，何須直來問我。』莊客道：『小人把米與他，他又不要，衹要面見保正。』晁蓋道：『一定是嫌少，你便再與他三二斗米去。你說與他，保正今日在莊上請人吃酒，没工夫相見。』莊客去了多時，衹見又來說道：『那先生與了他三斗米，又不肯去。自稱是一清道人，不爲錢米而來，衹要求見保正一面。』晁蓋道：『你這厮不會答應。便說今日委實没工夫，教他改日却來相見拜茶。』莊客道：『小人也是這般說。那個先生說道：「我不爲錢米齋糧，聞知保正是個義士，特求一見。」』晁蓋道：『你也這般纏，全不替我分憂。他若再嫌少時，可與他三四斗米去，何必又來說。我若不和客人們飲時，便去厮見一面，打什麼緊。你去發付他罷，再休要來說。』

莊客去了没半個時，衹聽得莊門外熱鬧。又見一個莊客飛也似來報道：『那先生發怒，把十來個莊客都打倒了。』晁蓋聽得，吃了一驚，慌忙起身道：『衆位弟兄少坐，晁蓋自去看一看。』便從後堂出來，到莊門前看時，衹見那個先生，身長八尺，道貌堂堂，威風凛凛，生得古怪。正在莊門外綠槐樹下，打那衆莊客。晁蓋看那先生時，但見：

頭綰兩枚鬅鬆雙丫髻，身穿一領巴山短褐袍，腰系雜色彩絲縧，背上松紋古銅劍。白肉脚襯着多耳麻鞋，綿囊手拿着鱉殼扇子。八字眉一雙杏子眼，四方口一部落腮胡。

那先生一頭打莊客，一頭口裏說道：『不識好人！』晁蓋見了叫道：『先生息怒。你來尋晁保正，無非是投齋化緣。他已與了你米，何故嗔怪如此？』那先生哈哈大笑道：『貧道不爲酒食錢米而來。我覷得十萬貫如同等閑，特地來尋保正有句話說。叵耐村夫無禮，毁駡貧道，因此性發。』晁蓋道：『你曾認得晁保正麽？』那先生道：『衹聞其名，不曾會面。』晁蓋道：『小子便是。先生有甚說話？』那先生看了道：『保正休怪，貧道稽首。』晁蓋道：『先生少請到莊裏拜茶如何？』那先生道：『多感。』

兩人入莊裏來。吴用見那先生入來，自和劉唐、三阮一處躲過。且說晁蓋請那先生到後堂吃茶已罷。那先生道：『這裏不是說話處，別有什麽去處可坐？』晁蓋見說，便邀那先生又到一處小小閣兒內，分賓坐定。晁蓋道：『不敢拜問先生高姓？貴鄉何處？』那先生答道：『貧道復姓公孫，單諱一個勝字，道號一清先生。貧道是薊州人氏，自幼鄉中好習槍棒，學成武藝多般，人但呼爲公孫勝大郎。因爲學得一家道術，亦能呼風喚雨，駕霧騰雲，江湖上都稱貧道做入雲龍。貧道久聞鄆城縣東溪村保正大名，無緣不曾拜識。今有十萬貫金珠寶貝，專送與保正作進見之禮，未知義士肯納否？』晁蓋大笑道：『先生所言，莫非北地生辰綱麽？』那先生大驚道：『保正何以知之？』晁蓋道：『小子胡猜，未知合先生意否？』公孫勝道：『此一套富貴，不可錯過！古人有云：當取不取，過後莫悔。保正心下如何？』

正說之間，衹見一個人從閣子外搶將入來，劈胸揪住公孫勝，說道：『好呀！明有王法，暗有神靈，你如何商量這等的勾當？我聽得多時也。』嚇得這公孫勝面如土色。正是：機謀未就，爭奈窗外人聽，計策才施，又早蕭墻禍起。

畢竟搶來揪住公孫勝的却是何人，且聽下回分解。

第十六回　楊志押送金銀擔　吳用智取生辰綱

蓋我讀此書而不勝三致嘆焉曰：嗟乎，古之君子，受命于内，莅事于外，竭忠盡智，以圖報稱，而終亦至于身敗名喪爲世謬笑者，此其故，豈得不爲之深痛哉！夫一夫專制可以將千軍，兩人牽羊，未有不僵于路者也。獨心所運，不難于造五鳳樓曾無黍米之失；聚族而謀，未見其能築室有成者也。梁中書以道路多故，人才復難，于是致詳致慎，獨簡楊志而畀之以十萬之任，謂之知人，洵無忝矣，即又如之何而必副之以一都管與兩虞候乎？觀其所云，另有夫人禮物送與府中寶眷，亦要楊志認領，多恐不知頭路。夫十萬已領，何難一擔？若言不知頭路，則豈有此人從貴女愛婿邊來，現護生辰重寶至于如此之盛，而猶慮及府中之人猜疑顧忌，不視之爲機密者也？是皆中書視十萬過重，視楊志過輕。視十萬過重，則意必太師也者，雖富貴雙極，然見此十萬，必嚇然心動；太師嚇然心動，而中書之寵，固于磐石，夫是故以此爲獻，凡以冀其心之得一動也。視楊志過輕，則意或楊志也者，本單寒之士，今見此十萬，必嚇然心動；楊志嚇然心動，而生辰十擔，險于蕉鹿，夫是故以一都管、兩虞候爲監，凡以防其心之忽一動也。然其胸中，則又熟有『疑人勿用，用人勿疑』之成訓者，于是即又僞裝夫人一擔，以自蓋其相疑之迹。嗚呼，爲楊志者，不其難哉！雖當時亦曾有早晚行住，悉聽約束，戒彼三人不得別拗之教敕，然而官之所以得治萬民，與將之所以得制三軍者，以其惟此一人故也。今也一楊志，一都管，又二虞候，且四人矣，以四人而欲押此十一禁軍，豈有得乎？《易大傳》曰：『陽一君二民，君子之道也；陰二君一民，小人之道也。』今中書徒以重視十萬輕視楊志之故，而曲折計劃，既已出于小人之道，而尚望黄泥岡上萬無一失，殆必無之理矣。故我謂生辰綱之失，非晁蓋八人之罪，亦非十一禁軍之罪，亦并非一都管、兩虞候之罪，而實皆梁中書之罪也，又奚議焉，又奚議焉！曰：然則楊志即何爲而不爭之也？聖嘆答曰：楊志不可得而爭也。夫十萬金珠，重物也，不惟大名百姓之髓腦竭，并中書相公之心血竭矣。楊志自惟起于單寒，驟蒙顯擢，夫烏知彼之遇我厚者之非獨爲今日之用我乎？故以十萬之故而授統制易，以統制之故而托十萬難，此楊志之所深知也。楊志于何知之？楊志知年年根括十萬以媚于丈人者，是其人必不能以國士遇我者也。不能以國士遇我，而昔者東郭鬥武，一日而逾數階者，是其心中徒望我今日之出死力以相效耳。譬諸飼鷹喂犬，非不極其恩愛，然彼固斷不信鷹之德爲鳳皇、犬之品爲騶虞也。故于中書未撥都管、虞候之先，志反先告相公祇須一個人和小人去。夫『一個人和小人去』者，非請武陽爲副，殆請朝恩爲監矣。若夫楊志早知人之疑之，而終亦主于必去，則固丈夫感恩知報，凡以酬東郭驟遷之遇耳，豈得已哉！嗚呼，楊志其寓言也，古之國家，以疑立監者，比比皆有，我何能遍言之！

看他寫楊志忽然肯去，忽然不肯去，忽然又肯去，忽然又不肯去，筆勢夭矯，不可捉搦。

看他寫天氣酷熱，不費筆墨，祇一句兩句便已焦熱殺人。古稱盛冬挂雲漢圖，滿座煩悶，今讀此書，乃知真有是事。

看他寫一路老都管掣人肘處，真乃描摹入畫。嗟乎！小人習承平之時，忽禍患之事，箕踞當路，摇舌罵人，豈不鑿鑿可聽，而卒之變起倉猝，不可枝梧，爲鼠爲虎，與之俱敗，豈不痛哉！

看他寫棗子客人自一處，挑酒人自一處，酒自一處，瓢自一處，雖讀者亦幾忘其爲東溪村中飲酒聚義之人，何況當日身在廬山者耶？耐庵妙筆，真是獨有千古。

看他寫賣酒人鬥口處，真是絶世奇筆。蓋他人叙此事至此，便欲駸駸相就，讀之，滿紙皆似惟恐不得賣者矣。今偏筆筆撒開，如强弓怒馬，急不可就，務欲極扳開去，乃至不可收拾，一似惟恐爲其買者，真怪事也。

看他寫七個棗子客人饒酒，如數鷹争雀，盤旋跳霍，讀之欲迷。

話説當時公孫勝正在閣兒裏對晁蓋説這北京生辰綱是不義之財，取之何礙。祇見一個人從外面搶將入來，揪住公孫勝道：『你好大膽！却才商議的事，我都知了也。』那人却是智多星吴學究。晁蓋笑道：『先生休慌，且請相見。』兩個叙禮罷，吴用道：『江湖上久聞人説入雲龍公孫勝一清大名，不期今日此處得會。』晁蓋道：『這位秀士先生，便是智多星吳學究。』公孫勝道：『吾聞江湖上多人曾説加亮先生大名，豈知緣法却在保正莊上得會賢契。祇是保正疏財仗義，以此天下豪杰都投門下。』晁蓋道：『再有幾位相識在裏面，一發請進後堂深處見。』三個人入到裏面，就與劉唐、三阮都相見了。

衆人道：『今日此一會，應非偶然。須請保正哥哥正面而坐。』晁蓋道：『量小子是個窮主人，又無甚罕物相留好客，怎敢占上。』吳用道：『保正哥哥，依着小生且請坐了。』晁蓋祇得坐了第一位。吳用坐了第二位，公孫勝坐了第三位，劉唐坐了第四位，阮小二坐了第五位，阮小五坐第六位，阮小七坐第七位。却才聚義飲酒，重整杯盤，再備酒肴，衆人飲酌。吳用道：『保正夢見北斗七星墜在屋脊上，今日我等七人聚義舉事，豈不應天垂象。此一套富貴，唾手而取。我等七人和會，并無一人曉得。想公孫勝先生江湖上仗義疏財之士，所以得知這件事，來投保正。所説央劉兄去探聽路程從那裏來，今日天晚，來早便請登程。』公孫勝道：『這一事不須去了，貧道已打聽知他來的路數了。祇是黄泥岡大路上來。』晁蓋道：『黄泥岡東十里路，地名安樂村，有一個閑漢，叫做白日鼠白勝，也曾來投奔我，我曾賫助他盤纏。』吳用道：『北斗上白光，莫不是應在這人？自有用他處。』劉唐道：『此處黄泥岡較遠，何處可以容身？』吳用道：『祇這個白勝家，便是我們安身處。亦還要用了白勝。』晁蓋道：『吳先生，我等還是軟取，却是硬取？』吳用笑道：『我已安排定了圈套，祇看他來的光景。力則力取，智則智取。我有一條計策，不知中你們意否？如此如此。』晁蓋聽了大喜，攧着脚道：『好妙計！不枉了稱你做智多星，果然賽過諸葛亮。好計策！』吳用道：『休得再提。常言道：隔墻須有耳，窗外豈無人。祇可你知我知。』晁蓋便道：『阮家三兄且請回歸，至期來小莊聚會。吳先生依舊自去教學。公孫先生并劉唐，祇在敝莊權住。』當日飲酒至晚，各自去客房裏歇息。

次日五更起來，安排早飯吃了。晁蓋取出三十兩花銀送與阮家三兄弟道：『權表薄意，切勿推却。』三阮那裏肯受。吳用道：『朋友之意，不可相阻。』三阮方才受了銀兩。一齊送出莊外來，吳用附耳低言道：『這般這般。至期不可有誤。』阮家三弟兄相别了，自回石碣村去。晁蓋留住吳學究與公孫勝、劉唐在莊上，每日議事。

話休絮煩。却説北京大名府梁中書，收買了十萬貫慶賀生辰禮物完備，選日差人起程。當下一日在後堂坐下，祇見蔡夫人問道：『相公，生辰綱幾時起程？』梁中書道：『禮物都已完備，明後日便可起身。祇是一件事在此躊躇未決。』蔡夫人道：『有甚事躊躇未決？』梁中書道：『上年費了十萬貫收買金珠寶貝，送上東京去，祇因用人不着，半路被賊人劫將去了，至今無獲。今年帳前眼見得又没個了事的人送去，在此躊躇未決。』蔡夫人指着階下道：『你常説這個人十分了得，何不着他委紙領狀送去走一遭，不致失誤。』

梁中書看階下那人時，却是青面獸楊志。梁中書大喜，隨即唤楊志上廳説道：『我正忘了你。你若與我送得生辰綱去，我自有抬舉你處。』楊志叉手向前稟道：『恩相差遣，不敢不依。祇不知怎地打點？幾時起身？』梁中書道：『着落大名府差十輛太平車子，帳前撥十個廂禁軍監押着車，每輛上各插一把黄旗，上寫着「獻賀太師生辰綱」。每輛車子再使個軍健跟着。三日内便要起身去。』楊志道：『非是小人推托，其實去不得，乞鈞旨别差英雄精細的人去。』梁中書道：『我有心要抬舉你，這獻生辰綱的札子内另修一封書在中間，太師跟前重重保你，受道敕命回來。如何倒生支詞，推辭不去？』楊志道：『恩相在上：小人也曾聽得上年已被賊人劫去了，至今未獲。今歲途中盗賊又多，甚是不好。此去東京，又無水路，都是旱路，經過的是紫金山、二龍山、桃花山、傘蓋山、黄泥岡、白沙塢、野雲渡、赤松林，這幾處都是强人出没的去處。更兼單身客人，亦不敢獨自經過。他知道是金銀寶物，如何不來搶劫？枉結果了性命。以此去不得。』梁中書道：『恁地時多着軍校防護送去便了。』楊志道：『恩相便差五百人去，也不濟事。這厮們一聲聽得强人來時，都是先走了的。』梁中書道：『你這般地説時，生辰綱不要送去了？』楊志又稟道：『若依小人一件事，便敢送去。』梁中書道：『我既委在你身上，如何不依你説。』楊志道：『若依小人說時，并不要車子，把禮物都裝做十餘條擔子，衹做客人的打扮行貨。也點十個壯健的廂禁軍，却裝做腳夫挑着。衹消一個人和小人去，却打扮做客人，悄悄連夜送上東京交付，恁地時方好。」梁中書道：「你甚說的是。我寫書呈重重保你，受道誥命回來。」楊志道：「深謝恩相抬舉。」當日便叫楊志一面打拴擔腳，一面選揀軍人。

次日，叫楊志來廳前伺候，梁中書出廳來問道：「楊志，你幾時起身？」楊志稟道：「告復恩相，衹在明早準行，就委領狀。」梁中書道：「夫人也有一擔禮物，另送與府中寶眷，也要你領。怕你不知頭路，特地再教奶公謝都管，并兩個虞候，和你一同去。」楊志告道：「恩相，楊志去不得了。」梁中書道：「禮物多已拴縛完備，如何又去不得？」楊志稟道：「此十擔禮物都在小人身上，和他衆人都由楊志，要早行便早行，要晚行便晚行，要住便住，要歇便歇，亦依楊志提調。如今又叫老都管并虞候和小人去，他是夫人行的人，又是太師府門下奶公，倘或路上與小人別拗起來，楊志如何敢和他爭執得？若誤了大事時，楊志那其間如何分說？」梁中書道：「這個也容易，我叫他三個都聽你提調便了。」楊志答道：「若是如此稟過，小人情願便委領狀。倘有疏失，甘當重罪。」梁中書大喜道：「我也不枉了抬舉你，真個有見識。」隨即喚老謝都管并兩個虞候出來，當廳分付道：「楊志提轄情願委了一紙領狀，監押生辰綱十一擔金珠寶貝赴京，太師府交割，這干系都在他身上。你三人和他做伴去，一路上早起晚行住歇，都要聽他言語，不可和他別拗。夫人處分付的勾當，你三人自理會。小心在意，早去早回，休教有失。」老都管一一都應了。

當日楊志領了，次日早起五更，在府裏把擔仗都擺在廳前。老都管和兩個虞候又將一小擔財帛，共十一擔，揀了十一個壯健的廂禁軍，都做腳夫打扮。楊志戴上涼笠兒，穿着青紗衫子，系了纏帶行履麻鞋，跨口腰刀，提條樸刀。老都管也打扮做個客人模樣。兩個虞候假裝做跟的伴當。各人都拿了條樸刀，又帶幾根藤條。梁中書付與了札付書呈，一行人都吃得飽了，在廳上拜辭了梁中書。看那軍人擔仗起程，楊志和謝都管、兩個虞候監押着，一行共是十五人，離了梁府，出得北京城門，取大路投東京進發。五里單牌，十里雙牌。

此時正是五月半天氣，雖是晴明得好，衹是酷熱難行。昔日吳七郡王有八句詩道：

玉屏四下朱闌繞，簇簇游魚戲萍藻。簟鋪八尺白蝦鬚，頭枕一枚紅瑪瑙。
六龍懼熱不敢行，海水煎沸蓬萊島。公子猶嫌扇力微，行人正在紅塵道。

這八句詩單題着炎天暑月，那公子王孫在涼亭上水閣中浸着浮瓜沉李，調冰雪藕避暑，尚兀自嫌熱。怎知客人爲些微名薄利，又無枷鎖拘縛，三伏内衹得在那途路中行。今日楊志這一行人，要取六月十五日生辰，衹得在路途上行。自離了這北京五七日，端的衹是起五更趁早涼便行，日中熱時便歇。五七日後，人家漸少，行客又稀，一站站都是山路。楊志却要辰牌起身，申時便歇。那十一個廂禁軍，擔子又重，無有一個稍輕。天氣熱了，行不得，見着林子便要去歇息。楊志趕着催促要行，如若停住，輕則痛駡，重則藤條便打，逼趕要行。兩個虞候雖衹背些包裹行李，也氣喘了行不上。楊志也嗔道：「你兩個好不曉事！這干系須是俺的！你們不替灑家打這夫子，却在背後也慢慢地挨，這路上不是耍處。」那虞候道：「不是我兩個要慢走，其實熱了行不動，因此落後。前日衹是趁早涼走，如今怎地正熱裏要行？正是好歹不均匀。」楊志道：「你這般說話，却似放屁。前日行的須是好地面，如今正是尷尬去處。若不日裏趕過去，誰敢五更半夜走？」兩個虞候口裏不道，肚中尋思：「這廝不直得便駡人。」楊志提了樸刀，拿着藤條，自去趕那擔子。

兩個虞候坐在柳陰樹下，等得老都管來。兩個虞候告訴道：「楊家那廝，强殺衹是我相公門下一個提轄，直這般做大！」老都管道：「須是我相公當面分付道，休要和他別拗，因此我不做聲，這兩日也看他不得。權且奈他。」兩個虞候道：「相公也衹是人情話兒，都管自做個主便了。」老都管又道：「且耐他一耐。」

當日行到申牌時分，尋得一個客店裏歇了。那十一個廂禁軍雨汗通流，都嘆氣吹噓，對老都管說道：「我們不幸做了軍健，情知道被差出來，這般火似熱的天氣，又挑着重擔。這兩日又不揀早涼行，動不動老大藤條打來。都是一般父母皮肉，我們直恁地苦！」老都管道：「你們不要怨悵，巴到東京時，我自賞你。」衆軍漢道：「若是似都管看待我們時，并不敢怨悵。」

又過了一夜。次日，天色未明，衆人跳起來趁早涼起身去。楊志跳起來喝道：「那裏去！且睡了，却理會。」衆軍漢道：「趁早不走，日裏熱時走不得，却打我們。」楊志大罵道：「你們省得什麽！」拿了藤條要打。衆軍忍氣吞聲，衹得睡了。當日直到辰牌時分，慢慢地打火吃了飯走。一路上趕打着，不許投涼處歇。那十一個廂禁軍口裏喃喃訥訥地怨悵，兩個虞候在老都管面前絮絮聒聒地搬口。老都管聽了，也不着意，心内自惱他。

話休絮煩。似此行了十四五日，那十四個人，没一個不怨悵楊志。當日客店裏，辰牌時分，慢慢地打火吃了早飯行。正是六月初四日時節，天氣未及晌午，一輪紅日當天，没半點雲彩，其日十分大熱。古人有八句詩道：

祝融南來鞭火龍，火旗焰焰燒天紅。日輪當午凝不去，萬國如在紅爐中。
五岳翠幹雲彩滅，陽侯海底愁波竭。何當一夕金風起，爲我掃除天下熱。

當日行的路，都是山僻崎嶇小徑，南山北嶺。却監着那十一個軍漢，約行了二十餘里路程。那軍人們思量要去柳陰樹下歇凉，被楊志拿着藤條打將來，喝道：「快走！教你早歇。」衆軍人看那天時，四下裏無半點雲彩，其時那熱不可當。但見：

熱氣蒸人，囂塵撲面。萬里乾坤如甑，一輪火傘當天。四野無雲，風寂寂波翻海沸；千山灼焰，咇剥剥石烈灰飛。空中鳥雀命將休，倒攧入樹林深處；水底魚龍鱗角脱，直鑽入泥土窖裏。直教石虎喘無休，便是鐵人須汗落。

當時楊志催促一行人在山中僻路裏行。看看日色當午，那石頭上熱了，脚疼走不得。衆軍漢道：「這般天氣熱，兀的不曬殺人。」楊志喝着軍漢道：「快走！趕過前面岡子去，却再理會。」正行之間，前面迎着那土岡子。衆人

看這岡子時，但見：

頂上萬株緑樹，根頭一派黄沙。嵯峨渾似老龍形，險峻但聞風雨響。山邊茅草，亂絲絲攢遍地刀槍；滿地石頭，磣可可睡兩行虎豹。休道西川蜀道險，須知此是太行山。

當時一行十五人奔上岡子來，歇下擔仗，那十四人都去松陰樹下睡倒了。楊志説道：「苦也！這裏是什麽去處，你們却在這裏歇凉！起來，快走！」衆軍漢道：「你便剁做我七八段，其實去不得了。」楊志拿起藤條，劈頭劈腦打去。打得這個起來，那個睡倒，楊志無可奈何。

衹見兩個虞候和老都管氣喘急急，也巴到岡子上松樹下坐了喘氣。看這楊志打那軍健，老都管見了，説道：「提轄，端的熱了走不得，休見他罪過。」楊志道：「都管，你不知，這裏正是强人出没的去處，地名叫做黄泥岡。閑常太平時節，白日裏兀自出來劫人，休道是這般光景，誰敢在這裏停脚！」兩個虞候聽楊志説了，便道：「我見你説好幾遍了，衹管把這話來驚嚇人。」老都管道：「權且教他們衆人歇一歇，略過日中行如何？」楊志道：「你也没分曉了，如何使得！這裏下岡子去，兀自有七八里没人家。什麽去處，敢在此歇凉！」老都管道：「我自坐一坐了走，你自去趕他衆人先走。」

楊志拿着藤條喝道：「一個不走的，吃俺二十棍。」衆軍漢一齊叫將起來。數内一個分説道：「提轄，我們挑着百十斤擔子，須不比你空手走的。你端的不把人當人！便是留守相公自來監押時，也容我們説一句。你好不知疼癢，衹顧逞辦！」楊志罵道：「這畜生不慪死俺！衹是打便了。」拿起藤條，劈臉便打去。老都管喝道：「楊提轄且住，你聽我説。我在東京太師府裏做奶公時，門下官軍見了無千無萬，都向着我喏喏連聲。不是我口淺，量你是個遭死的軍人，相公可憐，抬舉你做個提轄，比得草芥子大小的官職，直得恁地逞能。休説我是相公家都管，便是村莊一個老的，也合依我勸一勸，衹顧把他們打，是何看待！」楊志道：「都管，你須是城市裏人，生長在相府裏，

那裏知道途路上千難萬難。』老都管道：『四川、兩廣也曾去來，不曾見你這般賣弄。』楊志道：『如今須不比太平時節。』都管道：『你説這話該剜口割舌，今日天下怎地不太平？』

楊志却待再要回言，衹見對面松林裏影着一個人，在那裏舒頭探腦價望。楊志道：『俺説什麼，兀的不是歹人來了！』撇下藤條，拿了樸刀，趕入松林裏來，喝一聲道：『你這厮好大膽，怎敢看俺的行貨！』衹見松林裏一字兒擺着七輛江州車兒，七個人脱得赤條條的在那裏乘凉。一個鬢邊老大一搭朱砂記，拿着一條樸刀，望楊志跟前來。七個人齊叫一聲：『阿也！』都跳起來。楊志喝道：『你等是什麼人？』那七人道：『你是什麼人？』楊志又問道：『你等莫不是歹人？』那七人道：『你顛倒問，我等是小本經紀，那裏有錢與你。』楊志道：『你等小本經紀人，偏俺有大本錢。』那七人問道：『你端的是什麼人？』楊志道：『你等且説那裏來的人？』那七人道：『我等弟兄七人，是濠州人，販棗子上東京去，路途打從這裏經過。聽得多人説，這裏黄泥岡上如常有賊打劫客商。我等一面走，一頭自説道：我七個衹有些棗子，别無甚財貨，衹顧過岡子來。上得岡子，當不過這熱，權且在這林子裏歇一歇，待晚凉了行。衹聽得有人上岡子來，我們衹怕是歹人，因此使這個兄弟出來看一看。』楊志道：『原來如此，也是一般的客人。却才見你們窺望，惟恐是歹人，因此趕來看一看。』那七個人道：『客官請幾個棗子了去。』楊志道：『不必。』提了樸刀，再回擔邊來。老都管道：『既是有賊，我們去休。』楊志説道：『俺衹道是歹人，原來是幾個販棗子的客人。』老都管道：『似你方才説時，他們都是没命的。』楊志道：『不必相鬧，俺衹要没事便好。你們且歇了，等凉些走。』衆軍漢都笑了。楊志也把樸刀插在地上，自去一邊樹下坐了歇凉。

没半碗飯時，衹見遠遠地一個漢子，挑着一副擔桶，唱上岡子來。唱道：

『赤日炎炎似火燒，野田禾稻半枯焦。農夫心内如湯煮，樓上王孫把扇摇。』

那漢子口裏唱着，走上岡子來，松林裏頭歇下擔桶，坐地乘凉。衆軍看見了，便問那漢子道：『你桶裏是什麽東西？』那漢子應道：『是白酒。』衆軍道：『挑往那裏去？』那漢子道：『挑去村裏賣。』衆軍道：『多少錢一桶？』那漢子道：『五貫足錢。』衆軍商量道：『我們又熱又渴，何不買些吃？也解暑氣。』正在那裏凑錢。楊志見了，喝道：『你們又做什麽？』衆軍道：『買碗酒吃。』楊志調過樸刀杆便打，罵道：『你們不得灑家言語，胡亂便要買酒吃，好大膽！』衆軍道：『没事又來鳥亂。我們自凑錢買酒吃，干你甚事，也來打人。』楊志道：『你這村鳥理會的什麽！到來衹顧吃嘴，全不曉得路途上的勾當艱難。多少好漢，被蒙汗藥麻翻了。』那挑酒的漢子看着楊志冷笑道：『你這客官好不曉事，早是我不賣與你吃，却説出這般没氣力的話來。』

正在松樹邊鬧動争説，衹見對面松林裏那伙販棗子的客人，都提着樸刀走出來問道：『你們做什麽鬧？』那挑酒的漢子道：『我自挑這酒過岡子村裏賣，熱了在此歇凉。他衆人要問我買些吃，我又不曾賣與他。這個客官道我酒裏有什麽蒙汗藥，你道好笑麽？説出這般話來！』那七個客人説道：『我衹道有歹人出來，原來是如此。説一聲也不打緊。我們倒着買一碗吃。既是他們疑心，且賣一桶與我們吃。』那挑酒的道：『不賣，不賣！』這七個客人道：『你這鳥漢子也不曉事，我們須不曾説你。你左右將到村裏去賣，一般還你錢。便賣些與我們，打什麽不緊。看你不道得捨施了茶湯，便又救了我們熱渴。』那挑酒的漢子便道：『賣一桶與你不争，衹是被他們説的不好。又没碗瓢舀吃。』那七人道：『你這漢子忒認真，便説了一聲打什麽不緊。我們自有椰瓢在這裏。』衹見兩個客人去車子前取出兩個椰瓢來，一個捧出一大捧棗子來。七個人立在桶邊，開了桶蓋，輪替换着舀那酒吃，把棗子過口。無一時，一桶酒都吃盡了。七個客人道：『正不曾問得你多少價錢？』那漢道：『我一了不説價，五貫足錢一桶，十貫一擔。』七個客人道：『五貫便依你五貫，衹饒我們一瓢吃。』那漢道：『饒不的，做定的價錢。』一個客人把錢還他，一個客人便去揭開桶蓋，兜了一瓢，拿上便吃。那漢去奪時，這客人手拿半瓢酒，望松林裏便走，那漢趕將去。衹見這邊一個客人從松林裏走將出來，手裏拿一個瓢，便來桶裏舀了一瓢酒。那漢看見，搶來劈手奪住，望桶裏一傾，便蓋了桶蓋，將瓢望地下一丟，口裏説道：『你這客人好不君子相！戴頭識臉的，也這般囉唣。』

那對過衆軍漢見了，心内癢起來，都待要吃。數中一個看着老都管道：『老爺爺，與我們説一聲。那賣棗子的客人買他一桶吃了，我們胡亂也買他這桶吃，潤一潤喉也好。其實熱渴了，没奈何，這裏岡子上又没討水吃處。老爺方便！』老都管見衆軍所説，自心裏也要吃得些，竟來對楊志説：『那販棗子客人已買了他一桶酒吃，祇有這一桶，胡亂教他們買了避暑氣。岡子上端的没處討水吃。』楊志尋思道：『俺在遠遠處望，這厮們都買他的酒吃了，那桶裏當面也見吃了半瓢，想是好的。打了他們半日，胡亂容他買碗吃罷。』楊志道：『既然老都管説了，教這厮們買吃了便起身。』

衆軍健聽了這話，湊了五貫足錢來買酒吃。那賣酒的漢子道：『不賣了，不賣了！』便道：『這酒裏有蒙汗藥在裏頭。』衆軍陪着笑説道：『大哥，直得便還言語。』那漢道：『不賣了，休纏！』這販棗子的客人勸道：『你這個鳥漢子，他也説得差了，你也忒認真，連累我們也吃你説了幾聲。須不關他衆人之事，胡亂賣與他衆人吃些。』那漢道：『没事討別人疑心做什麽。』這販棗子客人把那賣酒的漢子推開一邊，祇顧將這桶酒提與衆軍去吃。那軍漢開了桶蓋，無甚舀吃，陪個小心，問客人借這椰瓢用一用。衆客人道：『就送這幾個棗子與你們過酒。』衆軍謝道：『什麽道理。』客人道：『休要相謝，都是一般客人，何争在這百十個棗子上。』衆軍謝了，先兜兩瓢，叫老都管吃一瓢，楊提轄吃一瓢，楊志那裏肯吃。老都管自先吃了一瓢，兩個虞候各吃一瓢。衆軍漢一發上，那桶酒登時吃盡了。楊志見衆人吃了無事，自本不吃，一者天氣甚熱，二乃口渴難熬，拿起來，祇吃了一半，棗子分幾個吃了。那賣酒的漢子説道：『這桶酒吃那客人饒兩瓢吃了，少了你些酒，我今饒了你衆人半貫錢罷。』衆軍漢把錢還他。那漢子收了錢，挑了空桶，依然唱着山歌，自下岡子去了。

祇見那七個販棗子的客人，立在松樹旁邊，指着這一十五人説道：『倒也，倒也！』祇見這十五個人，頭重脚輕，一個個面面厮覷，都軟倒了。那七個客人從松樹林裏推出這七輛江州車兒，把車子上棗子都丢在地上，將這十一擔金珠寶貝，都裝在車子内，叫聲：『聒噪！』一直望黄泥岡下推了去。楊志口裏祇是叫苦，軟了身體，扎挣不起。十五人眼睜睜地看着那七個人都把這金寶裝了去，祇是起不來，挣不動，説不的。我且問你：這七人端的是誰？不是別人，原來正是晁蓋、吴用、公孫勝、劉唐、三阮這七個。却才那個挑酒的漢子，便是白日鼠白勝。却怎地用藥？原來挑上岡子時，兩桶都是好酒。七個人先吃了一桶，劉唐揭起桶蓋，又兜了半瓢吃，故意要他們看着，祇是教人死心塌地。次後，吴用去松林裏取出藥來，抖在瓢裏，祇做趕來饒他酒吃，把瓢去兜時，藥已攪在酒裏，假意兜半瓢吃，那白勝劈手奪來，傾在桶裏。這個便是計策。那計較都是吴用主張，這個唤做『智取生辰綱』。

原來楊志吃的酒少，便醒得快，爬將起來，兀自捉脚不住。看那十四個人時，口角流涎，都動不得。正應俗語道：『饒你奸似鬼，吃了洗脚水。』楊志憤悶道：『不争你把了生辰綱去，教俺如何回去見得梁中書！這紙領狀須繳不得！』就扯破了。『如今閃得俺有家難奔，有國難投，待走那裏去？不如就這岡子上尋個死處！』撩衣破步，望黄泥岡下便跳。正是：斷送落花三月雨，摧殘楊柳九秋霜。

畢竟楊志在黄泥岡上尋死，性命如何，且聽下回分解。

第十七回　花和尚單打二龍山　青面獸雙奪寶珠寺

一部書，將網羅一百八人而貯之山泊也。將網羅一百八人而貯之山泊，而必二人一至朱貴水亭，一人一段分例酒食，一人一枝號箭，一人一次渡船，是亦何以异于今之販夫之唱籌量米之法也者，而以誇于世曰才子之文，豈其信哉！故自其天降石碣大排座次之日視之，則彼一百八人，誠已齊齊臻臻，悉在山泊矣。然當其一百八人，猶未得而齊齊臻臻悉在山泊之初，此時譬如大珠小珠，不得玉盤，迸走散落無可羅拾。當是時，殆幾非一手二手之所得而施設也。作者于此，爲之躊躕，爲之經營，因忽然別構一奇，而控扭魯、楊二人藏之二龍，俟後樞機所發，乘勢可動，夫然後衝雷破壁，疾飛而去。嗚呼！自古有云良匠心苦，洵不誣也。

魯達一孽龍也，楊志又一孽龍也。二孽龍同居一水，獨不虞其鬥乎？作者亦深知其然，故特于前文兩人出身下，都預寫作關西人，亦以望其有鄉里之情也。雖然以魯達、楊志二人而望其以鄉里爲投分之故，此倍難矣。以魯達、楊志二人，而誠肯以鄉里之故而得成投分，然則何不生于關西，長于關西，老死于關西，而又必破閑嚙櫪而至于斯也？破閑嚙櫪以至于斯，而尚思以『關西』二字羈之使合，是猶以藕絲之輕縶二孽龍，必不得之數耳。作者又深知其然，故特提操刀曹正，大書爲林沖之徒，曹正貫索在手，而魯、楊孽龍弭首帖尾，不敢復動。無他，天下怪物自須天下怪寶鎮之，則讀此篇者，其胡可不知林沖爲禹王之金鎖也？

頃我言此篇之中雖無林沖，然而欲制毒龍，必須禹王金鎖，所以林沖獨爲一篇綱領之人，亦既論之詳矣。乃今我又欲試問天下之讀《水滸》者，亦嘗知此篇之中，爲止二龍，爲更有龍？爲止一鎖，爲更有鎖？爲止一貫索奴，爲更有貫索奴耶？孔子曰：舉此隅，不以彼隅反，則不復說。然而我終亦請試言之。夫魯達、楊志雙居珠寺，他日固又有武松來也。夫魯達一孽龍也，武松又一孽龍也。魯楊之合也，則鎖之以林沖也，曹正其貫索者也。若魯、武之合也，其又以何爲鎖，以誰爲貫索之人乎哉？曰：而不見夫魯達自述孟州遇毒之事乎？是事也，未嘗見之于實事也，第一敘之于魯達之口，一敘之于張青之口，如是焉耳。夫魯與武即曾不相遇，而前後各各自到張青店中，則其貫索久已各各入于張青之手矣。故夫异日之有張青，猶如今日之有曹正也。曰：張青猶如曹正，則是貫索之人誠有之也，鎖其奈何？曰：誠有之，未細讀耳。觀魯達之述張青也，曰：看了戒刀吃驚。至後日張青之贈武松也，曰：我有兩口戒刀。其此物此志也。魯達之戒刀也，伴之以禪杖；武松之戒刀也，伴之以人骨念珠。此又作者故染間色，以眩人目也。不信，則第觀武松初過十字坡之時，張青夫婦與之飲酒至晚，無端忽出戒刀，互各驚賞，此與前文後文悉不連屬，其爲何耶？嗟乎，讀書隨書讀，定非讀書人，即又奚怪聖嘆之以鍾期自許耶！

楊志初入曹正店時，不必先有曹正之妻也。自楊志初入店時，一寫有曹正之妻，而下文遂有折本入贅等語，糾纏筆端，苦不得了，然而不得已也。何也？作者之胸中，夫固斷以魯、楊爲一雙，鎖之以林沖，貫之以曹正，又以魯、武爲一雙，鎖之以戒刀，貫之以張青，如上所云矣。然而，其事相去越十餘卷，彼天下之人方且眼小如豆，即又烏能凌跨二三百紙而得知其文心照耀，有如是之奇絕横極者乎？故作者萬無如何而先于曹正店中憑空添一婦人，使之特與張青店中仿佛相似，而後下文飛空架險，結撰奇觀，蓋才子之才，實有化工之能也。

魯、楊一雙以關西通氣，魯、武一雙以出家逗機，皆惟恐文章不成篇段耳。

讀至末幅，已成拖尾，忽然翻出何清報信一篇有哭有笑文字，遂使天下無兄弟人讀之心傷，有兄弟人讀之又心傷，誰謂稗史無勸懲乎？

話說楊志當時在黃泥岡上被取了生辰綱去，如何回轉去見得梁中書，欲要就岡子上自尋死路，却待望黃泥岡下躍身一跳，猛可醒悟，拽住了脚，尋思道：『爹娘生下灑家，堂堂一表，凜凜一軀，自小學成十八般武藝在身，終不成衹這般休了！比及今日尋個死處，不如日後等他拿得着時，却再理會。』回身再看那十四個人時，衹是眼睁睁地看着楊志，没個挣扎得起。楊志指着駡道：『都是你這厮們不聽我言語，因此做將出來，連累了灑家！』樹根頭拿了樸刀，挂了腰刀，周圍看時，別無物件。楊志嘆了口氣，一直下岡子去了。

那十四個人，直到二更方才得醒。一個個爬將起來，口裏祇叫得連珠箭的苦。老都管道：『你們衆人不聽楊提轄的好言語，今日送了我也！』衆人道：『老爺，今日事已做出來了，且通個商量。』老都管道：『你們有甚見識？』衆人道：『是我們不是了。古人有言：火燒到身，各自去掃；蜂蠆入懷，隨即解衣。若還楊提轄在這裏，我們都說不過。如今他自去的不知去向，我們回去見梁中書相公，何不都推在他身上。祇說道：他一路上凌辱打罵衆人，逼迫的我們都動不得。他和强人做一路，把蒙汗藥將俺們麻翻了，縛了手脚，將金寶都擄去了。』老都管道：『這話也說的是。我們等天明先去本處官司首告，留下兩個虞候隨衙聽候，捉拿賊人。我等衆人連夜趕回北京，報與本官知道，教動文書，申復太師得知，着落濟州府追獲這伙强人便了。』次日天曉，老都管自和一行人來濟州府該管官吏首告，不在話下。

且說楊志提着樸刀，悶悶不已，離黄泥岡望南行了半日。看看又走了半夜，去林子裏歇了。尋思道：『盤纏又没了，舉眼無個相識，却是怎地好！』漸漸天色明亮，祇得趁早凉了行。又走了二十餘里，前面到一酒店門前。楊志道：『若不得些酒吃，怎地打熬得過。』便入那酒店去，向這桑木桌凳座頭上坐了，身邊倚了樸刀。祇見竈邊一個婦人問道：『客官莫不要打火？』楊志道：『先取兩角酒來吃，借些米來做飯，有肉安排些個。少停一發算錢還你。』祇見那婦人先叫一個後生來面前篩酒，一面做飯，一邊炒肉，都把來楊志吃了。楊志起身，綽了樸刀便出店門。那婦人道：『你的酒肉飯錢都不曾有。』楊志道：『待俺回來還你，權賒咱一賒。』說了便走。那篩酒的後生，趕將出來揪住，被楊志一拳打翻了。那婦人叫起屈來。楊志祇顧走。祇見背後一個人趕來叫道：『你那厮走那裏去？』楊志回頭看時，那人大脱膊着，拖條杆棒搶奔將來。楊志道：『這厮却不是晦氣，倒來尋灑家。』立脚住了不走。看後面時，那篩酒後生也拿條樘叉，隨後趕來。又引着兩三個莊客，各拿杆棒，飛也似都來。楊志道：『結果了這厮一個，那厮們都不敢追來。』便挺了手中樸刀，來鬥這漢。這漢也輪轉手中杆棒搶來迎。兩個鬥了三二十合，這漢怎地敵的楊志，祇辦得架隔遮攔，上下躲閃。那後來的後生并莊客却待一發上，祇見這漢托地跳出圈子外來，叫道：『且都不要動手！兀那使樸刀的大漢，你可通個姓名。』那楊志拍着胸道：『灑家行不更名，坐不改姓，青面獸楊志的便是。』這漢道：『莫不是東京殿司楊制使麽？』楊志道：『你怎地知道灑家是楊制使？』這漢撇了槍棒，便拜道：『小人有眼不識泰山。』楊志便扶這人起來，問道：『足下是誰？』這漢道：『小人原是開封府人氏，乃是八十萬禁軍都教頭林沖的徒弟，姓曹名正，祖代屠户出身。小人殺得好牲口，挑筋剮骨，開剥推剥，祇此被人唤做操刀鬼曹正。爲因本處一個財主，將五千貫錢教小人來此山東做客，不想折本，回鄉不得，在此入贅在這個莊農人家。却才竈邊婦人，便是小人的渾家。這個拿樘叉的，便是小人的妻舅。却才小人和制使交手，見制使手段和小人師父林教師一般，因此抵敵不住。』楊志道：『原來你却是林教師的徒弟。你的師父被高太尉陷害，落草去了，如今見在梁山泊。』曹正道：『小人也聽得人這般說將來，未知真實。且請制使到家少歇。』

楊志便同曹正再回到酒店裏來。曹正請楊志裏面坐下，叫老婆和妻舅都來拜了楊志，一面再置酒食相待。飲酒中間，曹正動問道：『制使緣何到此？』楊志把做制使失陷花石綱，并如今又失陷了梁中書的生辰綱一事，從頭備細告訴了。曹正道：『既然如此，制使且在小人家裏住幾時，再有商議。』楊志道：『如此，却是深感你的厚意。祇恐官司追捕將來，不敢久住。』曹正道：『制使這般說時，要投那裏去？』楊志道：『灑家欲投梁山泊去，尋你師父林教頭。俺先前在那裏經過時，正撞着他下山來與灑家交手。王倫見了俺兩個本事一般，因此都留在山寨裏相會，以此認得你師父林沖。王倫當初苦苦相留灑家，俺却不肯落草。如今臉上又添了金印，却去投奔他時，好没志氣。因此躊躇未決，進退兩難。』曹正道：『制使見的是。小人也聽的人傳說，王倫那厮心地偏窄，安不得人。說我師父林教頭上山時，受盡他的氣。以此多人傳說將來，方才知道。不若小人此間，離不遠却是青州地面，有座山喚做二龍山，山上有座寺，喚做寶珠寺。那座山生來却好裹着這座寺，衹有一條路上的去。如今寺裏住持還了俗，養了頭髮，餘者和尚，都隨順了。說道他聚集的四五百人，打家劫舍。爲頭那人，喚做金眼虎鄧龍。制使若有心落草時，到去那裏入伙，足可安身。』楊志道：『既有這個去處，何不去奪來安身立命。』

當下就曹正家裏住了一宿，借了些盤纏，拿了樸刀，相别曹正，拽開脚步，投二龍山來。行了一日，看看漸晚，却早望見一座高山。楊志道：『俺去林子裏且歇一夜，明日却上山去。』轉入林子裏來，吃了一驚。衹見一個胖大和尚，脱得赤條條的，背上刺着花綉，坐在松樹根頭乘凉。那和尚見了楊志，就樹根頭綽了禪杖，跳將起來，大喝道：『兀那撮鳥，你是那裏來的？』楊志聽了道：『原來也是關西和尚。俺和他是鄉中，問他一聲。』楊志叫道：『你是那裏來的僧人？』那和尚也不回說，輪起手中禪杖，衹顧打來。楊志道：『怎奈那禿厮無禮，且把他來出口氣。』挺起手中樸刀來奔那和尚。兩個就林子裏一來一往，一上一下，兩個放對。但見：

兩條龍競寶，一對虎爭餐。樸刀舉露半截金蛇，禪杖起飛全身玉蟒。兩條龍競寶，攪長江，翻大海，魚鱉驚惶；一對虎爭食，奔翠嶺，撼青林，豺狼亂竄。卒律律，忽喇喇，天崩地塌，黑雲中玉爪盤旋；惡狠狠，雄赳赳，雷吼風呼，殺氣内金睛閃爍。兩條龍競寶，嚇的那身長力壯、仗霜鋒周處眼無光；一對虎爭餐，驚的這膽大心粗、施雪刃下莊魂魄喪。兩條龍競寶，眼珠放彩，尾擺得水母殿臺摇；一對虎爭餐，野獸奔馳，聲震的山神毛髮竪。花和尚不饒楊制使，抵死交鋒；楊制使欲捉花和尚，設機力戰。

當時楊志和那僧人鬥到四五十合，不分勝敗。那和尚賣個破綻，托地跳出圈子外來，喝一聲：『且歇！』兩個都住了手。楊志暗暗地喝采道：『那裏來的這個和尚，真個好本事，手段高，俺却剛剛地衹敵的他住。』那僧人叫道：『兀那青面漢子，你是什麽人？』楊志道：『灑家是東京制使楊志的便是。』那和尚道：『你不是在東京賣刀殺了破落户牛二的？』楊志道：『你不見俺臉上金印？』那和尚笑道：『却原來在這裏相見。』楊志道：『不敢

問師兄却是誰？緣何知道灑家賣刀？』那和尚道：『灑家不是別人，俺是延安府老種經略相公帳前軍官魯提轄的便是。爲因三拳打死了鎮關西，却去五臺山净髮爲僧。人見灑家背上有花綉，都叫俺做花和尚魯智深。』楊志笑道：『原來是自家鄉里。俺在江湖上多聞師兄大名，聽的説道師兄在大相國寺裏挂搭，如今何故來在這裏？』

魯智深道：『一言難盡。灑家在大相國寺管菜園，遇着那豹子頭林沖被高太尉要陷害他性命。俺却路見不平，直送他到滄州，救了他一命。不想那兩個防送公人回來對高俅那厮説道：「正要在野猪林裏結果林沖，却被大相國寺魯智深救了。那和尚直送到滄州，因此害他不得。」這日娘賊恨殺灑家，分付寺裏長老不許俺挂搭，又差人來捉灑家。却得一伙潑皮通報，不是着了那厮的手。吃俺一把火燒了那菜園裏廨宇，逃走在江湖上。東又不着，西又不着。來到孟州十字坡過，險些兒被個酒店裏婦人害了性命，把灑家着蒙汗藥麻翻了。得他的丈夫歸來得早，見了灑家這般模樣，又看了俺的禪杖、戒刀吃驚，連忙把解藥救俺醒來。因問起灑家名字，留住俺過了數日，結義灑家做了弟兄。那人夫妻兩個，亦是江湖上好漢有名的，都叫他做菜園子張青，其妻母夜叉孫二娘，甚是好義氣。住了四五日，打聽得這裏二龍山寶珠寺可以安身，灑家特地來奔他鄧龍入伙，叵耐那厮不肯安着灑家在這山上。鄧龍那厮和俺厮并，又敵灑家不過，衹把這山下三座關牢牢地拴住，又没個道路上去。打緊這座山生的險峻，又没别路上去。那撮鳥由你叫駡，衹是不下來厮殺，氣得灑家正苦，在這裏没個委結。不想却是大哥來。』

楊志大喜。兩個就林子裏剪拂了，就地坐了一夜。楊志訴説賣刀殺死了牛二的事，并解生辰綱失陷一節，都備細説了。又説曹正指點來此一事，便道：『既是閉了關隘，俺們住在這裏，如何得他下來？不若且去曹正家商議。』

兩個厮趕着行離了那林子，來到曹正酒店裏。楊志引魯智深與他相見了，曹正慌忙置酒相待，商量要打二龍山一事。曹正道：『若是端的閉了關時，休説道你二位，便有一萬軍馬也上去不得。似此衹可智取，不可力求。』魯智深道：『叵耐那撮鳥，連輸與灑家兩遍。那厮小肚上被俺一脚點翻了，却待再要打那厮一頓，結果了他性命。被他那裏人多，救了上山去，閉了這鳥關。由你自在下面駡，衹是不肯下來厮殺。』楊志道：『既然好去處，俺和你如何不用心去打？』魯智深道：『便是没做個道理上去，奈何不得他。』

曹正道：『小人有條計策，不知中二位意也不中？』楊志道：『願聞良策則個。』曹正道：『制使也休這般打扮，衹照依小人這裏近村莊家穿着。小人把這位師父禪杖、戒刀都拿了，却叫小人的妻弟帶六個火家，直送到那山下，把一條索子綁了師父。小人自會做活結頭。却去山下叫道：「我們近村開酒店莊家。這和尚來我店中吃酒，吃得大醉了，不肯還錢，口裏説道，去報人來打你山寨。因此我們聽得，乘他醉了，把他綁縛在這裏，獻與大王。」那厮必然放我們上山去。到得他山寨裏面，見鄧龍時，把索子拽脱了活結頭，小人便遞過禪杖與師父。你兩個好漢一發上，那厮走往那裏去。若結果了他時，以下的人不敢不伏。此計若何？』魯智深、楊志齊道：『妙哉，妙哉！』

當晚吃了酒食，又安排了些路上乾糧。次日五更起來，衆人都吃得飽了。魯智深的行李包裹，都寄放在曹正家。當日楊志、魯智深、曹正，帶了小舅并五七個莊家，取路投二龍山來。晌午後，直到林子裏，脱了衣裳，把魯智深用活結頭使索子綁了，教兩個莊家牢牢地牽着索頭。楊志戴了遮日頭凉笠兒，身穿破布衫，手裏倒提着樸刀。曹正拿着他的禪杖，衆人都提着棍棒，在前後簇擁着。到得山下，看那關時，都擺着强弩硬弓，灰瓶炮石。小嘍囉在關上看見綁得這個和尚來，飛也似報上山去。

多樣時，衹見兩個小頭目上關來問道：『你等何處人？來我這裏做什麽？那裏捉得這個和尚來？』曹正答道：『小人等是這山下近村莊家，開着一個小酒店。這個胖和尚不時來我店中吃酒，吃得大醉，不肯還錢，口裏説道：「要去梁山泊叫千百個人來打這二龍山，和你這近村坊都洗蕩了。」因此小人衹得又將好酒請他，灌得醉了，一條索子綁縛這厮來獻與大王，表我等村坊孝順之心，免得村中後患。』

兩個小頭目聽了這話，歡天喜地説道：『好了！衆人在此少待一時。』兩個小頭目就上山來，報知鄧龍説：『拿的那胖和尚來。』鄧龍聽了大喜，叫：『解上山來！且取這廝的心肝來做下酒，消我這點冤仇之恨。』小嘍囉得令，來把關隘門開了，便叫送上來。

楊志、曹正緊押魯智深，解上山來。看那三座關時，端的險峻。兩下裏山環繞將來，包住這座寺。山峰生得雄壯，中間祇一條路。上關來，三重關上，擺着擂木炮石，硬弩强弓，苦竹槍密密地攢着。過得三處關閘，來到寶珠寺前看時，三座殿門，一段鏡面也似平地，周遭都是木栅爲城。寺前山門下立着七八個小嘍囉，看見縛得魯智深來，都指着駡道：『你這禿驢傷了大王，今日也吃拿了。慢慢的碎割了這廝！』魯智深祇不做聲。押到佛殿看時，殿上都把佛來抬去了，中間放着一把虎皮交椅。衆多小嘍囉，拿着槍棒，立在兩邊。

少刻，祇見兩個小嘍囉扶出鄧龍來，坐在交椅上。曹正、楊志緊緊地幫着魯智深到階下。鄧龍道：『你那廝禿驢！前日點翻了我，傷了小腹，至今青腫未消。今日也有見我的時節。』魯智深睜圓怪眼，大喝一聲：『撮鳥休走！』兩個莊家把索頭祇一拽，拽脱了活結頭，散開索子。魯智深就曹正手裏接過禪杖，雲飛掄動。楊志撇了凉笠兒，提起手中樸刀。曹正又掄起杆棒。衆莊家一齊發作，并力向前。鄧龍急待掙扎時，早被魯智深一禪杖當頭打着，把腦蓋劈做兩半個，和交椅都打碎了。手下的小嘍囉，早被楊志搠翻了四五個。曹正叫道：『都來投降！若不從者，便行掃除處死！』寺前寺後五六百小嘍囉，并幾個小頭目，驚嚇的呆了，祇得都來歸降投伏。隨即叫把鄧龍等尸首扛抬去後山燒化了。一面檢點倉敖，整頓房舍，再去看那寺後有多少物件。且把酒肉安排些來吃。魯智深并楊志做了山寨之主，置酒設宴慶賀。小嘍囉們盡皆投伏了。仍設小頭目管領。曹正别了二位好漢，領了莊家自回家去，不在話下。看官聽説，有詩爲證：

古刹清幽隱翠微，鄧龍雄據恣非爲。天生神力花和尚，斬草除根更可悲。

不説魯智深、楊志自在二龍山落草，却説那押生辰綱老都管，并這幾個廂禁軍，曉行夜住，趕回北京。到得梁中書府，直至廳前，齊齊都拜翻在地下告罪。梁中書道：『你們路上辛苦，多虧了你衆人。』又問：『楊提轄何在？』衆人告道：『不可説！這人是個大膽忘恩的賊。自離了此間，五七日後，行得到黄泥岡。天氣大熱，都在林子裏歇凉。不想楊志和七個賊人通同，假裝做販棗子客商。楊志約會與他做一路，先推七輛江州車兒在這黄泥岡上松林裏等候，却叫一個漢子挑一擔酒來岡子上歇下。小的衆人不合買他酒吃，被那廝把蒙汗藥都麻翻了，又將索子捆縛衆人。楊志和那七個賊人，却把生辰綱財寶并行李盡裝載車上將了去。現今去本管濟州府陳告了，留兩個虞候在那裏隨衙聽候，捉拿賊人。小人等衆人，星夜趕回來，告知恩相。』

梁中書聽了大驚，駡道：『這賊配軍！你是犯罪的囚徒，我一力抬舉你成人，怎敢做這等不仁忘恩的事！我若拿住他時，碎尸萬段！』隨即便唤書吏寫了文書，當時差人星夜來濟州投下。又寫一封家書，着人也連夜上東京報與太師知道。

且不説差人去濟州下公文，祇説着人上東京來到太師府報知。見了太師，呈上書札。蔡太師看了大驚道：『這班賊人甚是膽大！去年將我女婿送來的禮物打劫了去，至今未獲賊人。今年又來無禮，更待幹罷，恐後難治。』隨即押了一紙公文，着一個府幹親自賫了，星夜望濟州來，着落府尹，立等捉拿這伙賊人，便要回報。

且説濟州府尹自從受了北京大名府留守司梁中書札付，每日理論不下。正憂悶間，祇見門吏報道：『東京太師府裏差府幹見到廳前，有緊急公文要見相公。』府尹聽得大驚道：『多管是生辰綱的事。』慌忙升廳來，與府幹相見了，説道：『這件事下官已受了梁府虞候的狀子，已經差緝捕的人跟捉賊人，未見踪迹。前日留守司又差人行札付到來，又經着仰尉司并緝捕觀察，杖限跟捉，未曾得獲。若有些動静消息，下官親到相府回話。』府幹道：『小人是太師府裏心腹人。今奉太師鈞旨，特差來這裏要這一干人。臨行時，太師親自分付，教小人到本府，祇就州衙裏宿歇，立等相公要拿這七個販棗子的并賣酒一人、在逃軍官楊志各賊正身，限在十日捉拿完備，差人解赴東京。

若十日不獲得這件公事時，怕不先來請相公去沙門島走一遭。小人也難回太師府裏去，性命亦不知如何。相公不信，請看太師府裏行來的鈞帖。』

府尹看罷大驚，隨即便喚緝捕人等。祇見階下一人聲喏，立在簾前。太守道：『你是甚人？』那人稟道：『小人是三都緝捕使臣何濤。』太守道：『前日黄泥岡上打劫了去的生辰綱，是你該管麽？』何濤答道：『稟復相公，何濤自從領了這件公事，晝夜無眠，差下本管眼捷手快的公人去黄泥岡上往來緝捕。雖是累經杖責，到今未見踪迹。非是何濤怠慢官府，實出于無奈。』府尹喝道：『胡説！上不緊則下慢。我自進士出身，歷任到這一郡諸侯，非同容易。今日東京太師府差一幹辦來到這裏，領太師臺旨，限十日内須要捕獲各賊正身完備解京。若還違了限次，我非止罷官，必陷我投沙門島走一遭。你是個緝捕使臣，倒不用心，以致禍及于我。先把你這厮迭配遠惡軍州雁飛不到去處！』便喚過文筆匠來，去何濤臉上刺下「迭配……州」字樣，空着甚處州名。發落道：『何濤，你若獲不得賊人，重罪決不饒恕！』

何濤領了臺旨下廳前，來到使臣房裏，會集許多做公的都到機密房中商議公事。衆做公的都面面相覷，如箭穿雁嘴，鈎搭魚腮，盡無言語。何濤道：『你們閑常時都在這房裏賺錢使用，如今有此一事難捉，都不做聲。你衆人也可憐我臉上刺的字樣！』衆人道：『上復觀察，小人們人非草木，豈不省的。祇是這一伙做客商的，必是他州外府深山曠野强人，遇着，一時劫了。他得財寶，自去山寨裏快活，如何拿的着？便是知道，也祇看得他一看。』何濤聽了，當初祇有三分煩惱，見説了這話，又添了五分煩惱。自離了使臣房裏，上馬回到家中，把馬牽去後槽上拴了，獨自一個，悶悶不已。正是：

眉頭重上三鍠鎖，腹内填平萬斛愁。若是賊徒難捉獲，定教徒配入軍州。

祇見老婆問道：『丈夫，你如何今日這般煩惱？』何濤道：『你不知，前日太守委我一紙批文，爲因黄泥岡上一伙賊人打劫了梁中書與丈人蔡太師慶生辰的金珠寶貝，計十一擔，正不知是什麽樣人打劫了去。我自從領了這道鈞批，到今未曾得獲。今日正去轉限，不想太師府又差幹辦來，立等要拿這一伙賊人解京。太守問我賊人消息，我回復道：「未見次第，不曾獲的。」府尹將我臉上刺下「迭配……州」字樣，祇不曾填甚去處，在後知我性命如何！』老婆道：『似此怎地好？却是如何得了！』

正説之間，祇見兄弟何清來望哥哥。何濤道：『你來做什麽？不去賭錢，却來怎地？』何濤的妻子乖覺，連忙招手説道：『阿叔，你且來厨下，和你説話。』何清當時跟了嫂嫂進到厨下坐了。嫂嫂安排些肉食菜蔬，盪幾杯酒，請何清吃。何清問嫂嫂道：『哥哥忒殺欺負人，我不中也是你一個親兄弟，你便奢遮殺，祇做得個緝捕觀察。便叫我一處吃盞酒，有什麽辱没了你？』阿嫂道：『阿叔，你不知道你哥哥心裏自過活不得哩。』何清道：『他每日趁了大錢大物那裏去了？有的是錢和米，有什麽過活不得處？』阿嫂道：『你不知，爲這黄泥岡上，前日一伙販棗子的客人，打劫了北京梁中書慶賀蔡太師的生辰綱去，如今濟州府尹奉着太師鈞旨，限十日内定要捉拿各賊解京。若還捉不着正身時，都要刺配遠惡軍州去。你不見你哥哥先吃府尹刺了臉上「迭配……州」字樣，祇不曾填什麽去處。早晚捉不着時，實是受苦。他如何有心和你吃酒，我却才安排些酒食與你吃。他悶了幾時了，你却怪他不的。』何清道：『我也誹誹地聽的人説道，有賊打劫了生辰綱去。正在那裏地面上？』阿嫂道：『祇聽的説道黄泥岡上。』何清道：『却是什麽樣人劫了？』阿嫂道：『叔叔，你又不醉。我方才説了，是七個販棗子的客人打劫了去。』何清呵呵的大笑道：『原來恁地。知道是販棗子的客人了，却悶怎地！何不差精細的人去捉？』阿嫂道：『你倒説得好，便是没捉處。』何清笑道：『嫂嫂，倒要你憂！哥哥放着常來的一般兒好酒肉弟兄，閑常不睬的是親兄弟。今日才有事，便叫没捉處。若是叫兄弟得知，賺得幾貫錢使，量這伙小賊有甚難處。』阿嫂道：『阿叔，你倒敢知得些風路？』何清笑道：『直等哥哥臨危之際，兄弟却來，有個道理救他。』説了，便起身要去。阿嫂留住再吃兩杯。

那婦人聽了這話説的蹺蹊，慌忙來對丈夫備細説了。何濤連忙叫請何清到面前。何濤陪着笑臉説道：『兄弟，你既知此賊去向，如何不救我？』何清道：『我不知什麽來歷。我自和嫂子説耍，兄弟如何救的哥哥。』何濤道：『好兄弟，休得要看冷暖。祇想我日常的好處，休記我閑時的歹處，救我這條性命！』何清道：『哥哥，你管下許多眼捷手快的公人，也有二三百個，何不與哥哥出些力氣。量兄弟一個怎救的哥哥！』何濤道：『兄弟，休説他們，你的話眼裏有些門路。休要把别人做好漢，你且説與我些去向，我自有補報你處。正教我怎地寬心？』何清道：『有什麽去向，兄弟不省的。』何濤道：『你不要慪我，祇看同胞共母之面。』何清道：『不要慌，且待到至急處，兄弟自來出些氣力拿這伙小賊。』

阿嫂便道：『阿叔，胡亂救你哥哥，也是弟兄情分。如今被太師府鈞帖，立等要這一干人。天來大事，你却説小賊。不知什麽去處，祇這等無門路了。』何清道：『嫂嫂，你須知我祇爲賭錢上，吃哥哥多少言語，但是打罵，不曾和他爭涉。閑常有酒有食，祇和别人快活。今日兄弟也有用處！』何濤見他話眼有些來歷，慌忙取一個十兩銀子放在桌上，説道：『兄弟，權將這錠銀收了。日後捕得賊人時，金銀緞匹賞賜，我一力包辦。』何清笑道：『哥哥正是急來抱佛脚，閑時不燒香。我却要你銀子時，便是兄弟勒你。你且把去收了，不要將來賺我。你若如此，我便不説。既是你兩口兒我行陪話，我説與你。不要把銀子出來驚我。』何濤道：『銀兩都是官司信賞出的，如何没三五百貫錢。兄弟，你休推却。我且問你：這伙賊却在那裏有些來歷？』何清拍着大腿道：『這伙賊，我都捉在便袋裏了。』何濤大驚道：『兄弟，你如何説這伙賊在你便袋裏？』何清道：『哥哥，你莫管我，自都有在這裏便了。你祇把銀子收了去，不要將來賺我，祇要常情便了。我却説與你知道。』何清不慌不忙，迭着兩個指頭，言無數句，話不一席，有分教：鄆城縣裏，引出個仗義英雄；梁山泊中，聚一伙擎天好漢。

畢竟何清對何濤説出甚人來，且聽下回分解。

第十八回 美髯公智穩插翅虎 宋公明私放晁天王

此回始入宋江傳也。宋江，盜魁也。盜魁，則其罪浮于群盜一等。然而從來人之讀《水滸》者，每每過許宋江忠義，如欲旦暮遇之。此豈其人性喜與賊爲徒？殆亦讀其文而不能通其義有之耳。自吾觀之，宋江之罪之浮于群盜也，吟反詩爲小，而放晁蓋爲大。何則？放晁蓋而倡聚群醜禍連朝廷，自此始矣。宋江而誠忠義，是必不放晁蓋者也；宋江而放晁蓋，是必不能忠義者也。此入本傳之始，而初無一事可書，爲首便書私放晁蓋。然則宋江通天之罪，作者真不能爲之諱也。

豈惟不諱而已，又特致其辨焉。如曰：府尹叫進後堂，則機密之至也；叫了店主做眼，則機密之至也；三更奔到白家，則機密之至也；五更趕回城裏，則機密之至也；包了白勝頭臉，則機密之至也；老婆監收女牢，則機密之至也；何濤親領公文，則機密之至也；就帶虞候做眼，則機密之至也；衆人都藏店裏，則機密之至也；何濤不肯輕説，則機密之至也。凡費若干文字，寫出無數機密，而皆所以深著宋江私放晁蓋之罪。蓋此書之寧恕群盜，而不恕宋江，其立法之嚴有如此者。世人讀《水滸》而不能通，而遽便以忠義目之，真不知馬之幾足者也。

寫朱仝、雷横二人，各自要放晁蓋，而爲朱仝巧雷横拙，朱仝快雷横遲，便見雷横處處讓過朱仝一着，然殊不知朱仝未入黑影之先，又先有宋江早已做過人情，則是朱仝又讓過宋江一着也。强手之中，更有强手，真是寫得妙絶。

話説當時何觀察與兄弟何清道：『這錠銀子是官司信賞的，非是我把來賺你，後頭再有重賞。兄弟，你且説這伙人如何在你便袋裏？』祇見何清去身邊招文袋内摸出一個經折兒來，指道：『這伙賊人都在上面。』何濤道：『你且説怎地寫在上面？』何清道：『不瞞哥哥説，兄弟前日爲賭博輸了，没一文盤纏。有個一般賭博的，引兄弟去北門外十五里，地名安樂村，有個王家客店内，凑些碎賭。爲是官司行下文書來，着落本村，但凡開客店的，須要置立文簿，一面上用勘合印信。每夜有客商來歇宿，須要問他：那裏來？何處去？姓甚名誰？做甚買賣？都要抄寫在簿子上。官司查照時，每月一次去裏正處報名。爲是小二哥不識字，央我替他抄了半個月。當日是六月初三日，有七個販棗子的客人，推着七輛江州車兒來歇。我却認得一個爲頭的客人，是鄆城縣東溪村晁保正。因何認得他？我比先曾跟一個閑漢去投奔他，因此我認得。我寫着文簿，問他道：『客人高姓？』祇見一個三髭鬚白淨面皮的搶將過來答應道：『我等姓李，從濠州來，販棗子去東京賣。』我雖寫了，有些疑心。第二日，他自去了。店主帶我去村裏相賭，來到一處三叉路口，祇見一個漢子挑兩個桶來。我不認得他，店主人自與他厮叫道：『白大郎，那裏去？』那人應道：『有擔醋，將去村裏財主家賣。』店主人和我說道：『這人叫做白日鼠白勝，他是個賭客。』我也祇安在心裏。後來聽得沸沸揚揚地說道：『黃泥岡上一伙販棗子的客人，把蒙汗藥麻翻了人，劫了生辰綱去。』我猜不是晁保正却是兀誰？如今祇捕了白勝，一問便知端的。這個經折兒是我抄的副本。』

何濤聽了大喜，隨即引了兄弟何清徑到州衙裏，見了太守。府尹問道：『那公事有些下落麼？』何濤稟道：『略有些消息了。』府尹叫進後堂來說，仔細問了來歷。何清一一稟說了。當下便差八個做公的，一同何濤、何清，連夜來到安樂村，叫了店主人作眼，徑奔到白勝家裏。却是三更時分，叫店主人賺開門來打火。祇聽得白勝在床上做聲，問他老婆時，却說道：『害熱病不曾得汗。』從床上拖將起來，見白勝面色紅白，就把索子綁了，喝道：『黃泥岡上做得好事！』白勝那裏肯認。把那婦人捆了，也不肯招。衆做公的繞屋尋贓尋賊，尋到床底下，見地面不平，衆人掘開，不到三尺深，衆多公人發聲喊，白勝面如土色，就地下取出一包金銀。隨即把白勝頭臉包了，帶他老婆，扛抬贓物，都連夜趕回濟州城裏來。却好五更天明時分，把白勝押到廳前，便將索子捆了，問他主情造意。白勝抵賴，死不肯招晁保正等七人。連打三四頓，打得皮開肉綻，鮮血迸流。府尹喝道：『告的正主招了贓物，捕人已知是鄆城縣東溪村晁保正了。你這厮如何賴得過？你快說那六人是誰，便不打你了。』白勝又捱了一歇，打熬不過，祇得招道：『爲首的是晁保正。他自同六人來糾合白勝與他挑酒，其實不認得那六人。』知府道：『這個不難。祇拿住晁保正，那六人便有下落。』先取一面二十斤死枷枷了白勝；他的老婆也鎖了，押去女牢裏監收。

隨即押一紙公文，就差何濤親自帶領二十個眼捷手快的公人，徑去鄆城縣投下，着落本縣，立等要捉晁保正并不知姓名六個正賊。就帶原解生辰綱的兩個虞候作眼拿人，一同何觀察領了一行人，去時不要大驚小怪，祇恐怕走透了消息。星夜來到鄆城縣，先把一行公人并兩個虞候都藏在客店裏，祇帶一兩個跟着來下公文，徑奔鄆城縣衙門前來。當下巳牌時分，却值知縣退了早衙，縣前靜悄悄地。何濤走去縣對門一個茶坊裏坐下吃茶相等，吃了一個泡茶，問茶博士道：『今日如何縣前恁地靜？』茶博士說道：『知縣相公早衙方散，一應公人和告狀的都去吃飯了未來。』何濤又問道：『今日縣裏不知是那個押司直日？』茶博士指着道：『今日直日的押司來也。』何濤看時，祇見縣裏走出一個吏員來。看那人時，怎生模樣？但見：

眼如丹鳳，眉似卧蠶。滴溜溜兩耳垂珠，明皎皎雙睛點漆。唇方口正，髭鬚地閣輕盈；額闊頂平，皮肉天倉飽滿。坐定時渾如虎相，走動時有若狼形。年及三旬，有養濟萬人之度量；身軀六尺，懷掃除四海之心機。上應星魁，感乾坤之秀氣；下臨凡世，聚山岳之降靈。志氣軒昂，胸襟秀麗。刀筆敢欺蕭相國，聲名不讓孟嘗君。

那押司姓宋名江，表字公明，排行第三，祖居鄆城縣宋家村人氏。爲他面黑身矮，人都喚他做黑宋江；又且於家大孝，爲人仗義疏財，人皆稱他做孝義黑三郎。上有父親在堂，母親喪早。下有一個兄弟，喚做鐵扇子宋清，自和他父親宋太公在村中務農，守些田園過活。這宋江自在鄆城縣做押司。他刀筆精通，吏道純熟，更兼愛習槍棒，學得武藝多般。平生祇好結識江湖上好漢，但有人來投奔他的，若高若低，無有不納，便留在莊上館谷，終日追陪，并無厭倦；若要起身，盡力資助。端的是揮霍，視金似土。人問他求錢物，亦不推托。且好做方便，每每排難解紛，祇是周全人性命。如常散施棺材藥餌，濟人貧苦，周人之急，扶人之困。以此山東、河北聞名，都稱他做及時雨，却把他比得做天上下的及時雨一般，能救萬物。曾有一首《臨江仙》贊宋江好處：

起自花村刀筆吏，英靈上應天星。疏財仗義更多能。事親行孝敬，待士有聲名。濟弱扶傾心慷慨，高名冰月雙清。及時甘雨四方稱。山東呼保義，豪杰宋公明。

當時宋江帶着一個伴當，走將出縣前來。衹見這何觀察當街迎住，叫道：「押司，此間請坐拜茶。」宋江見他似個公人打扮，慌忙答禮道：「尊兄何處？」何濤道：「且請押司到茶坊裏面吃茶説話。」宋公明道：「謹領。」兩個人到茶坊裏坐定，伴當都叫去門前等候。宋江道：「不敢拜問尊兄高姓？」何濤答道：「小人是濟州府緝捕使臣何觀察的便是。不敢動問押司高姓大名？」宋江道：「賤眼不識觀察，少罪。小吏姓宋名江的便是。」何濤倒地便拜，説道：「久聞大名，無緣不曾拜識。」宋江道：「惶恐，觀察請上坐。」何濤道：「小人是一小弟，安敢占上。」宋江道：「觀察是上司衙門的人，又是遠來之客。」兩個謙讓了一回，宋江坐了主位，何濤坐了客席。宋江便叫：「茶博士，將兩杯茶來。」没多時，茶到。兩個吃了茶，茶盞放在桌子上。宋江道：「觀察到敝縣，不知上司有何公務？」何濤道：「實不相瞞押司，來貴縣有幾個要緊的人。」宋江道：「莫非賊情公事否？」何濤道：「有實封公文在此，敢煩押司作成。」宋江道：「觀察是上司差來該管的人，小吏怎敢怠慢。不知爲什麽賊情緊事？」何濤道：「押司是當案的人，便説也不妨。敝府管下黄泥岡上一伙賊人，共是八個，把蒙汗藥麻翻了北京大名府梁中書差遣送蔡太師的生辰綱軍健一十五人，劫去了十一擔金珠寶貝，計該十萬貫正贓。今捕得從賊一名白勝，指説七個正賊都在貴縣。這是太師府特差一個幹辦，在本府立等要這件公事，望押司早早維持。」宋江道：「休説太師府着落，便是觀察自賫公文來要，敢不捕送。衹不知道白勝供指那七人名字？」何濤道：「不瞞押司説，是貴縣東溪村晁保正爲首。更有六名從賊，不識姓名。煩乞用心。」

宋江聽罷，吃了一驚，肚裏尋思道：「晁蓋是我心腹弟兄。他如今犯了迷天之罪，我不救他時，捕獲將去，性命便休了。」心内自慌。宋江且答應道：「晁蓋這廝奸頑役户，本縣内上下人没一個不怪他。今番做出來了，好教他受！」何濤道：「相煩押司便行此事。」宋江道：「不妨，這事容易。甕中捉鱉，手到拿來。衹是一件，這實封公文須是觀察自己當廳投下，本官看了，便好施行發落，差人去捉。小吏如何敢私下擅開。這件公事非是小可，勿當輕泄于人。」何濤道：「押司高見極明，相煩引進。」宋江道：「本官發放一早晨事務，倦怠了少歇。觀察略待一時，少刻坐廳時，小吏來請。」何濤道：「望押司千萬作成。」宋江道：「理之當然，休這等説話。小吏略到寒舍分撥了些家務便到，觀察少坐一坐。」何濤道：「押司尊便，請治事。小弟衹在此專等。」

宋江起身，出得閣兒，分付茶博士道：「那官人要再用茶，一發我還茶錢。」離了茶坊，飛也似跑到下處，先分付伴當去叫直司在茶坊門前伺候，「若知縣坐衙時，便可去茶坊裏安撫那公人道：『押司便來。』叫他略待一待。」却自槽上鞁了馬，牽出後門外去。宋江拿了鞭子，跳上馬，慢慢地離了縣治。出得東門，打上兩鞭，那馬撥剌剌的望東溪村攛將去。没半個時辰，早到晁蓋莊上。莊客見了，入去莊裏報知。正是：

有仁有義宋公明，交結豪强秉志誠。一旦陰謀皆外泄，六人星火夜逃生。

且説晁蓋正和吴用、公孫勝、劉唐在後園葡萄樹下吃酒。此時三阮已得了錢財，自回石碣村去了。晁蓋見莊客報説宋押司在門前。晁蓋問道：「有多少人隨從着？」莊客道：「衹獨自一個飛馬而來，説快要見保正。」晁蓋道：「必然有事。」慌忙出來迎接。宋江道了一個喏，携了晁蓋手，便投側邊小房裏來。晁蓋問道：「押司如何來得慌速？」宋江道：「哥哥不知，兄弟是心腹弟兄，我捨着條性命來救你。如今黄泥岡事發了！白勝已自拿在濟州大牢裏了，供出你等六人。濟州府差一個何緝捕，帶領若干人，奉着太師府鈞帖并本州文書來捉你等七人，道你爲首。天幸撞在我手裏！我衹推説知縣睡着，且教何觀察在縣對門茶坊裏等我，以此飛馬而來報你。哥哥，三十六計，走爲上計。若不快走時，更待什麽！我回去引他當廳下了公文，知縣不移時便差人連夜下來。你們不可耽擱。倘有些疏失，如之奈何？

晁蓋聽罷，吃了一驚，道：『賢弟，大恩難報！』宋江道：『哥哥，你休要多説，衹顧安排走路，不要纏障。我便回去也。』晁蓋道：『七個人，三個是阮小二、阮小五、阮小七，已得了財，自回石碣村去了；後面有三個在這裏，賢弟且見他一面。』宋江來到後園，晁蓋指着道：『這三位，一個吴學究；一個公孫勝，薊州來的；一個劉唐，東潞州人。』宋江略講一禮，回身便走，囑付道：『哥哥保重，作急快走！兄弟去也。』宋江出到莊前，上了馬，打上兩鞭，飛也似望縣裏來了。

且説晁蓋與吴用、公孫勝、劉唐三人道：『你們認得進來相見的這個人麽？』吴用道：『却怎地慌慌忙忙便去了？正是誰人？』晁蓋道：『你三位還不知哩，我們不是他來時，性命衹在咫尺休了！』三人大驚：『莫不走漏了消息，這件事發了？』晁蓋道：『虧殺這個兄弟，擔着血海也似干系來報與我們！原來白勝已自捉在濟州大牢裏了，供出我等七人。本州差個緝捕何觀察，將帶若干人，奉着太師鈞帖來，着落鄆城縣立等要拏我們七個。虧了他穩住那公人在茶坊裏俟候，他飛馬先來報知我們。如今回去下了公文，少刻便差人連夜到來捕獲我們。却是怎地好？』吴用道：『若非此人來報，都打在網裏。這大恩人姓甚名誰？』晁蓋道：『他便是本縣押司，呼保義宋江的便是。』吴用道：『衹聞宋押司大名，小生却不曾得會。雖是住居咫尺，無緣難得見面。』公孫勝、劉唐都道：『莫不是江湖上傳説的及時雨宋公明？』晁蓋點頭道：『正是此人。他和我心腹相交，結義弟兄。吴先生不曾得會。四海之内，名不虚傳。結義得這個兄弟，也不枉了。』

晁蓋問吴用道：『我們事在危急，却是怎地解救？』吴學究道：『兄長，不須商議。三十六計，走爲上計。』晁蓋道：『却才宋押司也教我們走爲上計，却是走那裏去好？』吴用道：『我已尋思在肚裏了。如今我們收拾五七擔挑了，一齊都走，奔石碣村三阮家裏去。』晁蓋道：『三阮是個打魚人家，如何安得我等許多人？』吴用道：『兄長，你好不精細。石碣村那裏，一步步近去，便是梁山泊。如今山寨裏好生興旺。官軍捕盗，不敢正眼兒看他。若是趕得緊，我們一發入了伙！』晁蓋道：『這一論正合吾意。衹恐怕他們不肯收留我們。』吴用道：『我等有的是金銀，送獻些與他，便入了伙。』晁蓋道：『既然恁地，商量定了。事不宜遲！吴先生，你便和劉唐帶了幾個莊客，挑擔先去阮家安頓了，却來旱路上接我們。我和公孫先生兩個打并了便來。』吴用、劉唐把這生辰綱打劫得金珠寶貝做五六擔裝了，叫五六個莊客一發吃了酒食。吴用袖了銅鏈，劉唐提了樸刀，監押着五七擔，一行十數人，投石碣村來。晁蓋和公孫勝在莊上收拾。有些不肯去的莊客，賫發他些錢物，從他去投別主。願去的，都在莊上并迭財物，打拴行李。有詩爲證：

太師符督下州來，晁蓋逡巡受禍胎。不是宋江潛往報，七人難免這場災。

再説宋江飛馬去到下處，連忙到茶坊裏來，衹見何觀察正在門前望。宋江道：『觀察久等。却被村裏有個親戚，在下處説些家務，因此耽擱了些。』何濤道：『有煩押司引進。』宋江道：『請觀察到縣裏。』兩個入得衙門來，正直知縣時文彬在廳上發落事務。宋江將着實封公文，引着何觀察，直至書案邊，叫左右挂上回避牌。宋江向前禀道：『奉濟州府公文，爲賊情緊急公務，特差緝捕使臣何觀察到此下文書。』知縣接來拆開，就當廳看了，大驚，對宋江道：『這是太師府差幹辦來立等要回話的勾當。這一干賊便可差人去捉。』宋江道：『日間去衹怕走了消息，衹可差人就夜去捉。拿得晁保正來，那六人便有下落。』時知縣道：『這東溪村晁保正，聞名是個好漢，他如何肯做這等勾當？』隨即叫喚尉司并兩個都頭，一個姓朱名仝，一個姓雷名横。他兩個非是等閑人也！

當下朱仝、雷横兩個來到後堂，領了知縣言語，和縣尉上了馬，徑到尉司，點起馬步弓手并土兵一百餘人，就同何觀察并兩個虞候作眼拿人。當晚都帶了繩索軍器，縣尉騎着馬，兩個都頭亦各乘馬，各帶了腰刀、弓箭，手拿樸刀，前後馬步弓手簇擁着，出得東門，飛奔東溪村晁家來。到得東溪村裏，已是一更天氣，都到一個觀音庵取齊。朱仝道：『前面便是晁家莊。晁蓋家有前後兩條路。若是一齊去打他前門，他望後門走了；一齊哄去打他後門，他奔前門走了。我須知晁蓋好生了得，又不知那六個是什麼人，必須也不是良善君子。那厮們都是死命，倘或一齊殺出來，又有莊客協助，却如何抵敵他。祇好聲東擊西，等那厮們亂攛，便好下手。不若我和雷都頭分做兩路，我與你分一半人，都是步行去，先望他後門埋伏了；等候唿哨響爲號，你等向前門祇顧打入來，見一個捉一個，見兩個捉一雙。』雷横道：『也説得是。朱都頭，你和縣尉相公從前門打入來，我與你截住後路。』朱仝道：『賢弟，你不省得。晁蓋莊上有三條活路，我閑常時都看在眼裏了。我去那裏，須認得他的路數，不用火把便見。你還不知他出没的去處，倘若走漏了事情，不是耍處。』縣尉道：『朱都頭説得是。你帶一半人去。』朱仝道：『祇消得三十來個夠了。』朱仝領了十個弓手，二十個土兵，先去了。縣尉再上了馬。雷横把馬步弓手都擺在前後，幫護着縣尉。土兵等都在馬前，明晃晃照着三二十個火把，拿着欓叉、樸刀、留客住、鈎鐮刀，一齊都奔晁家莊來。

到得莊前，也兀自有半里多路，祇見晁蓋莊裏一縷火起，從中堂燒將起來，涌得黑烟遍地，紅焰飛空。又走不到十數步，祇見前後門四面八方，約有三四十把火發，焰騰騰地一齊都着。前面雷横挺着樸刀，背後衆土兵發着喊，一齊把莊門打開，都撲入裏面。看時，火光照得如同白日一般明亮，并不曾見有一個人。祇聽得後面發着喊，叫將起來，叫前面捉人。原來朱仝有心要放晁蓋，故意賺雷横去打前門。這雷横亦有心要救晁蓋，以此争先要來打後門，却被朱仝説開了，祇得去打他前門。故意這等大驚小怪，聲東擊西，要催逼晁蓋走了。

朱仝那時到莊後時，兀自晁蓋收拾未了。莊客看見，來報與晁蓋説道：『官軍到了！事不宜遲。』晁蓋叫莊客四下裏祇顧放火，他和公孫勝引了十數個去的莊客，吶着喊，挺起樸刀，從後門殺將出來。大喝道：『當吾者死，避我者生！』朱仝在黑影裏叫道：『保正休走，朱仝在這裏等你多時。』晁蓋那裏顧他説，與同公孫勝捨命祇顧殺出來。朱仝虚閃一閃，放開條路，讓晁蓋走了。晁蓋却叫公孫勝引了莊客先走，他獨自押着後。朱仝使步弓手從後門撲入去，叫道：『前面趕捉賊人。』雷横聽得，轉身便出莊門外，叫馬步弓手分頭去趕。雷横自在火光之下，東觀西望，做尋人。朱仝撇了土兵，挺着刀去趕晁蓋。晁蓋一面走，口裏説道：『朱都頭，你祇管追我做什麼？我須没歹處。』朱仝見後面没人，方才敢説道：『保正，你兀自不見我好處。我怕雷横執迷，不會做人情，被我賺他打你前門，我在後面等你出來放你。你見我閃開條路讓你過去。你不可投别處去，祇除梁山泊可以安身。』晁蓋道：『深感救命之恩，异日必報。』有詩爲證：

捕盗如何與盗通，祇因仁義動其衷。
都頭已自開生路，觀察焉能建大功。

朱仝正趕間，祇聽得背後雷横大叫道：『休教走了人！』朱仝分付晁蓋道：『保正，你休慌，祇顧一面走，我自使轉他去。』朱仝回頭叫道：『有三個賊望東小路去了。雷都頭，你可急趕。』雷横領了人，便投東小路上，并土兵衆人趕去。朱仝一面和晁蓋説着話，一面趕他，却如防送的相似。漸漸黑影裏不見了晁蓋。朱仝祇做失脚撲地，倒在地下。衆土兵向前扶起，急救得朱仝。答道：『黑影裏不見路徑，失脚走下野田裏，滑倒了，閃挫了左腿。』縣尉道：『走了正賊，怎生奈何？』朱仝道：『非是小人不趕，其實月黑了，没做道理處。這些土兵全無幾個有用的人，不敢向前！』縣尉再叫土兵去趕。衆土兵心裏道：『兩個都頭尚兀自不濟事，近他不得，我們有何用。』都去虚趕了一回，轉來道：『黑地裏正不知那條路去了。』雷横也趕了一直回來，心内尋思道：『朱仝和晁蓋最好，多敢是放了他去，我没來由做什麼惡人。我也有心亦要放他，今已去了，祇是不見了人情。晁蓋那人也不是好惹的。』回來説道：『那裏趕得上，這伙賊端的了得！』縣尉和兩個都頭回到莊前時，已是四更時分。何觀察見衆人四分五落，趕了一夜，不曾拿得一個賊人，祇叫苦道：『如何回得濟州去見府尹！』縣尉祇得捉了幾家鄰舍去，解將鄆城縣裏來。

這時知縣一夜不曾得睡，立等回報。聽得道：『賊都走了，祇拿得幾個鄰舍。』知縣把一幹拿到的鄰舍當廳勘問。

衆鄰舍告道：『小人等雖在晁保正鄰近住居，遠者三二里田地，近者也隔着些村坊。他莊上如常有搠槍使棒的人來，如何知他做這般的事？』知縣逐一問了時，務要問他們一個下落。數内一個貼鄰告道：『若要知他端的，除非問他莊客。』知縣道：『說道他家莊客也都跟着走了。』鄰舍道：『也有不願去的，還在這裏。』知縣聽了，火速差人，就帶了這個貼鄰作眼，來東溪村捉人。無兩個時辰，早拿到兩個莊客。當廳勘問時，那莊客初時抵賴，吃打不過，衹得招道：『先是六個人商議，小人衹認得一個是本鄉中教學的先生，叫做吳學究。一個叫做公孫勝，是全真先生。又有一個黑大漢，姓劉。更有那三個，小人不認得，却是吳學究合將來的。聽得說道，他姓阮，他在石碣村住，他是打魚的，弟兄三個。衹此是實。』知縣取了一紙招狀，把兩個莊客交割與何觀察，回了一道備細公文，申呈本府。宋江自周全那一干鄰舍，保放回家聽候。

且說這衆人與何濤押解了兩個莊客，連夜回到濟州，正值府尹升廳。何濤引了衆人到廳前，稟說晁蓋燒莊在逃一事。再把莊客口詞說一遍。府尹道：『既是恁地說時，再拿出白勝來。』問道：『那三個姓阮的端的住在那裏？』白勝抵賴不過，衹得供說：『三個姓阮的，一個叫做立地太歲阮小二，一個叫做短命二郎阮小五，一個是活閻羅阮小七，都在石碣湖村裏住。』知府道：『還有那三個姓什麽？』白勝告道：『一個是智多星吳用，一個是入雲龍公孫勝，一個叫做赤髮鬼劉唐。』知府聽了便道：『既有下落，且把白勝依原監了，收在牢裏。』隨即又喚何觀察，差去石碣村緝捕這幾個賊人。不是何濤去石碣村去，有分教：大鬧山東，鼎沸河北。天罡地煞，來尋際會風雲；水滸寨中，去聚縱横人馬。直使三十六員豪杰聚，七十二位煞星臨。

畢竟何觀察怎生差去石碣村緝捕，且聽下回分解。

第十九回　林沖水寨大并火　晁蓋梁山小奪泊

此回前半幅借阮氏口痛罵官吏，後半幅借林沖口痛罵秀才。其言憤激，殊傷雅道。然怨毒著書，史遷不免，于稗官又奚責焉。

前回朱、雷來捉時，獨書晁蓋斷後。此回何濤來捉時，忽分作兩半。前半獨書阮氏水戰，後半獨書公孫火攻。後入山泊見林沖時，則獨書吳用舌辯。蓋七個人，凡大書六個人各建奇功也。中間止有劉唐未嘗自效，則又于後回補書月夜入險，以表此七人者，悉皆出奇爭先，互不冒濫。嗟乎，强盗猶不可以白做，奈何今之在其位、食其食者，乃曾無所事事而又殊不自怪耶！

是稗史也。稗史之作，其何所昉？當亦昉于風刺之旨也。今讀何濤捕賊一篇，抑何其無罪而多戒，至于若是之妙耶！夫未捉賊，先捉船。夫孰不知捉船以捉賊也，而殊不知百姓之遇捉船，乃更慘于遇賊。則是捉船以捉賊者之即賊，百姓之胸中久已疑之也。及于船既捉矣，賊又不捉，而又即以所捉之船排却乘凉。百姓夫而後又知向之捉船者，固非欲捉賊，正是賊要乘凉耳。嗟乎，捉船以捉賊，而今百姓疑其以賊捉賊，已大不可，奈何又捉船以乘凉，而今百姓竟指爲賊要乘凉，尚忍言哉，尚忍言哉！世之君子讀是篇者，其亦惻然中感而慎戢官軍，則不可謂非稗史之一助也。

何濤領五百官兵、五百公人，而寫來恰似深秋敗葉聚散無力。晁蓋等不過五人，再引十數個打魚人，而寫來便如千軍萬馬奔騰馳驟，有開有合，有誘有劫，有伏有應，有衝有突。凡若此者，豈謂當時真有是事，蓋是耐庵墨兵筆陣，縱横入變耳。

聖嘆蹙然嘆曰：嗟乎，怨毒之于人甚矣哉！當林沖弭首廡下，坐第四，志豈能須臾忘王倫耶？徒以勢孤援絶，懼事不成，爲世謬笑，故隱忍而止。一旦見晁蓋者兄弟七人，無因以前，彼詎不心動乎？此雖王倫降心優禮，歡然相接，彼猶將私結之以得肆其欲爲，況又加之以猜疑耶？夫自雪天三限以至今日，林沖渴刀已久與王倫頸血相吸，雖無吳用之舌，又豈遂得不殺哉？或林沖之前無高俅相惡之事，則其殺王倫猶未至于如是之毒乎？顧虎頭針刺畫影，而鄰女心痛，然則殺王倫之日，俅其氣絶神滅矣乎？人生世上，睚眦之事可自恣也哉！

話説當下何觀察領了知府臺旨下廳來，隨即到機密房裏與衆人商議。衆多做公的道：『若説這個石碣村湖蕩，緊靠着梁山泊，都是茫茫蕩蕩蘆葦水港。若不得大隊官軍，舟船人馬，誰敢去那裏捕捉賊人。』何濤聽罷，説道：『這一論也是。』再到廳上稟復府尹道：『原來這石碣村湖泊，正傍着梁山水泊，周回盡是深港水汊，蘆葦草蕩。閑常時也兀自劫了人，莫説如今又添了那一伙强人在裏面。若不起得大隊人馬，如何敢去那裏捕獲得人。』府尹道：『既是如此説時，再差一員了得事的捕盗巡檢，點與五百官兵人馬，和你一處去緝捕。』何觀察領了臺旨，再回機密房來，唤集這衆多做公的，整選了五百餘人，各各自去準備什物器械。次日，那捕盗巡檢領了濟州府帖文，與同何觀察兩個點起五百軍兵，同衆多做公的一齊奔石碣村來。

且説晁蓋、公孫勝自從把火燒了莊院，帶同十數個莊客來到石碣村，半路上撞見三阮弟兄，各執器械，却來接應到家。七個人都在阮小五莊上。那時阮小五已把老小搬入湖泊裏。七人商議要去投梁山泊一事，吳用道：『現今李家道口，有那旱地忽律朱貴在那裏開酒店，招接四方好漢。但要入伙的，須是先投奔他。我們如今安排了船隻，把一應的對象裝在船裏，將些人情送與他引進。』

大家正在那裏商議投奔梁山泊，衹見幾個打魚的來報道：『官軍人馬飛奔村裏來也！』晁蓋便起身叫道：『這廝們趕來，我等休走！』阮小二道：『不妨，我自對付他！叫那廝大半下水裏去死，小半都搠殺他。』公孫勝道：『休慌，且看貧道的本事。』晁蓋道：『劉唐兄弟，你和學究先生且把財賦老小裝載船裏，徑撑去李家道口左側相等。我們看些頭勢，隨後便到。』阮小二選兩隻棹船，把娘和老小，家中財賦，都裝下船裏；吳用、劉唐各押着一隻，叫七八個伴當摇了船，先投李家道口去等。又分付阮小五、阮小七撑駕小船，如此迎敵。兩個各棹船去了。

且説何濤并捕盗巡檢帶領官兵，漸近石碣村，但見河埠有船，盡數奪了，便使會水的官兵且下船裏進發。岸上人馬，船騎相迎，水陸并進。到阮小二家，一齊吶喊，人馬并起，撲將入去，早是一所空屋，裏面衹有些粗重家火。何濤道：『且去拿幾家附近漁户。』問時，説道：『他的兩個兄弟阮小五、阮小七，都在湖泊裏住，非船不能去。』何濤與巡檢商議道：『這湖泊裏港汊又多，路徑甚雜，抑且水蕩坡塘，不知深淺。若是四分五落去捉時，又怕中了這賊人奸計。我們把馬匹都教人看守在這村裏，一發都下船裏去。』當時捕盗巡檢并何觀察一同做公的人等，都下了船。那時捉的船非止百十隻，也有撑的，亦有摇的，一齊都望阮小五打魚莊上來。

行不到五六里水面，衹聽得蘆葦中間有人嘲歌。衆人且住了船聽時，那歌道：

打魚一世蓼兒窪，不種青苗不種麻。酷吏贜官都殺盡，忠心報答趙官家。

何觀察并衆人聽了，盡吃一驚。衹見遠遠地一個人，獨棹一隻小船兒，唱將來。有認得的，指道：『這個便是阮小五！』何濤把手一招，衆人并力向前，各執器械，挺着迎將去。衹見阮小五大笑，駡道：『你這等虐害百姓的贜官！直如此大膽，敢來引老爺做什麼，却不是來捋虎鬚！』何濤背後有會射弓箭的，搭上箭，拽滿弓，一齊放箭。阮小五見放箭來，拿着劃楸，翻筋斗鑽下水裏去。衆人趕到跟前，拿個空。

又行不到兩條港汊，衹聽得蘆花蕩裏打唿哨。衆人把船擺開，見前面兩個人，棹着一隻船來。船頭上立着一個人，頭戴青箬笠，身披緑蓑衣，手裏拈着條筆管槍，口裏也唱着道：

老爺生長石碣村，禀性生來要殺人。先斬何濤巡檢首，京師獻與趙王君！

何觀察并衆人又聽了吃一驚。一齊看時，前面那個人，拈着槍，唱着歌，背後這個，摇着櫓。有認得的説道：『這個正是阮小七！』何濤喝道：『衆人并力向前，先拿住這個賊，休教走了！』阮小七聽得，笑道：『潑賊！』便把槍隻一點，那船便使轉來，望小港裏串着走。衆人捨命喊，趕將去。這阮小七和那搖船的，飛也似搖着櫓，口裏打着唿哨，串着小港汊衹顧走。

衆官兵趕來趕去，看見那水港窄狹了，何濤道：『且住！把船且泊了，都傍岸邊。』上岸看時，衹見茫茫蕩蕩，都是蘆葦，正不見一些旱路。何濤心内疑惑，却商議不定，便問那當村住的人。説道：『小人們雖是在此居住，也不知道這裏有許多去處。』何濤便教劃着兩隻小船，船上各帶三兩個做公的，去前面探路去了。兩個時辰有餘，不見回報。何濤道：『這廝們好不了事！』再差五個做公的，又劃兩隻船去探路。這幾個做公的劃了兩隻船，又去了一個多時辰，并不見些回報。何濤道：『這幾個都是久慣做公的，四清六活的人，却怎地也不曉事，如何不着一隻船轉來回報？不想這些帶來的官兵，人人亦不知顛倒。天色又看看晚了，在此不着邊際，怎生奈何？我須用自去走一遭。』揀一隻疾快小船，選了幾個老郎做公的，各拿了器械，槳起五六把劃楫，何濤坐在船頭上，望這個蘆葦港裏蕩將去。

那時已自是日没沉西，劃得船開，約行了五六里水面，看見側邊岸上一個人提着把鋤頭走將來。何濤問道：『兀那漢子，你是甚人？這裏是什麼去處？』那人應道：『我是這村裏莊家。這裏喚做斷頭溝，没路了。』何濤道：『你曾見兩隻船過來麼？』那人道：『不是來捉阮小五的？』何濤道：『你怎地知得是來捉阮小五的？』那人道：『他們衹在前面烏林裏廝打。』何濤道：『離這裏還有多少路？』那人道：『衹在前面，望得見便是。』何濤聽得，便叫攏船前去接應，便差兩個做公的，拿了樘叉上岸來。衹見那漢提起鋤頭來，手到，把這兩個做公的，一鋤頭一個，翻筋斗都打下水裏去。何濤見了吃一驚，急跳起身來時，却待奔上岸。衹見那隻船忽地搪將開去，水底下鑽起一個人來，把何濤兩腿衹一扯，撲通地倒撞下水裏去。那幾個船裏的却待要走，被這提鋤頭的趕將上船來，一鋤頭一個，排頭打下去，腦漿也打出來。這何濤被水底下這人倒拖上岸來，就解下他的搭膊來捆了。看水底下這人，却是阮小七；岸上提鋤頭的那漢，便是阮小二。

弟兄兩個看着何濤罵道：『老爺弟兄三個，從來愛殺人放火，量你這廝直得什麼！你如何大膽，特地引着官兵來捉我們？』何濤道：『好漢，小人奉上命差遣，蓋不由己。小人怎敢大膽要來捉好漢！望好漢可憐見，家中有個八十歲的老娘，無人養贍，望乞饒恕性命則個！』阮家弟兄道：『且把他來捆做個粽子，撇在船艙裏。』把那幾個尸首都攛去水裏去了。兩個唿哨一聲，蘆葦叢中鑽出四五個打魚的人來，都上了船。阮小二、阮小七各駕了一隻船出來。

且説這捕盜巡檢領着官兵，都在那船裏，説道：『何觀察他道做公的不了事，自去探路，也去了許多時不見回來。』那時正是初更左右，星光滿天，衆人都在船上歇凉。忽然衹見一陣怪風起處，那風，但見：

飛沙走石，卷水搖天。黑漫漫堆起烏雲，昏鄧鄧催來急雨。滿川荷葉，半空中翠蓋交加；遍水蘆花，繞湖面白旗繚亂。吹折昆侖山頂樹，喚醒東海老龍君。

那一陣怪風從背後吹將來，吹得衆人掩面大驚，衹叫得苦，把那纜船索都刮斷了。正没擺布處，衹聽得後面唿哨響。迎着風看時，衹見蘆花側畔射出一派火光來。衆人道：『今番却休了！』那大船小船約有四五十隻，正被這大風刮得你撞我磕，捉摸不住，那火光却早來到面前。原來都是一叢小船，兩隻價幫住，上面滿滿堆着蘆葦柴草，刮刮雜雜燒着，乘着順風直衝將來。那四五十隻官船，屯塞做一塊。港汊又狹，又没回避處。那頭等大船也有十數隻，却被他火船推來，鑽在大船隊裏一燒。水底下原來又有人扶助着船燒將來，燒得大船上官兵都跳上岸來逃命奔走。不想四邊盡是蘆葦野港，又没旱路。衹見岸上蘆葦又刮刮雜雜也燒將起來，那捕盜官兵兩頭没處走。風又緊，火又猛，衆官兵衹得鑽去，都奔爛泥裏立地。

火光叢中，衹見一隻小快船，船尾上一個搖着船，船頭上坐着一個先生，手裏明晃晃地拿着一口寶劍，口裏喝道：

『休教走了一個！』衆兵都在爛泥裏慌做一堆。說猶未了，衹見蘆葦東岸，兩個人引着四五個打魚的，都手裏明晃晃拿着刀槍走來。這邊蘆葦西岸，又是兩個人，也引着四五個打魚的，手裏也明晃晃拿着飛魚鈎走來。東西兩岸四個好漢并這伙人一齊動手，排頭兒搠將來。無移時，把許多官兵都搠死在爛泥裏。

東岸兩個，是晁蓋、阮小五；西岸兩個是阮小二、阮小七；船上那個先生，便是祭風的公孫勝。五位好漢引着十數個打魚的莊家，把這伙官兵都搠死在蘆葦蕩裏。單單衹剩得一個何觀察，捆做粽子也似，丢在船艙裏。阮小二提將上船來，指着罵道：『你這廝是濟州一個詐害百姓的蠢蟲！我本待把你碎尸萬段，却要你回去與那濟州府管事的賊驢說：俺這石碣村阮氏三雄、東溪村天王晁蓋，都不是好撩撥的。我也不來你城裏借糧，他也休要來我這村中討死！倘或正眼兒覷着，休道你是一個小小州尹，也莫說蔡太師差幹人來要拿我們，便是蔡京親自來時，我也搠他三二十個透明的窟窿。俺們放你回去，休得再來！傳與你的那個鳥官人，教他休要討死！這裏没大路，我着兄弟送你出路口去。』當時阮小七把一隻小快船載了何濤，直送他到大路口，喝道：『這裏一直去，便有尋路處。別的衆人都殺了，難道衹恁地好放了你去，也吃你那州尹賊驢笑。且請下你兩個耳朵來做表證！』阮小七身邊拔起尖刀，把何觀察兩個耳朵割下來，鮮血淋灕。插了刀，解下搭膊，放上岸去。何濤得了性命，自尋路回濟州去了。

且說晁蓋、公孫勝和阮家三弟兄并十數個打魚的，一發都駕了五七隻小船，離了石碣村湖泊，徑投李家道口來。到得那裏，相尋着吳用、劉唐船隻，合做一處。吳用問道拒敵官兵一事，晁蓋備細說了。吳用衆人大喜。整頓船隻齊了，一同來到旱地忽律朱貴酒店裏來相投。朱貴見了許多人來，說投托入伙，慌忙迎接。吳用將來歷實說與朱貴聽了，大喜。逐一都相見了，請入廳上坐定，忙叫酒保安排分例酒來管待衆人。隨即取出一張皮靶弓來，搭上一枝響箭，望着那對港蘆葦中射去。響箭到處，早見有小嘍囉摇出一隻船來。朱貴急寫了一封書呈，備細說衆豪杰入伙來歷緣由，先付與小嘍囉賫了，教去寨裏報知。一面又殺羊管待衆好漢。

過了一夜，次日早起，朱貴喚一隻大船，請衆多好漢下船，就同帶了晁蓋等來的船隻，一齊望山寨裏來。行了多時，早來到一處水口，衹聽得岸上鼓響鑼鳴。晁蓋看時，衹見七八個小嘍囉劃出四隻哨船來，見了朱貴，都聲了喏，自依舊先去了。

再說一行人來到金沙灘上岸，便留老小船隻并打魚的人在此等候。又見數十個小嘍囉下山來，接引到關上。王倫領着一班頭領出關迎接。晁蓋等慌忙施禮，王倫答禮道：『小可王倫，久聞晁天王大名，如雷灌耳。今日且喜光臨草寨。』晁蓋道：『晁某是個不讀書史的人，甚是粗滷。今日事在藏拙，甘心與頭領帳下做一小卒，不弃幸甚。』王倫道：『休如此說，且請到小寨再有計議。』一行從人都跟着兩個頭領上山來。到得大寨聚義廳下，王倫再三謙讓晁蓋一行人上階。晁蓋等七人在右邊一字兒立下，王倫與衆頭領在左邊一字兒立下。一個個都講禮罷，分賓主對席坐下。王倫喚階下衆小頭目聲喏已畢，一壁廂動起山寨中鼓樂。先叫小頭目去山下管待來的從人，關下另有客館安歇。詩曰：

西奔東投竟莫容，那堪造物挫英雄。敝袍長鋏飄蓬客，特地來依水泊中。

單說山寨裏宰了兩頭黃牛、十個羊、五個猪，大吹大擂筵席。衆頭領飲酒中間，晁蓋把胸中之事，從頭至尾都告訴王倫等衆位。王倫聽罷，駭然了半晌，心内躊躇，做聲不得。自己沉吟，虚應答筵宴。至晚席散，衆頭領送晁蓋等衆人關下客館内安歇，自有來的人伏侍。晁蓋心中歡喜，對吳用等六人說道：『我們造下這等迷天大罪，那裏去安身！不是這王頭領如此錯愛，我等皆已失所，此恩不可忘報！』吳用衹是冷笑。晁蓋道：『先生何故衹是冷笑？有事可以通知。』吳用道：『兄長性直，衹是一勇。你道王倫肯收留我們？兄長不看他的心，衹觀他的顔色，動静規模。』晁蓋道：『觀他顔色怎地？』吳用道：『兄長不看他早間席上，王倫與兄長說話，倒有交情。次後因兄長說出殺了許多官兵捕盜巡檢，放了何濤，阮氏三雄如此豪杰，他便有些顏色變了，雖是口中應答，動靜規模，心裏好生不然。他若是有心收留我們，衹就早上便議定了坐位。杜遷、宋萬這兩個，自是粗滷的人，待客之事如何省得。衹有林沖那人，原是京師禁軍教頭，大郡的人，諸事曉得，今不得已而坐了第四位。早間見林沖看王倫答應兄長模樣，他自便有些不平之氣，頻頻把眼瞅這王倫，心內自己躊躇。我看這人倒有顧盼之心，衹是不得已。小生略放片言，教他本寨自相火并。」晁蓋道：「全仗先生妙策良謀，可以容身。」

當夜七人安歇了。次日天明，衹見人報道：「林教頭相訪。」吳用便對晁蓋道：「這人來相探，中俺計了。」七個人慌忙起來迎接，邀請林沖入到客館裏面。吳用向前稱謝道：「夜來重蒙恩賜，拜擾不當。」林沖道：「小可有失恭敬。雖有奉承之心，奈緣不在其位，望乞恕罪。」吳學究道：「我等雖是不才，非爲草木，豈不見頭領錯愛之心，顧盼之意。感恩不淺。」晁蓋再三謙讓林沖上坐，林沖那裏肯。推晁蓋上首坐了，林沖便在下首坐定。吳用等六人一帶坐下。晁蓋道：「久聞教頭大名，不想今日得會。」林沖道：「小人舊在東京時，與朋友交，禮節不曾有誤。雖然今日能夠得見尊顏，不得遂平生之願，特地徑來陪話。」晁蓋稱謝道：「深感厚意。」吳用便動問道：「小生舊日久聞頭領在東京時，十分豪杰，不知緣何與高俅不睦，致被陷害？後聞在滄州亦被火燒了大軍草料場，又是他的計策。向後不知誰薦頭領上山？」林沖道：「若說高俅這賊陷害一節，但提起，毛髮直立，又不能報得此仇！來此容身，皆是柴大官人舉薦到此。」吳用道：「柴大官人，莫非是江湖上人稱爲小旋風柴進的麽？」林沖道：「正是此人。」晁蓋道：「小可多聞人說，柴大官人仗義疏財，接納四方豪杰，說是大周皇帝嫡派子孫，如何能夠會他一面也好。」

吳用又對林沖道：「據這柴大官人，名聞寰海，聲播天下的人，教頭若非武藝超群，他如何肯薦上山？非是吳用過稱，理合王倫讓這第一位頭領坐。此合天下之公論，也不負了柴大官人之書信。」林沖道：「承先生高談。衹因小可犯下大罪，投奔柴大官人，非他不留林沖，誠恐負累他不便，自願上山。不想今日去住無門，非在位次低微。且王倫心術不定，語言不準，失信于人，難以相聚。」吳用道：「王頭領待人接物，一團和氣，如何心地倒恁窄狹？」林沖道：「今日山寨天幸得衆多豪杰到此相扶相助，似錦上添花，如旱苗得雨。此人衹懷妒賢嫉能之心，但恐衆豪杰勢力相壓。夜來因見兄長所說衆位殺死官兵一節，他便有些不然，就懷不肯相留的模樣，以此請衆豪杰來關下安歇。」吳用便道：「既然王頭領有這般之心，我等休要待他發付，自投別處去便了。」林沖道：「衆豪杰休生見外之心，林沖自有分曉。小可衹恐衆豪杰生退去之意，特來早早說知。今日看他如何相待，若這廝語言有理，不似昨日，萬事罷論；倘若這廝今朝有半句話參差時，盡在林沖身上。」晁蓋道：「頭領如此錯愛，俺弟兄皆感厚恩。」吳用便道：「頭領爲我弟兄面上，倒教頭領與舊弟兄分顏。若是可容即容，不可容時，小生等登時告退。」林沖道：「先生差矣！古人有言：『惺惺惜惺惺，好漢惜好漢。』量這一個潑男女，腌臢畜生，終作何用！衆豪杰且請寬心。」林沖起身別了衆人，說道：「少間相會。」衆人相送出來，林沖自上山去了。正是：

惺惺自古惜惺惺，談笑相逢眼更青。可恨王倫心量狹，直教魂魄喪幽冥。

當日沒多時，衹見小嘍囉到來相請，說道：「今日山寨裏頭領，相請衆好漢去山南水寨亭上筵會。」晁蓋道：「上復頭領，少間便到。」小嘍囉去了。晁蓋問吳用道：「先生，此一會如何？」吳學究笑道：「兄長放心。此一會倒有分做山寨之主。今日林教頭必然有火并王倫之意，他若有些心懶，小生憑着三寸不爛之舌，不由他不火并。兄長身邊各藏了暗器，衹看小生把手來捻鬚爲號，兄長便可協力。」晁蓋等衆人暗喜。

辰牌已後，三四次人來催請。晁蓋和衆頭領身邊各各帶了器械，暗藏在身上，結束得端正，却來赴席。衹見宋萬親自騎馬又來相請。小嘍囉抬過七乘山轎，七個人都上轎子，一徑投南山水寨裏來。到得山南看時，端的景物非常，直到寨後水亭子前，下了轎。王倫、杜遷、林沖、朱貴都出來相接，邀請到那水亭子上，分賓主坐定。

看那水亭一遭景致時，但見：

四面水簾高卷，周回花壓朱闌。滿目香風，萬朵芙蓉鋪綠水；迎眸翠色，千枝荷葉繞芳塘。畫簷外陰陰柳影，瑣窗前細細松聲。一行野鷺立灘頭，數點沙鷗浮水面。盆中水浸，無非是沈李浮瓜；壺内馨香，盛貯着瓊漿玉液。江山秀氣聚亭臺，明月清風自無價。

當下，王倫與四個頭領杜遷、宋萬、林沖、朱貴坐在左邊主位上，晁蓋與六個好漢吳用、公孫勝、劉唐、三阮坐在右邊客席。階下小嘍囉輪番把盞。酒至數巡，食供兩次，晁蓋和王倫盤話。但提起聚義一事，王倫便把閑話支吾開去。吳用把眼來看林沖時，祇見林沖側坐交椅上，把眼瞅王倫身上。

看看飲酒至午後，王倫回頭叫小嘍囉：『取來。』三四個人去不多時，祇見一人捧個大盤子裏放着五錠大銀。王倫便起身把盞，對晁蓋説道：『感蒙衆豪杰到此聚義，祇恨敝山小寨是一窪之水，如何安得許多真龍。聊備些小薄禮，萬望笑留。煩投大寨歇馬，小可使人親到麾下納降。』晁蓋道：『小子久聞大山招賢納士，一徑地特來投托入伙。若是不能相容，我等衆人自行告退。重蒙所賜白金，決不敢領。非敢自誇豐富，小可聊有些盤纏使用。速請納回厚禮，祇此告别。』王倫道：『何故推却？非是敝山不納衆位豪杰，奈緣祇爲糧少房稀，恐日後誤了足下，衆位面皮不好，因此不敢相留。』説言未了，祇見林沖雙眉剔起，兩眼圓睜，坐在交椅上大喝道：『你前番我上山來時，也推道糧少房稀。今日晁兄與衆豪杰到此山寨，你又發出這等言語來。是何道理？』吳用便説道：『頭領息怒！自是我等來的不是，倒壞了你山寨情分。今日王頭領以禮發付我們下山，送與盤纏，又不曾熱趕將去。請頭領息怒，我等自去罷休。』林沖道：『這是笑裏藏刀，言清行濁的人！我其實今日放他不過！』王倫喝道：『你看這畜生！又不醉了，倒把言語來傷觸我，却不是反失上下！』林沖大怒道：『量你是個落第腐儒，胸中又没文學，怎做得山寨之主！』吳用便道：『晁兄，祇因我等上山相投，反壞了頭領面皮。祇今辦了船隻，便當告退。』

晁蓋等七人便起身要下亭子，王倫留道：『且請席終了去。』林沖把桌子祇一脚，踢在一邊，搶起身來，衣襟底下掣出一把明晃晃刀來，搭的火雜雜。吳用便把手將髭鬚一摸，晁蓋、劉唐便上亭子來，虛攔住王倫，叫道：『不要火并！』吳用一手扯住林沖，便道：『頭領不可造次！』公孫勝假意勸道：『休爲我等壞了大義！』阮小二便去幫住杜遷，阮小五幫住宋萬，阮小七幫住朱貴。嚇得小嘍囉們目瞪口呆。

林沖拿住王倫，罵道：『你是一個村野窮儒，虧了杜遷得到這裏。柴大官人這等資助你，賙給盤纏，與你相交，舉薦我來，尚且許多推却。今日衆豪杰特來相聚，又要發付他下山去。這梁山泊便是你的？你這嫉賢妒能的賊，不殺了要你何用！你也無大量之才，也做不得山寨之主！』杜遷、宋萬、朱貴本待要向前來勸，被這幾個緊緊幫着，那裏敢動。王倫那時也要尋路走，却被晁蓋、劉唐兩個攔住。王倫見頭勢不好，口裏叫道：『我的心腹都在那裏？』雖有幾個身邊知心腹的人，本待要來救，見了林沖這般凶猛頭勢，誰敢向前。林沖拿住王倫，罵了一頓，去心窩裏祇一刀，肐察地搠倒在亭上。可憐王倫做了半世强人，今日死在林沖之手。正應古人言：量大福也大，機深禍亦深。

晁蓋見殺了王倫，各掣刀在手。林沖早把王倫首級割下來，提在手裏。嚇得那杜遷、宋萬、朱貴都跪下説道：『願隨哥哥執鞭墜鐙！』晁蓋等慌忙扶起三人來。吳用就血泊裏拽過頭把交椅來，便納林沖坐地，叫道：『如有不伏者，將王倫爲例！今日扶林教頭爲山寨之主。』林沖大叫道：『差矣，先生！我今日祇爲衆豪杰義氣爲重上頭，火并了這不仁之賊，實無心要謀此位。今日吳兄却讓此第一位與林沖坐，豈不惹天下英雄耻笑！若欲相逼，寧死而不坐。我有片言，不知衆位肯依我麼？』衆人道：『頭領所言，誰敢不依。願聞其言。』林沖言無數句，話不一席，有分教：聚義廳上，列三十六員天上星辰；斷金亭前，攞七十二位世間豪杰。正是：替天行道人將至，仗義疏財漢便來。

畢竟林沖對吳用説出甚言語來，且聽下回分解。

船擺開迎敵時，衹聽得蘆葦叢中炮響。黃安看時，四下裏都是紅旗擺滿，慌了手脚。後面趕來的船上叫道：『黃安！留下了首級回去！』黃安把船盡力摇過蘆葦岸邊，却被兩邊小港裏鑽出四五十隻小船來，船上弩箭如雨點射將來。黃安就箭林裏奪路時，衹剩得三四隻小船了。黃安便跳過快船内，回頭看時，衹見後面的人一個個都撲通的跳下水裏去了。有和船被拖去的，大半都被殺死。黃安駕着小快船，正走之間，衹見蘆花蕩邊一隻船上立着劉唐，一撓鈎搭住黃安的船，托地跳將過來，衹一把，攔腰提住，喝道：『不要挣扎！』别的軍人能識水者，水裏被箭射死；不敢下水的，就船裏都活捉了。

黃安被劉唐扯到岸邊，上了岸。遠遠的晁蓋、公孫勝山邊騎着馬，挺着刀，引五六十人，三二十匹馬，齊來接應。一行人生擒活捉得一二百人，奪的船隻，盡數都收在山南水寨裏安頓了。大小頭領一齊都到山寨。晁蓋下了馬，來到聚義廳上坐定。衆頭領各去了戎裝軍器，團團坐下。捉那黃安綁在將軍柱上。取過金銀緞匹，賞了小嘍囉。點檢共奪得六百餘匹好馬，這是林沖的功勞；東港是杜遷、宋萬的功勞；西港是阮氏三雄的功勞；捉得黃安是劉唐的功勞。

衆頭領大喜，殺牛宰馬，山寨裏筵會。自醖的好酒，水泊裏出的新鮮蓮藕，山南樹上自有時新的桃、杏、梅、李、枇杷、山棗、柿、栗之類，魚、肉、鵝、鷄品物，不必細説。衆頭領衹顧慶賞。新到山寨，得獲全勝，非同小可。有詩爲證：

水滸英鋒不可當，黃安捕捉太囂張。戰船人馬俱虧折，更把何顔見故鄉。

正飲酒之間，衹見小嘍囉報道：『山下朱頭領使人到寨。』晁蓋便喚來問道：『有什麽事？』小嘍囉説道：『朱頭領探聽得有一起客商，約有十數人結聯一處，今夜晚間必從旱路經過，特來報知。』晁蓋道：『正没金帛使用，誰可領人去走一遭？』三阮道：『我弟兄們去！』晁蓋道：『好兄弟，小心在意，速去早來。我使劉唐隨後來策應你們。』三阮便下廳去，換了衣裳，跨了腰刀，拿了樸刀、㮶叉，留客住，點起一百餘人，上廳來别了衆頭領，便下山去。就金沙灘把船載過朱貴酒店裏去了。晁蓋恐三阮擔負不下，又使劉唐點起一百餘人，教領了下山去接應，又分付道：『衹可善取金帛財物，切不可傷害客商性命。』劉唐去了，晁蓋到三更不見回報，又使杜遷、宋萬引五十餘人下山接應。

晁蓋與吴用、公孫勝、林沖飲酒至天明，衹見小嘍囉報喜道：『三阮頭領得了二十餘輛車子金銀財物，并四五十匹驢騾頭口。』晁蓋又問道：『不曾殺人麽？』小嘍囉答道：『那許多客人見我們來得勢頭猛了，都撇下車子、頭口、行李，逃命去了，并不曾傷害他一個。』晁蓋見説大喜，『我等初到山寨，不可傷害於人。』取一錠白銀，賞了小嘍囉。四個將了酒果下山來，直接到金沙灘上。見衆頭領盡把車輛扛上岸來，再叫撑船去載頭口馬匹。衆頭領大喜。把盞已畢，教人去請朱貴上山來筵宴。

晁蓋等衆頭領都上到山寨聚義廳上，簸箕掌栲栳圈坐定。叫小嘍囉扛抬過許多財物，在廳上一包包打開，將彩帛衣服堆在一邊，行貨等物堆在一邊，金銀寶貝堆在正面。衆頭領看了打劫得許多財物，心中歡喜。便叫掌庫的小頭目，每樣取一半收貯在庫，聽候支用。這一半分做兩分，廳上十一位頭領均分一分，山上山下衆人均分一分。把這新拿到的軍健，臉上刺了字號，選壯健的分撥去各寨喂馬砍柴，軟弱的各處看車切草。黃安鎖在後寨監房内。晁蓋道：『我等今日初到山寨，當初衹指望逃災避難，投托王倫帳下爲一小頭目。多感林教頭賢弟推讓我爲尊，不想連得了兩場喜事：第一赢得官軍，收得許多人馬船隻，捉了黃安；二乃又得了若干財物金銀。此不是皆托衆弟兄的才能？』衆頭領道：『皆托得大哥哥的福蔭，以此得采。』

晁蓋再與吴用道：『俺們七人弟兄的性命，皆出于宋押司、朱都頭兩個。古人道：知恩不報，非爲人也。今日富貴安樂從何而來？早晚將些金銀，可使人親到鄆城縣走一遭，此是第一件要緊的事務。再有白勝陷在濟州大牢裏，我們必須要去救他出來。』吴用道：『兄長不必憂心，小生自有刣劃。宋押司處酬謝之恩，早晚必用一個兄弟自去。白勝的事，可教驀生人去那裏使錢，買上囑下，鬆寬他便好脱身。我等且商量屯糧造船，制辦軍器，安排寨栅城垣，添造房屋，整頓衣袍鎧甲，打造刀槍弓箭，防備迎敵官軍。』晁蓋道：『既然如此，全仗軍師妙策指教。』吴用當下調撥衆頭領，分派去辦，不在話下。

且不説梁山泊自從晁蓋上山，好生興旺。却説濟州府太守，見黄安手下逃回的軍人，備説梁山泊殺死官軍、生擒黄安一事。又説梁山泊好漢十分英雄了得，無人近傍得他，難以收捕，抑且水路難認，港汊多雜，以此不能取勝。府尹聽了，衹叫得苦。向太師府幹辦説道：『何濤先折了許多人馬，獨自一個逃得性命回來，已被割了兩個耳朵，自回家將息，至今不能痊。去的五百人，無一個回來。因此又差團練使黄安并本府捕盗官，帶領軍兵前去追捉，亦皆失陷。黄安已被活捉上山，殺死官軍不知其數，又不能取勝，怎生是好？』太守肚裏正懷着鬼胎，没個道理處，衹見承局來報説：『東門接官亭上有新官到來，飛報到此。』

太守慌忙上馬，來到東門外接官亭上，望見塵土起處，新官已到亭子前下馬。府尹接上亭子，相見已了。那新官取出中書省更替文書來度與府尹。太守看罷，隨即和新官到州衙裏交割牌印、一應府庫錢糧等項。當下安排筵席管待新官。舊太守備説梁山泊賊盗浩大，殺死官軍一節。説罷，新官面如土色，心中思忖道：『蔡太師將這件勾當抬舉我，却是此等地面，這般府分。又没强兵猛將，如何收捕得這伙强人？倘或這廝們來城裏借糧時，却怎生奈何？』舊官太守次日收拾了衣裝行李，自回東京聽罪。不在話下。

且説新官宗府尹到任之後，請將一員新調來鎮守濟州的軍官來，當下商議招軍買馬，集草屯糧，招募悍勇民夫，智謀賢士，準備收捕梁山泊好漢。一面申呈中書省，轉行牌仰附近州郡，并力剿捕；一面自行下文書所屬州縣，知會收剿，及仰屬縣，着令守御本境。這個都不在話下。

且説本州孔目，差人賫一紙公文，行下所屬鄆城縣，教守御本境，防備梁山泊賊人。鄆城縣知縣看了公文，教宋江迭成文案，行下各鄉村，一體守備。宋江見了公文，心内尋思道：『晁蓋等衆人不想做下這般大事，犯了大罪，劫了生辰綱，殺了做公的，傷了何觀察，又損害了許多官軍人馬，又把黄安活捉上山。如此之罪，是滅九族的勾當！雖是被人逼迫，事非得已，于法度上却饒不得。倘有疏失，如之奈何？』自己一個心中納悶，分付貼書後司張文遠，將此文書立成文案，行下各鄉各保，自理會文卷。

宋江却信步走出縣來，去對過茶房裏坐定吃茶。衹見一個大漢，頭戴白范陽氈笠兒，身穿一領黑緑羅襖，下面腿絣護膝，八搭麻鞋，腰裏跨着一口腰刀，背着一個大包，走得汗雨通流，氣急喘促，把臉别轉着看那縣裏。宋江見了這個大漢走得蹺蹊，慌忙起身趕出茶坊來，跟着那漢走。約走了二三十步，那漢回過頭來看了宋江，却不認得。宋江見了這人，略有些面熟，『莫不是那裏曾厮會來？』心中一時思量不起。那漢見宋江，看了一回，也有些認得，立住了脚，定睛看那宋江，又不敢問。宋江尋思道：『這個人好作怪，却怎地衹顧看我？』宋江亦不敢問他。

衹見那漢去路邊一個篦頭鋪裏問道：『大哥，前面那個押司是誰？』篦頭待詔應道：『這位正是宋押司。』那漢提着樸刀，走到面前，唱個大喏，説道：『押司認得小弟麽？』宋江道：『足下有些面善。』那漢道：『可借一步説話。』宋江便和那漢入一條僻静小巷。那漢道：『這個酒店裏好説話。』兩個上到酒樓，揀個僻静閣兒裏坐下。那漢倚了樸刀，解下包裹，撇在桌子底下。那漢撲翻身便拜。宋江慌忙答禮道：『不敢拜問足下高姓？』那人道：『大恩人如何忘了小弟？』宋江道：『兄長是誰？真個有些面熟。小人失忘了。』那漢道：『小弟便是晁保正莊上曾拜識尊顔，蒙恩救了性命的赤髮鬼劉唐便是。』宋江聽了大驚，説道：『賢弟，你好大膽！早是没做公的看見，險些兒惹出事來！』劉唐道：『感承大恩，不懼怕死，特地來酬謝大恩。』宋江道：『晁保正弟兄們近日如何？兄弟，誰教你來？』劉唐道：『晁頭領哥哥再三拜上大恩人，得蒙救了性命，如何不報。現今做了梁山泊主都頭領，吴學究做了軍師，公孫勝同掌兵權。林沖一力維持，火并了王倫。山寨裏原有杜遷、宋萬、朱貴和俺弟兄七個，共是十一個頭領。現今山寨裏聚集得七八百人，糧食不計其數。祇想兄長大恩，無可報答，特使劉唐賫書一封，并黄金一百兩相謝押司，并朱、雷二都頭。』劉唐便打開包裹，取出書來遞與。宋江看罷，拽起褶子前襟，摸出招文袋。打開包兒時，劉唐取出金子放在桌上。宋江把那封書——就取了一條金子，和這書包了——插在招文袋内。放下衣襟，便道：『賢弟將此金子依舊包了，還放桌上。且坐。』隨即便喚量酒的打酒來，叫大塊切一盤肉來，鋪下些菜蔬果子之類，叫量酒的篩酒與劉唐吃。看看天色晚了，劉唐吃了酒，把桌上金子包打開，要取出來。宋江慌忙攔住道：『賢弟，你聽我説：你們七個弟兄，初到山寨，正要金銀使用。宋江家中頗有些過活，且放在你山寨裏，等宋江缺少盤纏時，却教兄弟宋清來取。今日非是宋江見外，于内受了一條。朱仝那人也有些家私，不用與他，我自與他説知人情便了。雷横這人，又不知我報與保正。況兼這人貪賭，倘或將些出去賭時，他便惹出事來，不當穩便，金子切不可與他。賢弟，我不敢留你相請去家中住，倘或有人認得時，不是要處。今夜月色必然明朗，你便可回山寨去，莫在此耽擱。宋江再三申意衆頭領，不能前來慶賀，切乞恕罪。』劉唐道：『哥哥大恩，無可報答，特令小弟送些人情來與押司，微表孝順之心。保正哥哥今做頭領，學究軍師號令，非比舊日，小弟怎敢將回去？到山寨中必然受責。』宋江道：『既是號令嚴明，我便寫一封回書，與你將去便了。』劉唐苦苦相央宋江收受，宋江那裏肯接。隨即取一幅紙來，借酒家筆硯，備細寫了一封回書，與劉唐收在包内。劉唐是個直性的人，見宋江如此推却，想是不肯受了，便將金子依前包了。

看看天色晚來，劉唐道：『既然兄長有了回書，小弟連夜便去。』宋江道：『賢弟，不及相留，以心相照。』劉唐又下了四拜。宋江喚量酒人來道：『有此位官人留下白銀一兩在此，你且權收了，我明日却自來算。』劉唐背

上包裹，拿了樸刀，跟着宋江下樓來。離了酒樓，出到巷口，天色昏黄，是八月半天氣，月輪上來。宋江携住劉唐的手，分付道：『賢弟保重，再不可來。此間做公的多，不是要處。我更不遠送，祇此相别。』劉唐見月色明朗，拽開脚步，望西路便走，連夜回梁山泊來。

却説宋江與劉唐别了，自慢慢行回下處來。一頭走，一面肚裏尋思道：『早是没做公的看見，争些兒惹出一場大事來！』一頭想：『那晁蓋倒去落了草，直如此大弄！』轉不過兩個灣，祇聽得背後有人叫一聲：『押司，那裏去來？老身甚處不尋遍了？』不是這個人來尋宋押司，有分教：宋江小膽翻爲大膽，善心變爲惡心。正是：

言談好似鈎和綫，從頭釣出是非來。

畢竟來叫宋押司的是什麽人，且聽下回分解。

第二十一回　虔婆醉打唐牛兒　宋江怒殺閻婆惜

此篇借題描寫婦人黑心，無幽不燭，無醜不備，暮年蕩子讀之咋舌，少年蕩子讀之收心，真是一篇絕妙針扎蕩子文字。

寫淫婦便寫盡淫婦，寫虔婆便寫盡虔婆，妙絕。

如何是寫淫婦便寫盡淫婦？看他一晚拿班做勢，本要壓伏丈夫，及至壓伏不來，便在脚後冷笑，此明明是開關接馬，送俏迎奸也。無奈正接不着，則不得已，乘他出門恨罵時，不難撒嬌撒痴，再復將他兜住。乃到此又兜不住，正覺自家没趣，而陡然見有贓物，便早把一接一兜面孔一齊收起，竟放出狰狰食人之狀來。刁時便刁殺人，淫時便淫殺人，狠時便狠殺人，大雄世尊號爲『花箭』，真不誣也。

如何是寫虔婆便寫盡虔婆？看他先前説得女兒恁地思量，及至女兒放出許多張致來，便改説女兒氣苦了，又嬌慣了。一黄昏嘈出無數説話，句句都是埋怨宋江，憐惜女兒，自非金石爲心，亦孰不入其玄中也。明早驟見女兒被殺，又偏不聲張，偏用好言反來安放，直到縣門前了，然後扭結發喊，蓋虔婆真有此等辣手也。

話説宋江在酒樓上與劉唐説了話，分付了回書，送下樓來。劉唐連夜自回梁山泊去了。衹説宋江乘着月色滿街，信步自回下處來。一頭走，一面肚裏想：『那晁蓋却空教劉唐來走這一遭。早是没做公的看見，争些兒露出事來。』走不過三二十步，衹聽得背後有人叫聲押司。宋江轉回頭來看時，却是做媒的王婆，引着一個婆子，却與他説道：『你有緣，做好事的押司來也。』宋江轉身來問道：『有什麽話説？』王婆攔住，指着閻婆對宋江説道：『押司不知，這一家兒從東京來，不是這裏人家。嫡親三口兒，夫主閻公，有個女兒婆惜。他那閻公，平昔是個好唱的人，自小教得他那女兒婆惜也會唱諸般耍令。年方一十八歲，頗有些顔色。三口兒因來山東投奔一個官人不着，流落在此鄆城縣。不想這裏的人不喜風流宴樂，因此不能過活，在這縣後一個僻静巷内權住。昨日他的家公因害時疫死了，

這閻婆無錢津送，停尸在家，没做道理處。央及老身做媒。我道這般時節，那裏有這等恰好。又没借换處。正在這裏走頭没路的。衹見押司打從這裏過來，以此老身與這閻婆趕來。望押司可憐見他則個，作成一具棺材。』宋江道：『原來恁地。你兩個跟我來，去巷口酒店裏借筆硯寫個帖子與你，去縣東陳三郎家取具棺材。』宋江又問道：『你有結果使用麽？』閻婆答道：『實不瞞押司説，棺材尚無，那討使用。其實缺少。』宋江道：『我再與你銀子十兩做使用錢。』閻婆道：『便是重生的父母，再長的爹娘。做驢做馬報答押司。』宋江道：『休要如此説。』隨即取出一錠銀子，遞與閻婆，自回下處去了。且説這婆子將了帖子，徑來縣東街陳三郎家，取了一具棺材，回家發送了當，兀自餘剩下五六兩銀子。娘兒兩個把來盤纏，不在話下。

忽一朝，那閻婆因來謝宋江，見他下處没有一個婦人家面。回來問間壁王婆道：『宋押司下處不見一個婦人面，他曾有娘子也無？』王婆道：『衹聞宋押司家裏在宋家村住，不曾見説他有娘子。在這縣裏做押司，衹是客居。常常見他散施棺材藥餌，極肯濟人貧苦。敢怕是未有娘子。』閻婆道：『我這女兒長得好模樣，又會唱曲兒，省得諸般耍笑。從小兒在東京時，衹去行院人家串，那一個行院不愛他。有幾個上行首要問我過房幾次，我不肯。衹因我兩口兒無人養老，因此不過房與他。不想今來倒苦了他。我前日去謝宋押司，見他下處無娘子，因此央你與我對宋押司説：他若要討人時，我情願把婆惜與他。我前日得你作成，虧了宋押司救濟，無可報答他，與他做個親眷來往。』王婆聽了這話，次日來見宋江，備細説了這件事。宋江初時不肯，怎當這婆子撮合山的嘴，攛掇宋江依允了。就在縣西巷内，討了一所樓房，置辦些家伙什物，安頓了閻婆惜娘兒兩個在那裏居住。没半月之間，打扮得閻婆惜滿頭珠翠，遍體金玉。正是：

花容裊娜，玉質娉婷。髻横一片烏雲，眉掃半彎新月。金蓮窄窄，湘裙微露不勝情；玉笋纖纖，翠袖半籠無限意。星眼渾如點漆，酥胸真似截肪。韵度若風裏海棠花，標格似雪中玉梅樹。金屋美人離御苑，蕊珠仙子下塵寰。

宋江又過幾日，連那婆子也有若干頭面衣服，端的養得婆惜豐衣足食。初時宋江夜夜與婆惜一處歇卧，向後漸漸來得慢了。却是爲何？原來宋江是個好漢，祇愛學使槍棒，于女色上不十分要緊。這閻婆惜水也似後生，况兼十八九歲，正在妙齡之際，因此宋江不中那婆娘意。

一日，宋江不合帶後司貼書張文遠來閻婆惜家吃酒。這張文遠却是宋江的同房押司，那厮唤做小張三，生得眉清目秀，齒白唇紅。平昔祇愛去三瓦兩舍，飄蓬浮蕩，學得一身風流俊俏，更兼品竹彈絲，無有不會。這婆惜是個酒色娼妓，一見張三，心裏便喜，倒有意看上他。那張三見這婆惜有意，以目送情。等宋江起身凈手，倒把言語來嘲惹張三。常言道：風不來，樹不動。船不摇，水不渾。那張三亦是個酒色之徒，這事如何不曉得。因見這婆娘眉來眼去，十分有情，記在心裏。向後宋江不在時，這張三便去那裏，假意兒祇做來尋宋江。那婆娘留住吃茶，言來語去，成了此事。誰想那婆娘自從和那張三兩個搭識上了，打得火塊一般熱。亦且這張三又是慣會弄此事的。豈不聞古人之言：一不將，二不帶。祇因宋江千不合，萬不合，帶這張三來他家裏吃酒，以此看上了他。自古道：風流茶説合，酒是色媒人。正犯着這條款。閻婆惜是個風塵娼妓的性格，自從和那小張三兩個搭上了，他并無半點兒情分在那宋江身上。宋江但若來時，祇把言語傷他，全不兜攬他些個。這宋江是個好漢胸襟，不以這女色爲念，因此半月十日去走得一遭。那張三和這婆惜，如膠似漆，夜去明來。街坊上人也都知了，却有些風聲吹在宋江耳朵裏。宋江半信不信。自肚裏尋思道：『又不是我父母匹配的妻室，他若無心戀我，我没來由惹氣做什麽。我祇不上門便了。』自此有個月不去。閻婆累使人來請，宋江祇推事故，不上門去。

忽一日晚間，却好見那閻婆趕到縣前來，叫道：『押司，多日使人相請，好貴人難見面。便是小賤人有些言語高低，傷觸了押司，也看得老身薄面，自教訓他與押司陪話。今晚老身有緣得見押司，同走一遭去。』宋江道：『我今日縣裏事務忙，擺撥不開，改日却來。』閻婆道：『這個使不得。我女兒在家裏，專望押司，胡亂温顧他便了。直恁地下得！』宋江道：『端的忙些個。明日準來。』閻婆道：『我今晚要和你去。』便把宋江衣袖扯住了，發話道：『是誰挑撥你？我娘兒兩個下半世過活都靠着押司，外人説的閑是閑非都不要聽他，押司自做個張主。我女兒但有差錯，都在老身身上。押司胡亂去走一遭。』宋江道：『你不要纏，我的事務分撥不開在這裏。』閻婆道：『押司便誤了些公事，知縣相公不到得便責罰你。這回錯過，後次難逢。押司祇得和老身去走一遭，到家裏自有告訴。』宋江是個快性的人，吃那婆子纏不過，便道：『你放了手，我去便了。』閻婆道：『押司不要跑了去，老人家趕不上。』宋江道：『直恁地這等！』兩個厮跟着來到門前。有詩爲證：

酒不醉人人自醉，花不迷人人自迷。直饒今日能知悔，何不當初莫去爲。

宋江立住了脚，閻婆把手一攔，説道：『押司來到這裏，終不成不入去了！』宋江進到裏面凳子上坐了。那婆子是乖的，自古道，老虔婆，如何出得他手。祇怕宋江走去，便幫在身邊坐了，叫道：『我兒，你心愛的三郎在這裏。』那閻婆惜倒在床上，對着盞孤燈，正在没可尋思處，祇等這小張三來。聽得娘叫道『你的心愛的三郎在這裏』，那婆娘祇道是張三郎，慌忙起來，把手掠一掠雲髻，口裏喃喃的駡道：『這短命，等得我苦也！老娘先打兩個耳刮子着。』飛也似跑下樓來。就槅子眼裏張時，堂前琉璃燈却明亮，照見是宋江，那婆娘復翻身再上樓去了，依前倒在床上。

閻婆聽得女兒脚步下樓來了，又聽得再上樓去了。婆子又叫道：『我兒，你的三郎在這裏，怎地倒走了去？』那婆惜在床上應道：『這屋裏不遠，他不會來！他又不瞎，如何自不上來，直等我來迎接他。没了當絮絮聒聒地！』閻婆道：『這賤人真個望不見押司來，氣苦了。恁地説，也好教押司受他兩句兒。』婆子笑道：『押司，我同你上樓去。』宋江聽了那婆娘説這幾句，心裏自有五分不自在。被這婆子一扯，勉强祇得上樓去。

原來是一間六椽樓屋，前半間安一副春臺桌凳，後半間鋪着卧房。貼裏安一張三面棱花的床，兩邊都是欄干，上挂着一頂紅羅幔帳。側首放個衣架，搭着手巾，這邊放着個洗手盆。一張金漆桌子上，放一個錫燈臺，邊厢兩個杌子。正面壁上，挂一幅仕女。對床排着四把一字交椅。

宋江來到樓上，閻婆便拖入房裏去。宋江便望杌子上朝着床邊坐了。閻婆就床上拖起女兒來，說道：「押司在這裏。我兒，你衹是性氣不好，把言語傷觸了他，惱得押司不上門，閑時却在家裏思量。我如今不容易請得他來，你却不起來陪句話兒，顛倒使性！」婆惜把手拓開，說那婆子：「你做什麽這般鳥亂，我又不曾做了歹事！他自不上門，教我怎地陪話！」

宋江聽了，也不做聲。婆子便掇過一把交椅在宋江肩下，便推他女兒過來，說道：「你且和三郎坐一坐。不陪話便罷，不要焦躁。你兩個多時不見，也說一句有情的話兒。」那婆娘那裏肯過來，便去宋江對面坐了。宋江低了頭不做聲。婆子看女兒時，也别轉了臉。閻婆道：「没酒没漿，做什麽道場。老身有一瓶兒好酒在這裏，買些果品來與押司陪話。我兒，你相陪押司坐地，不要怕羞，我便來也。」宋江自尋思道：「我吃這婆子釘住了，脱身不得。等他下樓去，我隨後也走了。」那婆子瞧見宋江要走的意思，出得房門去，門上却有屈戌，便把房門拽上，將屈戌搭了。宋江暗忖道：「那虔婆倒先算了我。」

且說閻婆下樓來，先去竈前點起個燈，竈裏見成燒着一鍋脚湯，再凑上些柴頭。拿了些碎銀子，出巷口去買得些時新果子，鮮魚嫩鷄肥鮓之類，歸到家中，都把盤子盛了。取酒傾在盆裏，舀半旋子，在鍋裏燙熱了，傾在酒壺裏。收拾了數盤菜蔬，三隻酒盞，三雙箸，一桶盤托上樓來，放在春臺上。開了房門，搬將入來，擺在桌子上。看宋江時，衹低着頭。看女兒時，也朝着别處。閻婆道：「我兒起來把盞酒。」婆惜道：「你們自吃，我不耐煩。」婆子道：「我兒，爺娘手裏從小兒慣了你性兒，别人面上須使不得。」婆惜道：「不把盞便怎地我！終不成飛劍來取了我頭！」那婆子倒笑起來，說道：「又是我的不是了。押司是個風流人物，不和你一般見識。你不把酒便罷，

且回過臉來吃盞兒酒。」婆惜衹不回過頭來。那婆子自把酒來勸宋江，宋江勉意吃了一盞。婆子道：「押司莫要見責。閑話都打迭起，明日慢慢告訴。外人見押司在這裏，多少乾熱的不怯氣，胡言亂語，放屁辣臊。押司都不要聽，且衹顧飲酒。」篩了三盞在桌子上，說道：「我兒不要使小孩兒的性，胡亂吃一盞酒。」婆惜道：「没得衹顧纏我！我飽了，吃不得。」閻婆道：「我兒，你也陪侍你的三郎吃盞酒使得。」

婆惜一頭聽了，一面肚裏尋思：「我衹心在張三身上，兀誰奈煩相伴這厮！若不把他灌得醉了，他必來纏我。」婆惜衹得勉意拿起酒來，吃了半盞。婆子笑道：「我兒衹是焦躁，且開懷吃兩盞兒睡。押司也滿飲幾杯。」宋江被他勸不過，連飲了三五盞。婆子也連連飲了幾盞，再下樓去燙酒。

那婆子見女兒不吃酒，心中不悦。才見女兒回心吃酒，歡喜道：「若是今夜兜得他住，那人惱恨都忘了。且又和他纏幾時，却再商量。」婆子一頭尋思，一面自在竈前吃了三大鍾酒，覺道有些癢麻上來，却又篩了一碗吃。旋了大半旋，傾在注子裏，爬上樓來。見那宋江低着頭不做聲，女兒也别轉着臉弄裙子。這婆子哈哈地笑道：「你兩個又不是泥塑的，做什麽都不做聲？押司，你不合是個男子漢，衹得裝些温柔，說些風話兒耍。」宋江正没做道理處，口裏衹不做聲，肚裏好生進退不得。閻婆惜自想道：「你不來睬我，指望老娘一似閑常時來陪你話，相伴你耍笑，我如今却不耍！」那婆子吃了許多酒，口裏衹管夾七帶八嘈。正在那裏張家長，李家短，白說緑道。有詩爲證：

假意虚脾却似真，花言巧語弄精神。幾多伶俐遭他陷，死後應知拔舌根。

却有鄆城縣一個賣糟腌的唐二哥，叫做唐牛兒，如常在街上衹是幫閑，常常得宋江賫助他。但有些公事去告宋江，也落得幾貫錢使。宋江要用他時，死命向前。這一日晚，正賭錢輸了，没做道理處，却去縣前尋宋江。奔到下處尋不見。街坊都道：「唐二哥，你尋誰這般忙？」唐牛兒道：「我喉急了，要尋孤老。一地裏不見他。」衆人道：

『你的孤老是誰？』唐牛兒道：『便是縣裏宋押司。』衆人道：『我方才見他和閻婆兩個過去，一路走着。』唐牛兒道：『是了。這閻婆惜賊賤蟲，他自和張三兩個打得火塊也似熱，祇瞞着宋押司一個。他敢也知些風聲，好幾時不去了，今晚必然吃那老咬蟲假意兒纏了去。我正没錢使，喉急了，胡亂去那裏尋幾貫錢使，就幫兩碗酒吃。』一徑奔到閻婆門前，見裏面燈明，門却不關。入到胡梯邊，聽得閻婆在樓上呵呵地笑。唐牛兒捏脚捏手，上到樓上，板壁縫裏張時，見宋江和婆惜兩個，都低着頭；那婆子坐在橫頭桌子邊，口裏七十三八十四祇顧嘈。

唐牛兒閃將入來，看着閻婆和宋江、婆惜，唱了三個喏，立在邊頭。宋江尋思道：『這廝來的最好。』把嘴望下一努。唐牛兒是個乖的人，便瞧科，看着宋江便説道：『小人何處不尋過，原來却在這裏吃酒耍。好吃得安穩！』宋江道：『莫不是縣裏有什麼要緊事？』唐牛兒道：『押司，你怎地忘了？便是早間那件公事，知縣相公在廳上發作，着四五替公人來下處尋押司，一地裏又没尋處。相公焦躁做一片。押司便可動身。』宋江道：『恁地要緊，祇得去。』便起身要下樓。吃那婆子攔住道：『押司不要使這科段。這唐牛兒捻泛過來，你這精賊也瞞老娘，正是魯班手裏調大斧。這早晚知縣自回衙去，和夫人吃酒取樂，有什麼事務得發作？你這般道兒，祇好瞞魑魅，老娘手裏説不過去。』

唐牛兒便道：『真個是知縣相公緊等的勾當，我却不會説謊。』閻婆道：『放你娘狗屁！老娘一雙眼，却似琉璃葫蘆兒一般。却才見押司努嘴過來，叫你發科，你倒不攛掇押司來我屋裏，顛倒打抹他去。常言道：殺人可恕，情理難容！』這婆子跳起身來，便把那唐牛兒劈脖子祇一叉，踉踉蹌蹌直從房裏叉下樓來。唐牛兒道：『你做什麼便叉我？』婆子喝道：『你不曉得，破人買賣衣飯，如殺父母妻子。你高做聲，便打你這賊乞丐！』唐牛兒鑽將過來道：『你打！』這婆子乘着酒興，叉開五指，去那唐牛兒臉上連打兩掌，直攧出簾子外去。婆子便扯簾子，撇放門背後，却把兩扇門關上，拿拴拴了，口裏祇顧罵。

那唐牛兒吃了這兩掌，立在門前大叫道：『賊老咬蟲不要慌！我不看宋押司面皮，教你這屋裏粉碎，教你雙日不着單日着。我不結果了你，不姓唐！』拍着胸，大罵了去。

婆子再到樓上，看着宋江道：『押司没事睬那乞丐做什麼。那廝一地裏去搪酒吃，祇是搬是搬非。這等倒街臥巷的橫死賊，也來上門上户欺負人。』宋江是個真實的人，吃這婆子一篇道着了真病，倒抽身不得。婆子道：『押司不要心裏見責老身，祇恁地知重得了。我兒，和押司祇吃這杯。我猜着你兩個多時不見，一定要早睡，收拾了罷休。』婆子又勸宋江吃兩杯，收拾杯盤下樓來，自去竈下去。

宋江在樓上，自肚裏尋思説：『這婆子女兒和張三兩個有事，我心裏半信不信，眼裏不曾見真實。待要去來，祇道我村。況且夜深了，我祇得權睡一睡。且看這婆娘怎地，今夜與我情分如何？』祇見那婆子又上樓來，説道：『夜深了，我叫押司兩口兒早睡。』那婆娘應道：『不干你事，你自去睡。』婆子笑下樓來，口裏道：『押司安置。今夜多歡。明日慢慢地起。』婆子下樓來，收拾了竈上，洗了脚手，吹滅燈，自去睡了。

却説宋江坐在杌子上，祇指望那婆娘似比先時，先來偎倚陪話，胡亂又將就幾時。誰想婆惜心裏尋思道：『我祇思量張三，吃他攪了，却似眼中釘一般。那廝倒直指望我一似先時前來下氣，老娘如今却不要耍。祇見説撐船就岸，幾曾有撐岸就船。你不來睬我，老娘倒落得。』看官聽説，原來這色最是怕人。若是他有心戀你時，身上便有刀劍水火也攔他不住，他也不怕。若是他無心戀你時，你便身坐在金銀堆裏，他也不睬你。常言道：佳人有意村夫俏，紅粉無心浪子村。宋公明是個勇烈大丈夫，爲女色的手段却不會。這閻婆惜被那張三小意兒百依百隨，輕憐重惜，賣俏迎奸，引亂這婆娘的心，如何肯戀宋江。

當夜兩個在燈下坐着，對面都不做聲，各自肚裏躊躇，却似等泥幹掇入廟。看看天色夜深，祇見窗上月光。但見：

銀河耿耿，玉漏迢迢。穿窗斜月映寒光，透户凉風吹夜氣。雁聲嘹亮，孤眠才子夢魂驚；蛩韵凄凉，獨宿佳人情緒苦。譙樓禁鼓，一更未盡一更催；別院寒砧，千擣將殘千擣起。畫檐間叮當鐵馬，敲碎旅客孤懷；銀臺上閃爍清燈，偏照離人長嘆。貪淫妓女心如鐵，仗義英雄氣似虹。

當下宋江坐在杌子上，睃那婆娘時，復地嘆口氣。約莫也是二更天氣，那婆娘不脫衣裳，便上床去，自倚了綉枕，扭過身，朝裏壁自睡了。宋江看了，尋思道：「可奈這賤人全不睬我些個，他自睡了。我今日吃這婆子言來語去，央了幾杯酒，打熬不得。夜深，祗得睡了罷。」把頭上巾幘除下，放在桌子上，脫下上蓋衣裳，搭在衣架上。腰裏解下鑾帶，上有一把壓衣刀和招文袋，却挂在床邊欄干子上。脫去了絲鞋淨襪，便上床去那婆娘脚後睡了。半個更次，聽得婆惜在脚後冷笑。宋江心裏氣悶，如何睡得着。自古道：歡娛嫌夜短，寂寞恨更長。看看三更交半夜，酒却醒了。捱到五更，宋江起來，面桶裏洗了臉，便穿了上蓋衣裳，帶了巾幘，口裏罵道：「你這賊賤人好生無禮！」婆惜也不曾睡着，聽得宋江罵時，扭過身回道：「你不羞這臉！」宋江忿那口氣，便下樓來。閻婆聽得脚步響，便在床上說道：「押司且睡歇，等天明去。没來由起五更做什麽？」宋江也不應，祗顧來開門。婆子又道：「押司出去時，與我拽上門。」宋江出得門來，就拽上了。忿那口氣没出處，一直要奔回下處來。却從縣前過，見一碗燈明，看時，却是賣湯藥的王公，來到縣前趕早市。

那老兒見是宋江來，慌忙道：「押司如何今日出來得早？」宋江道：「便是夜來酒醉，錯聽更鼓。」王公道：「押司必然傷酒，且請一盞醒酒二陳湯。」宋江道：「最好。」就凳上坐了。那老子濃濃地捧一盞二陳湯，遞與宋江吃。宋江吃了，驀然想起道：「如常吃他的湯藥，不曾要我還錢。我舊時曾許他一具棺材，不曾與得他。」想起前日有那晁蓋送來的金子，受了他一條在招文袋裏，「何不就與那老兒做棺材錢，教他歡喜？」宋江便道：「王公，我日前曾許你一具棺木錢，一向不曾把得與你。今日我有些金子在這裏，把與你，你便可將去陳三郎家買了一具棺材，放在家裏。你百年歸壽時，我却再與你些送終之資，若何？」王公道：「恩主如常覷老漢，又蒙與終身壽具，老

子今世報答不得押司，後世做驢做馬報答官人。」宋江道：「休如此說。」便揭起背子前襟去取那招文袋時，吃了一驚，道：「苦也！昨夜正忘在那賤人的床頭欄干子上，我一時氣起來，祗顧走了，不曾系得在腰裏。這幾兩金子直得什麽，須有晁蓋寄來的那一封書包着這金。我本欲在酒樓上劉唐前燒毁了，他回去説時，祗道我不把他來爲念。正要將到下處來燒，又誰想王婆布施棺材，就成了這件事，一向蹉跎忘了。昨夜晚正記起來，又不曾燒得，却被這閻婆纏將我去，因此忘在這賤人家裏床頭欄干子上。我時常見這婆娘看些曲本，頗識幾字，若是被他拿了，倒是利害。」便起身道：「阿公休怪。不是我說謊，祗道金子在招文袋裏，不想出來得忙，忘了在家。我去取來與你。」王公道：「休要去取，明日慢慢的與老漢不遲。」宋江道：「阿公，你不知道，我還有一件物事做一處放着，以此要去取。」宋江慌慌急急，奔回閻婆家裏來。正是：

合是英雄命運乖，遺前忘後可憐哉。循環莫謂天無意，醞釀原知禍有胎。

且說這閻婆惜聽得宋江出門去了，爬將起來，口裏自言語道：「那厮攪了老娘一夜睡不着。那厮含臉，祗指望老娘陪氣下情。我不信你，老娘自和張三過得好，誰奈煩睬你。你不上門來，倒好！」口裏説着，一頭鋪被，脫下上截襖兒，解了下面裙子，袒開胸前，脫下截襯衣。床面前燈却明亮，照見床頭欄干子上拖下條紫羅鑾帶。婆惜見了，笑道：「黑三那厮吃喝不盡，忘了鑾帶在這裏。老娘且捉了，把來與張三系。」便用手去一提，提起招文袋和刀子來。祗覺袋裏有些重，便把手抽開，望桌子上祗一抖，正抖出那包金子和書來。這婆娘拿起來看時，燈下照見是黃黃的一條金子。婆惜笑道：「天教我和張三買物事吃。這幾日我見張三瘦了，我也正要買些東西和他將息。」將金子放下，却把那紙書展開來燈下看時，上面寫着晁蓋并許多事務。婆惜道：「好呀！我祗道吊桶落在井裏，原來也有井落在吊桶裏。我正要和張三兩個做夫妻，單單祗多你這厮，今日也撞在我手裏。原來你和梁山泊强賊通同往來，送一百兩金子與你。且不要慌，老娘慢慢地消遣你！」就把這封書依原包了金子，還插在招

文袋裏。『不怕你教五聖來攝了去。』正在樓上自言自語，祇聽得樓下呀地門響。婆子問道：『是誰？』宋江道：『是我。』婆子道：『我說早哩，押司却不信，要去。原來早了又回來，且再和姐姐睡一睡，到天明去。』宋江也不回話，一徑奔上樓來。

那婆娘聽得是宋江回來，慌忙把鑾帶、刀子、招文袋一發卷做一塊，藏在被裏，緊緊地靠了床裏壁，祇做齁齁假睡着。宋江撞到房裏，徑去床頭欄干上取時，却不見了。宋江心内自慌，祇得忍了昨夜的氣，把手去摇那婦人道：『你看我日前的面，還我招文袋。』那婆惜假睡着，祇不應。宋江又摇道：『你不要急躁，我自明日與你陪話。』婆惜道：『老娘正睡哩，是誰攪我？』宋江道：『你曉的是我，假做什麽。』婆惜扭轉身道：『黑三，你說什麽？』宋江道：『你還了我招文袋。』婆惜道：『你在那裏交付與我手裏，却來問我討？』宋江道：『忘了在你脚後小欄干上。這裏又没人來，祇是你收得。』婆惜道：『呸！你不見鬼來！』宋江道：『夜來是我不是了，明日與你陪話。你祇還了我罷，休要作耍。』婆惜道：『誰和你作耍，我不曾收得。』宋江道：『你先時不曾脱衣裳睡，如今蓋着被子睡，一定是起來鋪被時拿了。』

祇見那婆惜柳眉踢竪，星眼圓睁，説道：『老娘拿是拿了，祇是不還你。你使官府的人便拿我去做賊斷。』宋江道：『我須不曾冤你做賊。』婆惜道：『可知老娘不是賊哩。』宋江見這話，心裏越慌，便説道：『我須不曾歹看承你娘兒兩個。還了我罷，我要去幹事。』婆惜道：『閑常也祇嗔老娘和張三有事，他有些不如你處，也不該一刀的罪犯。不强似你和打劫賊通同。』宋江道：『好姐姐，不要叫。鄰舍聽得，不是耍處。』婆惜道：『你怕外人聽得，你莫做不得！這封書老娘牢牢地收着，若要饒你時，祇依我三件事便罷。』宋江道：『休説三件事，便是三十件事也依你。』婆惜道：『祇怕依不得。』宋江道：『當行即行。敢問那三件事？』

閻婆惜道：『第一件，你可從今日便將原典我的文書來還我，再寫一紙任從我改嫁張三，并不敢再來争執的

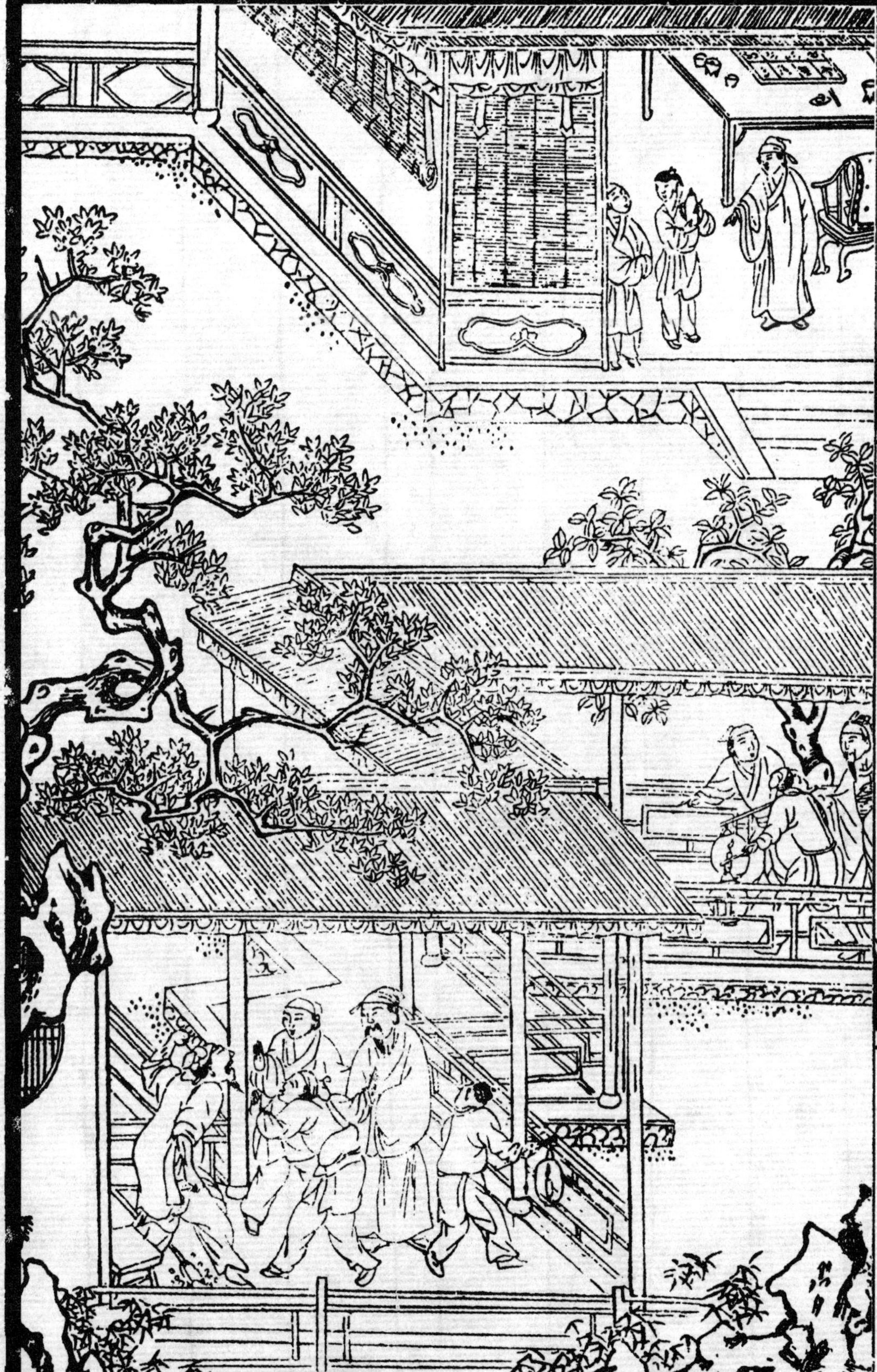

文書。』宋江道：『這個依得。』婆惜道：『第二件，我頭上帶的，我身上穿的，家裏使用的，雖都是你辦的，也委一紙文書，不許你日後來討。』宋江道：『這個也依得。』閻婆惜道：『衹怕你第三件依不得。』宋江道：『我已兩件都依你，緣何這件依不得？』婆惜道：『有那梁山泊晁蓋送與你的一百兩金子，快把來與我，我便饒你這一場天字第一號官司，還你這招文袋裏的款狀。』宋江道：『那兩件倒都依得。這一百兩金子，果然送來與我，我不肯受他的，依前教他把了回去。若端的有時，雙手便送與你。』婆惜道：『可知哩！常言道：公人見錢，如蠅子見血。他使人送金子與你，你豈有推了轉去的，這話却似放屁！做公人的，那個猫兒不吃腥？閻羅王面前須没放回的鬼，你待瞞誰？便把這一百兩金子與我，直得什麽！你怕是賊臟時，快熔過了與我。』宋江道：『你也須知我是老實的人，不會說謊。你若不信，限我三日，我將家私變賣一百兩金子與你。你還了我招文袋。』婆惜冷笑道：『你這黑三倒乖，把我一似小孩兒般捉弄。我便先還了你招文袋這封書，歇三日却問你討金子，正是棺材出了討挽歌郎錢。我這裏一手交錢，一手交貨。你快把來，兩相交割。』宋江道：『果然不曾有這金子。』婆惜道：『明朝到公廳上，你也說不曾有這金子？』

宋江聽了公廳兩字，怒氣直起，那裏按納得住，睁着眼道：『你還也不還？』那婦人道：『你恁地狠，我便還你不迭！』宋江道：『你真個不還？』婆惜道：『不還！再饒你一百個不還！若要還時，在鄆城縣還你！』

宋江便來扯那婆惜蓋的被。婦人身邊却有這件物，倒不顧被，兩手衹緊緊地抱住胸前。宋江扯開被來，却見這鑾帶頭正在那婦人胸前拖下來。宋江道：『原來却在這裏。』一不做，二不休，兩手便來奪，那婆娘那裏肯放。宋江在床邊捨命的奪，婆惜死也不放。宋江恨命衹一拽，倒拽出那把壓衣刀子在席上，宋江便搶在手裏。那婆娘見宋江搶刀在手，叫：『黑三郎殺人也！』衹這一聲，提起宋江這個念頭來。那一肚皮氣正没出處。婆惜却叫第二聲時，宋江左手早按住那婆娘，右手却早刀落，去那婆惜嗓子上衹一勒，鮮血飛出，那婦人兀自吼哩。宋江怕

他不死，再復一刀，那顆頭伶伶仃仃落在枕頭上。但見：

手到處青春喪命，刀落時紅粉亡身。七魄悠悠，已赴森羅殿上；三魂渺渺，應歸枉死城中。緊閉星眸，直挺挺尸橫席上；半開檀口，濕津津頭落枕邊。小院初春，大雪壓枯金綫柳；寒生庾嶺，狂風吹折玉梅花。三寸氣在千般用，一日無常萬事休。紅粉不知歸何處？芳魂今夜落誰家？

宋江一時怒氣，殺了閻婆惜，取過招文袋，抽出那封書來，便就殘燈下燒了。系上鑾帶，走出樓來。那婆子在下面睡，聽他兩口兒論口，倒也不着在意裏。衹聽得女兒叫一聲『黑三郎殺人也』，正不知怎地，慌忙跳起來，穿了衣裳，奔上樓來，却好和宋江打個胸廝撞。閻婆問道：『你兩口兒做什麽鬧？』宋江道：『你女兒忒無禮，被我殺了！』婆子笑道：『却是甚話！便是押司生得眼凶，又酒性不好，專要殺人？押司，休取笑老身。』宋江道：『你不信時，去房裏看。我真個殺了！』婆子道：『我不信。』推開房門看時，衹見血泊裏挺着尸首。婆子道：『苦也！却是怎地好？』宋江道：『我是烈漢，一世也不走，隨你要怎地。』婆子道：『這賤人果是不好，押司不錯殺了。衹是老身無人養贍。』宋江道：『這個不妨。既是你如此說時，你却不用憂心。我家豈無珍羞百味，衹教你豐衣足食便了，快活過半世。』閻婆道：『恁地時却是好也。深謝押司。我女兒死在床上，怎地斷送？』宋江道：『這個容易。我去陳三郎家買一具棺材與你，仵作行人入殮時，我自分付他來。我再取十兩銀子與你結果。』婆子謝道：『押司，衹好趁天未明時討具棺材盛了，鄰舍街坊，都不要見影。』宋江道：『也好。你取紙筆來，我寫個批子與你去取。』閻婆道：『批子也不濟事。須是押司自去取，便肯早早發來。』宋江道：『也說得是。』

兩個下樓來。婆子去房裏拿了鎖鑰，出到門前，把門鎖了，帶了鑰匙。宋江與閻婆兩個，投縣前來。此時天色尚早，未明，縣門却才開。那婆子約莫到縣前左側，把宋江一把結住，發喊叫道：『有殺人賊在這裏！』嚇得宋江慌做一團，連忙掩住口道：『不要叫！』那裏掩得住。縣前有幾個做公的，走將攏來看時，認得是宋江，便勸道：『婆子閉嘴。

押司不是這般的人，有事衹消得好説。』閻婆道：『他正是凶首。與我捉住，同到縣裏。』原來宋江爲人最好，上下愛敬，滿縣人没一個不讓他。因此做公的都不肯下手拿他，又不信這婆子説。

正在那裏没個解救，恰好唐牛兒托一盤子洗净的糟姜，來縣前趕趁，正見這婆子結扭住宋江在那裏叫冤屈。唐牛兒見是閻婆一把扭結住宋江，想起昨夜的一肚子鳥氣來，便把盤子放在賣藥的老王凳子上，鑽將過來，喝道：『老賊蟲！你做什麽結扭住押司？』婆子道：『唐二，你不要來打奪人去，要你償命也！』唐牛兒大怒，那裏聽他説，把婆子手一拆拆開了，不問事由，叉開五指，去閻婆臉上衹一掌，打個滿天星。那婆子昏撒了，衹得放手。宋江得脱，往鬧裏一直走了。

婆子便一把却結扭住唐牛兒，叫道：『宋押司殺了我的女兒，你却打奪去了！』唐牛兒慌道：『我那裏得知！』閻婆叫道：『上下！替我捉一捉殺人賊則個。不時，須要帶累你們。』衆做公的衹礙宋江面皮，不肯動手。拿唐牛兒時，須不耽擱。衆人向前，一個帶住婆子，三四個拿住唐牛兒，把他横拖倒拽，直推進鄆城縣裏來。古人云：禍福無門，惟人自招。披麻救火，惹焰燒身。

畢竟唐牛兒被閻婆結住，怎地脱身，且聽下回分解。

第二十二回　閻婆大鬧鄆城縣　朱仝義釋宋公明

昔者伯牙有流水高山之曲，子期既死，終不復彈。後之人述其事，悲其心，孰不爲之嗟嘆彌日，自云：我獨不得與之同時，設復相遇，當能知之。嗚呼，言何容易乎！我謂聲音之道，通乎至微，是事甚難，請舉易者，而易莫易于文筆。乃文筆中，有古人之辭章，其言雅馴，未便通曉，是事猶難，請更舉其易之易者，而易之易莫若近代之稗官。今試開爾明月之目，運爾珠玉之心，展爾粲花之舌，爲耐庵先生一解《水滸》，亦復何所見其聞弦賞音便知雅曲者乎？即如宋江殺婆惜一案，夫耐庵之繁筆累紙，千曲百折而必使宋江成于殺婆惜者，彼其文心，夫固獨欲宋江離鄆城而至滄州也。而張三必固欲捉之，而知縣必固欲寬之。夫誠使當時更無張三主唆虔婆，而一憑知縣遷罪唐牛，豈其真將前回無數筆墨，悉復付之唐案乎耶？夫張三之力唆虔婆，主于必捉宋江者，是此回之正文也。若知縣乃至滿縣之人，其極力周全宋江，若惟恐其或至于捉者，是皆旁文蹋蹴，所謂波瀾者也。張三不唆，虔婆不稟；虔婆不稟，知縣不捉；知縣不捉，宋江不走；宋江不走，武松不現。蓋張三一唆之力，其筋節所系，至于如此。而世之讀其文者，已莫不嘖嘖知縣，而呶呶張三，而尚謂人我知伯牙。嗟乎，爾知何等伯牙哉！

寫朱、雷兩人各有心事，各有做法，又各不相照，各要熱瞞，句句都帶跳脱之勢，與放走晁天王時，正是一樣奇筆，又却是兩樣奇筆。才子之才，吾無以限之也。

話説當時衆做公的拿住唐牛兒，解進縣裏來。知縣聽得有殺人的事，慌忙出來升廳。衆做公的把這唐牛兒簇擁在廳前。知縣看時，衹見一個婆子跪在左邊，一個漢子跪在右邊。知縣問道：『什麽殺人公事？』婆子告道：『老身姓閻，有個女兒唤做婆惜，典與宋押司做外宅。昨夜晚間，我女兒和宋江一處吃酒，這個唐牛兒一徑來尋鬧，叫駡出門，鄰里盡知。今早宋江出去走了一遭回來，把我女兒殺了。老身結扭到縣前，這唐二又把宋江打奪了去。告相公做主。』知縣道：『你這廝怎敢打奪了凶身？』唐牛兒告道：『小人不知前後因依。衹因昨夜去尋宋江搪碗酒吃，被這閻婆叉小人出來。今早小人自出來賣糟姜，遇見閻婆結扭宋押司在縣前。小人見了，不合去勸他，他便走了。却不知他殺死他女兒的緣由。』知縣喝道：『胡説！宋江是個君子誠實的人，如何肯造次殺人！這人命之事，必然在你身上。左右在那裏？』便喚當廳公吏。

當下轉上押司張文遠來，看了，見説閻婆告宋江殺了他女兒，『正是我的表子。』隨即取了各人口詞，就替閻婆寫了狀子，迭了一宗案，便喚當地方仵作行人，并地厢、里正、鄰佑一干人等，來到閻婆家，開了門，取尸首登場檢驗了。身邊放着行凶刀子一把。當日再三看驗得，系是生前項上被刀勒死。衆人登場了當，尸首把棺木盛了，寄放寺院裏。將一干人帶到縣裏。

知縣却和宋江最好，有心要出脱他，衹把唐牛兒來再三推問。唐牛兒供道：『小人并不知前後。』知縣道：『你這廝如何隔夜去他家鬧？一定是你殺了。』唐牛兒告道：『小人一時撞去，搪碗酒吃。』知縣道：『胡説！且把這廝捆翻了，打這廝！』左右兩邊狼虎一般公人，把這唐牛兒一索捆翻了，打到三五十，前後語言一般。知縣明知他不知情，一心要救宋江，衹把他來勘問。且叫取一面枷來釘了，禁在牢裏。

那張文遠上廳來禀道：『雖然如此，現有刀子是宋江的壓衣刀，可以去拿宋江來對問，便有下落。』知縣吃他三回五次來禀，遮掩不住，衹得差人去宋江下處捉拿。宋江已自在逃去了。衹拿得幾家鄰人來回話：『凶身宋江在逃，不知去向。』張文遠又禀道：『犯人宋江逃去，他父親宋太公并兄弟宋清，現在宋家村居住，可以勾追到官，責限比捕，跟尋宋江到官理問。』知縣本不肯行移，衹要朦朧做在唐牛兒身上，日後自慢慢地出他。怎當這張文遠立主文案，唆使閻婆上廳，衹管來告。知縣情知阻當不住，衹得押紙公文，差三兩個做公的，去宋家莊勾追宋太公并兄弟宋清。

公人領了公文，來到宋家村宋太公莊上。太公出來迎接，至草廳上坐定。公人將出文書，遞與太公看了。宋太公道：『上下請坐，容老漢告禀。老漢祖代務農，守此田園過活。不孝之子宋江，自小忤逆，不肯本分生理，要去做吏，百般説他不從。因此老漢數年前，本縣官長處告了他忤逆，出了他籍，不在老漢户内人數。他自在縣裏住居，老漢自和孩兒宋清在此荒村，守些田畝過活。他與老漢水米無交，并無干涉。老漢也怕他做出事來，連累不便，因此在前官手裏告了執憑文帖，在此存照。老漢取來教上下看。』衆公人都是和宋江好的，明知道這個是預先開的門路，苦死不肯做冤家。衆人回説道：『太公既有執憑，把將來我們看，抄去縣裏回話。』太公隨即宰殺些鷄鵝，置酒管待了衆人，賫發了十數兩銀子，取出執憑公文，教他衆人抄了。衆公人相辭了宋太公，自回縣去回知縣的話，説道：『宋太公三年前出了宋江的籍，告了執憑文帖，見有抄白在此，難以勾捉。』知縣又是要出脱宋江的，便道：『既有執憑公文，他又別無親族，可以出一千貫賞錢，行移諸處海捕捉拿便了。』

那張三又挑唆閻婆去廳上披頭散發來告道：『宋江實是宋清隱藏在家，不令出官。相公如何不與老身做主，去拿宋江？』知縣喝道：『他父親已自三年前告了他忤逆在官，出了他籍，現有執憑公文存照，如何拿得他父親兄弟來比捕？』閻婆告道：『相公，誰不知道他叫做孝義黑三郎！這執憑是個假的。衹是相公做主則個。』知縣道：『胡説！前官手裏押的印信公文，如何是假的！』閻婆在廳下叫屈叫苦，哽哽咽咽地假哭，告相公道：『人命大如天，若不肯與老身做主時，衹得去州裏告狀。衹是我女兒死得甚苦！』那張三又上廳來替他禀道：『相公不與他行移拿人時，這閻婆上司去告狀，倒是利害。詳議得本縣有弊，倘或來提問時，小吏難去回話。』知縣情知有理，衹得押了一紙公文，便差朱仝、雷横二都頭當廳發落：『你等可帶多人，去宋家村宋大户莊上，搜捉犯人宋江來。』

朱、雷二都頭領了公文，便來點起土兵四十餘人，徑奔宋家莊上來。宋太公得知，慌忙出來迎接。朱仝、雷横二人説道：『太公休怪，我們上司差遣，蓋不由己。你的兒子押司，現在何處？』宋太公道：『兩位都頭在上，我這逆子宋江，他和老漢并無干涉。前官手裏已告開了他，見告的執憑在此。已與宋江三年多各户另籍，不同老漢一家過活。亦不曾回莊上來。』朱仝道：『然雖如此，我們憑書請客，奉帖勾人，難憑你説不在莊上。你等我們搜一搜看，好去回話。』便叫土兵三四十人圍了莊院。『我自把定前門。雷都頭，你先入去搜。』雷横便入進裏面，莊前莊後，搜了一遍出來，對朱仝説道：『端的不在莊裏。』朱仝道：『我衹是放心不下。雷都頭，你和衆兄弟把了門，我親自細細地搜一遍。』宋太公道：『老漢是識法度的人，如何敢藏在莊裏。』朱仝道：『這個是人命的公事，你却嗔怪我們不得。』太公道：『都頭尊便，自細細地去搜。』朱仝道：『雷都頭，你監着太公在這裏，休教他走動。』

朱仝自進莊裏，把樸刀倚在壁邊，把門來拴了，走入佛堂内，去把供床拖在一邊，揭起那片地板來。板底下有條索頭，將索子頭衹一拽，銅鈴一聲響，宋江從地窨子裏鑽將出來。見了朱仝，吃那一驚。朱仝道：『公明哥哥，休怪小弟今來捉你。閑常時和你最好，有的事都不相瞞。一日酒中，兄長曾説道：「我家佛座底下有個地窨子，上面放着三世佛。佛堂内有片地板蓋着，上面壓着供床。你有些緊急之事，可來那裏躲避。」小弟那時聽説，記在心裏。今日本縣知縣差我和雷横兩個來時，無奈何，要瞞生人眼目。相公也有覷兄長之心，衹是被張三和這婆子在廳上發言發語，道本縣不做主時，定要在州裏告狀，因此上又差我兩個來搜你莊上。我衹怕雷横執着，不會周全人，倘或見了兄長，没個做圓活處。因此小弟賺他在莊前，一徑自來和兄長説話。此地雖好，也不是安身之處。倘或有人知得，來這裏搜着，如之奈何？』宋江道：『我也自這般尋思。若不是賢兄如此周全，宋江定遭縲紲之厄。』朱仝道：『休如此説。兄長却投何處去好？』宋江道：『小可尋思，有三個安身之處：一是滄州横海郡小旋風柴進莊上；二乃是青州清風寨小李廣花榮處；三者是白虎山孔太公莊上，他有兩個孩兒，長男叫做毛頭星孔明，次子叫做獨火星孔亮，多曾來縣裏相會。那三處在這裏躊躇未定，不如投何處去好。』朱仝道：『兄長可以作急尋思，當行即行。今晚便可動身，勿請遲延自誤。』宋江道：『上下官司之事，全望兄長維持。金帛使用，衹顧來取。』朱仝道：『這事放心，都在我身上。兄長衹顧安排去路。』宋江謝了朱仝，再入地窨子去。

朱仝依舊把地板蓋上，還將供床壓了，開門拿樸刀出來，説道：『真個没在莊裏。』叫道：『雷都頭，我們衹拿了宋太公去如何？』雷横見説要拿宋太公去，尋思：『朱仝那人和宋江最好，他怎地顛倒要拿宋太公？這話一定是反説。他若再提起，我落得做人情。』朱仝、雷横叫攏土兵，都入草堂上來。宋太公慌忙置酒管待衆人。朱仝道：『休要安排酒食，且請太公和四郎同到本縣裏走一遭。』雷横道：『四郎如何不見？』宋太公道：『老漢使他去近村打些農器，不在莊裏。宋江那廝，自三年已前把這逆子告出了户，現有一紙執憑公文，在此存照。』朱仝道：『如何説得過。我兩個奉着知縣臺旨，叫拿你父子二個自去縣裏回話。』雷横道：『朱都頭，你聽我説。宋押司他犯罪過，其中必有緣故。殺了這個婆娘，也未便該死罪。既然太公已有執憑公文，係是印信官文書，又不是假的。我們看宋押司日前交往之面，權且擔負他些個。衹抄了執憑去回話便了。』朱仝尋思道：『我自反説，要他不疑。』朱仝道：『既然兄弟這般説了，我没來由做什麼惡人。』宋太公謝了道：『深相感二位都頭相覷。』隨即排下酒食，犒賞衆人。將出二十兩銀子，送與兩位都頭。朱仝、雷横堅執不受，把來散與衆人，四十個土兵分了。抄了一張執憑公文，相別了宋太公，離了宋家村。朱、雷二位都頭，自引了一行人回縣去了。

縣裏知縣正值升廳，見朱仝、雷横回來了，便問緣由。兩個稟道：『莊前莊後，四圍村坊，搜遍了二次，其實没這個人。宋太公卧病在床，不能動止，早晚臨危。宋清已自前月出外未回。因此衹把執憑抄白在此。』知縣道：『既然如此』，一面申呈本府，一面動了一紙海捕文書，不在話下。縣裏有那一等和宋江好的相交之人，都替宋江去張三處説開。那張三也耐不過衆人面皮，因此也衹得罷了。朱仝自凑些錢物把與閻婆，教不要去州裏告狀。這婆子也得了些錢物，没奈何衹得依允了。朱仝又將若干銀兩，教人上州裏去使用，文書不要駁將下來。又得知縣一力主張，出一千貫賞錢，行移開了一個海捕文書。衹把唐牛兒問做成個故縱凶身在逃，脊杖二十，刺配五百里外。干連的人，盡數保放寧家。這是後話。有詩爲證：

爲誅紅粉便逋逃，地窨藏身計亦高。不是朱家施意氣，英雄準擬入天牢。

且說宋江，他是個莊農之家，如何有這地窨子？原來故宋時爲官容易，做吏最難。爲甚的爲官容易？皆因祇是那時朝廷奸臣當道，讒佞專權，非親不用，非財不取。爲甚做吏最難？那時做押司的，但犯罪責，輕則刺配遠惡軍州，重則抄扎家產，結果了殘生性命。以此預先安排下這般去處躲身。又恐連累父母，教爹娘告了忤逆，出了籍册，各户另居，官給執憑公文存照，不相來往。却做家私在屋裏。宋時多有這般算的。

且說宋江從地窨子出來，和父親兄弟商議：『今番不是朱仝相覷，須吃官司，此恩不可忘報。如今我和兄弟兩個，且去逃難。天可憐見，若遇寬恩大赦，那時回來父子相見，安家樂業。父親可使人暗暗地送些金銀去與朱仝處，央他上下使用，及資助閻婆些少，免得他上司去告擾官府。』太公道：『這事不用你憂心，你自和兄弟宋清在路小心。若到了彼處，那裏使個得托的人，寄封信來。』宋江、宋清收拾了動身。原來這宋清，滿縣人都叫他做鐵扇子。

當晚弟兄兩個，拴束包裹。到四更時分起來，洗漱罷，吃了早飯，兩個打扮動身。宋江戴着白范陽氈笠兒，上穿白緞子衫，系一條梅紅縱綫縧，下面纏脚絣，襯着多耳麻鞋。宋清做伴當打扮，背了包裹。都出草廳前，拜辭了父親宋太公。三人灑泪不住。太公分付道：『你兩個前程萬里，休得煩惱。』宋江、宋清却分付大小莊客：『小心看家，早晚殷勤伏侍太公，休教飲食有缺。』弟兄兩上各跨了一口腰刀，都拿了一條樸刀，徑出離了宋家村。

兩個取路登程，正遇着秋末冬初天氣，但見：

柄柄芰荷枯，葉葉梧桐墜。蛩吟腐草中，雁落平沙地。
細雨濕楓林，霜重寒天氣。不是路行人，怎諳秋滋味。

話說宋江弟兄兩個行了數程，在路上思量道：『我們却投奔兀誰的是？』宋清答道：『我祇聞江湖上人傳說滄州橫海郡柴大官人名字，說他是大周皇帝嫡派子孫，祇不曾拜識，何不祇去投奔他？人都說仗義疏財，專一結識天下好漢，救助遭配的人，是個現世的孟嘗君。我兩個祇投奔他去。』宋江道：『我也心裏是這般意思。他雖和我常常書信來往，無緣分上，不曾得會。』兩個商量了，徑望滄州路上來。途中免不得飢餐渴飲，夜住曉行，登山涉水，過府衝州。但凡客商在路，早晚安歇，有兩件事免不得：吃癩碗，睡死人床。

且把閑話提過，祇說正話。宋江弟兄兩個，不則一日，來到滄州界分，問人道：『柴大官人莊在何處？』問了地名，一徑投莊前來。便問莊客：『柴大官人在莊上也不？』莊客答道：『大官人在東莊上收租米，不在莊上。』宋江便問：『此間到東莊有多少路？』莊客道：『有四十餘里。』宋江道：『從何處落路去？』莊客道：『不敢動問二位官人高姓？』宋江道：『我是鄆城縣宋江的便是。』莊客道：『莫不是及時雨宋押司麽？』宋江道：『便是。』莊客道：『大官人如常說大名，祇怨悵不能相會。既是宋押司時，小人領去。』莊客慌忙便領了宋江、宋清，徑投東莊來。沒三個時辰，早來到東莊。宋江看時，端的好一所莊院，十分幽雅。但見：

門迎闊港，後靠高峰。數千株槐柳疏林，三五處招賢客館。深院內牛羊騾馬，芳塘中鳧鴨鷄鵝。仙鶴庭前戲躍，文禽院內優游。疏財仗義，人間今見孟嘗君；濟困扶傾，賽過當時孫武子。正是：家有餘糧鷄犬飽，户無差役子孫閑。

當下莊客引領宋江來至東莊，便道：『二位官人且在此亭上坐一坐，待小人去通報大官人出來相接。』宋江道：『好。』自和宋清在山亭上，倚了樸刀，解下腰刀，歇了包裹，坐在亭子上。那莊客入去不多時，祇見那座中間莊門大開，柴大官人引着三五個伴當，慌忙跑將出來，亭子上與宋江相見。

柴大官人見了宋江，拜在地下，口稱道：『端的想殺柴進！天幸今日甚風吹得到此，大慰平生渴仰之念。多幸，多幸！』宋江也拜在地下，答道：『宋江疏頑小吏，今日特來相投。』柴進扶起宋江來，口裏說道：『昨夜燈花報，今早喜鵲噪，不想却是貴兄來。』滿臉堆下笑來。宋江見柴進接得意重，心裏甚喜。便喚兄弟宋清也來相見了。柴進喝叫伴當：『收拾了宋押司行李，在後堂西軒下歇處。』柴進携住宋江的手，入到裏面正廳上，分賓主坐定。柴進道：『不敢動問，聞知兄長在鄆城縣勾當，如何得暇，來到荒村敝處？』宋江答道：『久聞大官人大名，如雷灌耳。雖然節次收得華翰，衹恨賤役無閑，不能夠相會。今日宋江不才，做出一件没出豁的事來。弟兄二人尋思無處安身，想起大官人仗義疏財，特來投奔。』柴進聽罷笑道：『兄長放心！遮莫做下十惡大罪，既到敝莊，但不用憂心。不是柴進誇口，任他捕盗官軍，不敢正眼兒覷着小莊。』

宋江便把殺了閻婆惜的事，一一告訴了一遍。柴進笑將起來，説道：『兄長放心，便殺了朝廷的命官，刼了府庫裏的財物，柴進也敢藏在莊裏。』説罷，便請宋江弟兄兩個洗浴。隨即將出兩套衣服、巾幘、絲鞋、净襪，教宋江弟兄兩個換了出浴的舊衣裳。兩個洗了浴，都穿了新衣服。莊客自把宋江弟兄的舊衣裳，送在歇宿處。柴進邀宋江去後堂深處，已安排下酒食了。便請宋江正面坐地，柴進對席，宋清有宋江在上，側首坐了。

三人坐定，有十數個近上的莊客，并幾個主管，輪替着把盞，伏侍勸酒。柴進再三勸宋江弟兄寬懷飲幾杯，宋江稱謝不已。酒至半酣，三人各訴胸中朝夕相愛之念。看看天色晚了，點起燈燭。宋江辭道：『酒止。』柴進那裏肯放。直吃到初更左側。宋江起身去净手。柴進唤一個莊客，點一碗燈，引領宋江東廊盡頭處去净手。便道：『我且躲杯酒。』大寬轉穿出前面廊下來，俄延走着，却轉到東廊前面。宋江已有八分酒，脚步趄了，衹顧踏去。那廊下有一個大漢，因害瘧疾，當不住那寒冷，把一鍁火在那裏向。宋江仰着臉，衹顧踏將去，正跐在火鍁柄上，把那火鍁裏炭火，都掀在那漢臉上。那漢吃了一驚，驚出一身汗來。

那漢氣將起來，把宋江劈胸揪住，大喝道：『你是什麽鳥人，敢來消遣我！』宋江也吃一驚，正分説不得。那個提燈籠的莊客慌忙叫道：『不得無禮！這位是大官人的親戚客官。』那漢道：『客官，客官！我初來時也是客官，也曾相待得厚。如今却聽莊客搬口，便疏慢了我。正是人無千日好，花無百日紅。』却待要打宋江，那莊客撇了燈籠，便向前來勸。正勸不開，衹見兩三碗燈籠，飛也似來。柴大官人親趕到説：『我接不着押司，如何却在這裏鬧？』

那莊客便把跐了火鍁的事説一遍。柴進笑道：『大漢，你不認得這位奢遮的押司？』那漢道：『奢遮，奢遮！他敢比不得鄆城宋押司少些兒！』柴進大笑道：『大漢，你認得宋押司不？』那漢道：『我雖不曾認得，江湖上久聞他是個及時雨宋公明。且又仗義疏財，扶危濟困，是個天下聞名的好漢。』柴進問道：『如何見得他是天下聞名的好漢？』那漢道：『却才説不了，他便是真大丈夫，有頭有尾，有始有終。我如今衹等病好時，便去投奔他。』柴進道：『你要見他麽？』那漢道：『我可知要見他哩。』柴進便道：『大漢，遠便十萬八千，近便在面前。』柴進指着宋江便道：『此位便是及時雨宋公明。』那漢道：『真個也不是？』宋江道：『小可便是宋江。』那漢定睛看了看，納頭便拜，説道：『我不是夢裏麽？與兄長相見！』宋江道：『何故如此錯愛？』那漢道：『却才甚是無禮，萬乞恕罪！有眼不識泰山！』跪在地下，那裏肯起來。宋江慌忙扶住道：『足下高姓大名？』柴進指着那漢，説出他姓名，叫甚諱字。有分教：山中猛虎，見時魄散魂離；林下强人，撞着心驚膽裂。正是：説開星月無光彩，道破江山水倒流。

畢竟柴大官人説出那漢還是何人，且聽下回分解。

第二十三回　橫海郡柴進留賓　景陽岡武松打虎

天下莫易于說鬼，而莫難于說虎。無他，鬼無倫次，虎有性情也。說鬼到說不來處，可以意爲補接，若說虎到說不來時，真是大段着力不得。所以《水滸》一書，斷不肯以一字犯着鬼怪，而寫虎則不惟一篇而已，至于再，至于三。蓋亦易能之事薄之不爲，而難能之事便樂此不疲也。

寫虎能寫活虎，寫活虎能寫其搏人，寫虎搏人又能寫其三搏不中。此皆是异樣過人筆力。

吾嘗論世人才不才之相去，真非十里、二十里之可計。即如寫虎要寫活虎，寫活虎要寫正搏人時，此即聚千人，運千心，伸千手，執千筆，而無一字是虎，則亦終無一字是虎也。獨今耐庵乃以一人，一心，一手，一筆，而盈尺之幅，費墨無多，不惟寫一虎，兼又寫一人，不惟雙寫一虎一人，且又夾寫許多風沙樹石，而人是神人，虎是怒虎，風沙樹石是真正虎林。此雖令我讀之，尚猶目眩心亂，安望令我作之耶！

讀打虎一篇，而嘆人是神人，虎是怒虎，固已妙不容說矣。乃其尤妙者，則又如讀廟門榜文後，欲待轉身回來一段；風過虎來時，叫聲『阿呀』，翻下青石來一段；大蟲第一撲，從半空裏攛將下來時，被那一驚，酒都做冷汗出了一段；尋思要拖死虎下去，原來使盡氣力，手脚都蘇軟了，正提不動一段；青石上又坐半歇一段；天色看看黑了，惟恐再跳一隻出來，且掙扎下岡子去一段；下岡子走不到半路，枯草叢中鑽出兩隻大蟲，叫聲『阿呀，今番罷了』一段。皆是寫極駭人之事，却盡用極近人之筆，遂與後來沂嶺殺虎一篇，更無一筆相犯也。

話說宋江因躲一杯酒，去淨手了，轉出廊下來，跐了火鍁柄，引得那漢焦躁，跳將起來，就欲要打宋江。柴進趕將出去，偶叫起宋押司，因此露出姓名來。那大漢聽得是宋江，跪在地下，那裏肯起，說道：『小人有眼不識泰山，一時冒瀆兄長，望乞恕罪！』宋江扶起那漢，問道：『足下是誰？高姓大名？』柴進指着道：『這人是清河縣人氏，姓武名松，排行第二。今在此間一年也。』宋江道：『江湖上多聞說武二郎名字，不期今日却在這裏相會。多幸，多幸！』柴進道：『偶然豪杰相聚，實是難得。就請同做一席說話。』

宋江大喜，携住武松的手，一同到後堂席上，便喚宋清與武松相見。柴進便邀武松坐地。宋江連忙讓他一同在上面坐，武松那裏肯坐。謙了半晌，武松坐了第三位。柴進教再整杯盤，來勸三人痛飲。宋江在燈下看那武松時，果然是一條好漢。但見：

身軀凛凛，相貌堂堂。一雙眼光射寒星，兩彎眉渾如刷漆。胸脯橫闊，有萬夫難敵之威風；語話軒昂，吐千丈凌雲之志氣。心雄膽大，似撼天獅子下雲端；骨健筋强，如摇地貔貅臨座上。如同天上降魔主，真是人間太歲神。

當下宋江看了武松這表人物，心中甚喜，便問武松道：『二郎因何在此？』武松答道：『小弟在清河縣，因酒後醉了，與本處機密相爭，一時間怒起，衹一拳打得那厮昏沉。小弟衹道他死了，因此一徑地逃來，投奔大官人處躲灾避難，今已一年有餘。後來打聽得那厮却不曾死，救得活了。今欲正要回鄉去尋哥哥，不想染患瘧疾，不能夠動身回去。却才正發寒冷，在那廊下向火，被兄長跐了鍁柄，吃了那一驚，驚出一身冷汗，覺得這病好了。』宋江聽了大喜，當夜飲至三更。酒罷，宋江就留武松在西軒下做一處安歇。次日起來，柴進安排席面，殺羊宰猪，管待宋江，不在話下。過了數日，宋江將出些銀兩來，與武松做衣裳。柴進知道，那裏肯要他壞錢，自取出一箱緞匹綢絹，門下自有針工，便教做三人的稱體衣裳。

說話的，柴進因何不喜武松？原來武松初來投奔柴進時，也一般接納管待。次後在莊上，但吃醉了酒，性氣剛，莊客有些顧管不到處，他便要下拳打他們。因此，滿莊裏莊客没有一個道他好。衆人衹是嫌他，都去柴進面前告訴他許多不是處。柴進雖然不趕他，衹是相待得他慢了。却得宋江每日帶挈他一處飲酒相陪，武松的前病都不發了。

相伴宋江住了十數日，武松思鄉，要回清河縣看望哥哥。柴進、宋江兩個，都留他再住幾時。武松道：『小弟的哥哥多時不通信息，因此要去望他。』宋江道：『實是二郎要去，不敢苦留。如若得閑時，再來相會幾時。』

武松相謝了宋江。柴進取出些金銀送與武松，武松謝道：『實是多多相擾了大官人。』武松縛了包裹，拴了哨棒要行，柴進又治酒食送路。武松穿了一領新納紅綢襖，戴着個白范陽氈笠兒，背上包裹，提了杆棒，相辭了便行。宋江道：『弟兄之情，賢弟少等一等。』回到自己房内，取了些銀兩，趕出到莊門前來，說道：『我送兄弟一程。』宋江和兄弟宋清兩個送武松，待他辭了柴大官人，宋江也道：『大官人，暫別了便來。』

三個離了柴進東莊，行了五七里路。武松作別道：『尊兄，遠了，請回。柴大官人必然專望。』宋江道：『何妨再送幾步。』路上說些閑話，不覺又過了三二里。武松挽住宋江說道：『尊兄不必遠送，常言道：送君千裏，終須一別。』宋江指着道：『容我再走幾步。兀那官道上有個小酒店，我們吃三鍾了作別。』

三個來到酒店裏，宋江上首坐了，武松倚了哨棒，下席坐了，宋清横頭坐定。便叫酒保打酒來，且買些盤饌果品菜蔬之類，都搬來擺在桌子上。三個人飲了幾杯，看看紅日半西，武松便道：『天色將晚，哥哥不弃武二時，就此受武二四拜，拜爲義兄。』宋江大喜。武松納頭拜了四拜。宋江叫宋清身邊取出一錠十兩銀子，送與武松。武松那裏肯受，說道：『哥哥客中自用盤費。』宋江道：『賢弟不必多慮。你若推却，我便不認你做兄弟。』武松衹得拜受了，收放纏袋裏。宋江取些碎銀子，還了酒錢。武松拿了哨棒，三個出酒店前來作別。武松墮泪，拜辭了自去。宋江和宋清立在酒店門前，望武松不見了，方才轉身回來。行不到五裏路頭，衹見柴大官人騎着馬，背後牽着兩匹空馬來接。宋江望見了大喜，一同上馬回莊上來。下了馬，請入後堂飲酒。宋江弟兄兩個，自此衹在柴大官人莊上。

話分兩頭。衹說武松自與宋江分别之後，當晚投客店歇了。次日早起來，打火吃了飯，還了房錢，拴束包裹，提了哨棒，便走上路。尋思道：『江湖上衹聞說及時雨宋公明，果然不虛。結識得這般弟兄，也不枉了。』

武松在路上行了幾日，來到陽谷縣地面。此去離縣治還遠。當日晌午時分，走得肚中飢渴，望見前面有一個酒店，挑着一面招旗在門前，上頭寫着五個字道：『三碗不過岡』。

武松入到裏面坐下，把哨棒倚了，叫道：『主人家，快把酒來吃。』衹見店主人把三隻碗、一雙箸、一碟熱菜，放在武松面前，滿滿篩一碗酒來。武松拿起碗，一飲而盡，叫道：『這酒好生有氣力！主人家，有飽肚的買些吃酒。』酒家道：『衹有熟牛肉。』武松道：『好的切二三斤來吃酒。』店家去裏面切出二斤熟牛肉，做一大盤子將來，放在武松面前，隨即再篩一碗酒。武松吃了道：『好酒！』又篩下一碗，恰好吃了三碗酒，再也不來篩。武松敲着桌子叫道：『主人家，怎的不來篩酒？』酒家道：『客官要肉便添來。』武松道：『我也要酒，也要切些肉來。』酒家道：『肉便切來，添與客官吃，酒却不添了。』武松道：『却又作怪。』便問主人家道：『你如何不肯賣酒與我吃？』酒家道：『客官，你須見我門前招旗，上面明明寫道「三碗不過岡」。』武松道：『怎地唤做三碗不過岡？』酒家道：『俺家的酒，雖是村酒，却比老酒的滋味。但凡客人來我店中吃了三碗的，便醉了，過不得前面的山岡去。因此唤做「三碗不過岡」。若是過往客人到此，衹吃三碗，更不再問。』武松笑道：『原來恁地。我却吃了三碗，如何不醉？』酒家道：『我這酒叫做「透瓶香」，又唤做「出門倒」。初入口時，醇醲好吃，少刻時便倒。』武松道：『休要胡說。沒地不還你錢，再篩三碗來我吃。』酒家見武松全然不動，又篩三碗。武松吃道：『端的好酒！主人家，我吃一碗，還你一碗錢，衹顧篩來。』酒家道：『客官休衹管要飲，這酒端的要醉倒人，沒藥醫。』武松道：『休得胡鳥說！便是你使蒙汗藥在裏面，我也有鼻子。』店家被他發話不過，一連又篩了三碗。武松道：『肉便再把二斤來吃。』酒家又切了二斤熟牛肉，再篩了三碗酒。武松吃得口滑，衹顧要吃，去身邊取出些碎銀子，叫道：『主人家，你且來看我銀子，還你酒肉錢夠麼？』酒家看了道：『有餘，還有些貼錢與你。』武松道：『不要你貼錢，衹將酒來篩。』酒家道：『客官，你要吃酒時，還有五六碗酒哩，衹怕你吃不的了。』武松道：『就有五六碗多時，你盡數篩將來。』酒家道：『你這條長漢，倘或醉倒了時，怎扶的你住？』武松答道：『要你扶的不算好漢。』酒家那裏肯將酒來篩。武松焦躁道：『我又不白吃你的，休要引老爹性發，通教你屋裏粉碎，把你這鳥店子倒翻轉來！』酒家道：『這厮醉了，休惹他。』再篩了六碗酒與武松吃了，前後共吃了十五碗。綽了哨棒，立起身來道：『我却又不曾醉。』走出門前來，笑道：『却不說「三碗不過岡」！』手提哨棒便走。

酒家趕出來叫道：『客官那裏去？』武松立住了，問道：『叫我做什麼？我又不少你酒錢，喚我怎地？』酒家叫道：『我是好意。你且回來我家看官司榜文。』武松道：『什麼榜文？』酒家道：『如今前面景陽岡上，有祇吊睛白額大蟲，晚了出來傷人，壞了三二十條大漢性命。官司如今杖限打獵捕户，擒捉發落。岡子路口兩邊人民，都有榜文。可教往來客人，結伙成隊，于巳、午、未三個時辰過岡，其餘寅、卯、申、酉、戌、亥六個時辰，不許過岡。更兼單身客人，不許白日過岡，務要等伴結伙而過。這早晚正是未末申初時分，我見你走都不問人，枉送了自家性命。不如就在此間歇了，等明日慢慢凑得三二十人，一齊好過岡子。』武松聽了，笑道：『我是清河縣人氏，這條景陽岡上少也走過了一二十遭。幾時見說有大蟲！你休說這般鳥話來嚇我！便有大蟲，我也不怕。』酒家道：『我是好意救你。你不信時，進來看官司榜文。』武松道：『你鳥子聲！便真個有虎，老爺也不怕。你留我在家裏歇，莫不半夜三更要謀我財，害我性命，却把鳥大蟲唬嚇我？』酒家道：『你看麽！我是一片好心，反做惡意，倒落得你恁地說。你不信我時，請尊便自行。』正是：

前車倒了千千輛，後車過了亦如然。分明指與平川路，却把忠言當惡言。

那酒店裏主人搖着頭，自進店裏去了。這武松提了哨棒，大着步自過景陽岡來。約行了四五裏路，來到岡子下，見一大樹，刮去了皮，一片白，上寫兩行字。武松也頗識幾字，抬頭看時，上面寫道：『近因景陽岡大蟲傷人，但有過往客商，可于巳、午、未三個時辰，結伙成隊過岡。請勿自誤。』武松看了，笑道：『這是酒家詭詐，驚嚇那等客人，便去那厮家裏宿歇。我却怕什麼鳥！』横拖着哨棒，便上岡子來。

那時已有申牌時分。這輪紅日，厭厭地相傍下山。武松乘着酒興，祇管走上岡子來。走不到半里多路，見一個敗落的山神廟。行到廟前，見這廟門上貼着一張印信榜文。武松住了脚讀時，上面寫道：

『陽谷縣示：爲這景陽岡上新有一隻大蟲，近來傷害人命。現今杖限各鄉里正并獵户人等，打捕未獲。如有過往客商人等，可于巳、午、未三個時辰，結伴過岡。其餘時分及單身客人，不許過岡。恐被傷害性命不便。各宜知悉。』

武松讀了印信榜文，方知端的有虎。欲待發步再回酒店裏來，尋思道：『我回去時，須吃他耻笑，不是好漢，難以轉去。』存想了一回，說道：『怕什麽鳥！且祇顧上去，看怎地！』

武松正走，看看酒涌上來，便把氈笠兒背在脊梁上，將哨棒綰在肋下，一步步上那岡子來。回頭看這日色時，漸漸地墜下去了。此時正是十月間天氣，日短夜長，容易得晚。武松自言自說道：『那得什麽大蟲！人自怕了，不敢上山。』武松走了一直，酒力發作，焦熱起來，一隻手提着哨棒，一祇手把胸膛前袒開，踉踉蹌蹌，直奔過亂樹林來。見一塊光撻撻大青石，把那哨棒倚在一邊，放翻身體，却待要睡，祇見發起一陣狂風來。看那風時，但見：

無形無影透人懷，四季能吹萬物開。就樹撮將黃葉去，入山推出白雲來。

原來但凡世上雲生從龍，風生從虎。那一陣風過處，祇聽得亂樹背後撲地一聲響，跳出一隻吊睛白額大蟲來。武松見了，叫聲：『呵呀！』從青石上翻將下來，便拿那條哨棒在手裏，閃在青石邊。

那個大蟲又飢又渴，把兩隻爪在地下略按一按，和身望上一撲，從半空裏攛將下來。武松被那一驚，酒都做冷汗出了。說時遲，那時快。武松見大蟲撲來，祇一閃，閃在大蟲背後。那大蟲背後看人最難，便把前爪搭在地下，把腰胯一掀，掀將起來。武松祇一躲，躲在一邊。大蟲見掀他不着，吼一聲，却似半天裏起個霹靂，振得那山岡也動。把這鐵棒也似虎尾倒竪起來，祇一剪。武松却又閃在一邊。原來那大蟲拿人，祇是一撲，一掀，一剪，三般提不着時，氣性先自没了一半。那大蟲又剪不着，再吼了一聲，一兜兜將回來。武松見那大蟲復翻身回來，雙手輪起哨棒，盡平生氣力，祇一棒，從半空劈將下來。祇聽得一聲響，簌簌地將那樹連枝帶葉劈臉打將下來。定睛看時，一棒劈不着大蟲。原來慌了，正打在枯樹上，把那條哨棒折做兩截，祇拿得一半在手裏。

那大蟲咆哮，性發起來，翻身又祇一撲，撲將來。武松又祇一跳，却退了十步遠。那大蟲却好把兩隻前爪搭在武松前面。武松將半截棒丢在一邊，兩隻手就勢把大蟲頂花皮肐膳地揪住，一按按將下來。那隻大蟲急要掙扎，早没了氣力。被武松盡氣力納定，那裏肯放半點兒鬆寬。武松把祇脚望大蟲面門上、眼睛裏祇顧亂踢。那大蟲咆哮起來，把身底下扒起兩堆黄泥，做了一個土坑。武松把那大蟲嘴直按下黄泥坑裏去。那大蟲吃武松奈何得没了些氣力。武松把左手緊緊地揪住頂花皮，偷出右手來，提起鐵錘般大小拳頭，盡平生之力，祇顧打。打到五七十拳，那大蟲眼裏、口裏、鼻子裏、耳朵裏都迸出鮮血來。那武松盡平昔神威，仗胸中武藝，半歇兒把大蟲打做一堆，却似躺着一個錦布袋。有一篇古風，單道景陽岡武松打虎。但見：

景陽岡頭風正狂，萬里陰雲霾日光。焰焰满川楓葉赤，紛紛遍地草芽黄。觸目晚霞挂林藪，侵人冷霧满穹蒼。忽聞一聲霹靂響，山腰飛出獸中王。昂頭踴躍逞牙爪，谷口麋鹿皆奔忙。山中狐兔潜踪迹，澗内獐猿驚且慌。卞莊見後魂魄喪，存孝遇時心膽强。清河壯士酒未醒，忽在岡頭偶相迎。上下尋人虎飢渴，撞着猙獰來撲人。虎來撲人似山倒，人去迎虎如岩傾。臂腕落時墜飛炮，爪牙爬處成泥坑。拳頭脚尖如雨點，淋漓兩手鮮血染。穢污腥風满松林，散亂毛鬚墜山奄。近看千鈞勢未休，遠觀八面威風斂。身横野草錦斑銷，緊閉雙睛光不閃。

當下景陽岡上那隻猛虎，被武松没頓飯之間，一頓拳脚打得那大蟲動彈不得，使得口裏兀自氣喘。武松放了手，來松樹邊尋那打折的棒橛，拿在手裏，祇怕大蟲不死，把棒橛又打了一回。那大蟲氣都没了。武松再尋思道：『我就地拖得這死大蟲下岡子去。』就血泊裏雙手來提時，那裏提得動？原來使盡了氣力，手脚都蘇軟了，動彈不得。

武松再來青石坐了半歇，尋思道：『天色看看黑了，倘或又跳出一隻大蟲來時，我却怎地鬥得他過？且掙扎下岡子去，明早却來理會。』就石頭邊尋了氈笠兒，轉過亂樹林邊，一步步捱下岡子來。

走不到半里多路，祇見枯草叢中鑽出兩隻大蟲來。武松道：『呵呀，我今番死也！性命罷了！』祇見那兩個大蟲于黑影裏直立起來。武松定睛看時，却是兩個人，把虎皮縫做衣裳，緊緊拼在身上。那兩個人手裏各拿着一條五股叉，見了武松，吃一驚道：『你那人吃了㺀狆心，豹子肝，獅子腿，膽倒包着身軀！如何敢獨自一個，昏黑將夜，又没器械，走過岡子來！不知你是人是鬼？』武松道：『你兩個是什麽人？』那個人道：『我們是本處獵户。』武松道：『你們上嶺來做什麽？』兩個獵户失驚道：『你兀自不知哩！如今景陽岡上有一隻極大的大蟲，夜夜出來傷人。祇我們獵户，也折了七八個。過往客人，不記其數，都被這畜生吃了。本縣知縣着落當鄉里正和我們獵户人等捕捉。那業畜勢大，難近得他，誰敢向前！我們爲他正不知吃了多少限棒，祇捉他不得。今夜又該我們兩個捕獵，和十數個鄉夫在此，上上下下放了窩弓藥箭等他。正在這裏埋伏，却見你大剌剌地從岡子上走將下來，我兩個吃了一驚。你却正是甚人？曾見大蟲麽？』武松道：『我是清河縣人氏，姓武，排行第二。却才岡子上亂樹林邊，正撞着那大蟲，被我一頓拳脚打死了。』兩個獵户聽得痴呆了，説道：『怕没這話！』武松道：『你不信時，祇看我身上兀自有血迹。』兩個道：『怎地打來？』武松把那打大蟲的本事，再説了一遍。兩個獵户聽了，又驚又喜，叫攏那十個鄉夫來。

祇見這十個鄉夫，都拿着鋼叉、踏弩、刀槍，隨即攏來。武松問道：『他們衆人如何不隨着你兩個上山？』獵户道：『便是那畜生利害，他們如何敢上來！』一伙十數個人，都在面前。兩個獵户把武松打殺大蟲的事，説向衆人。衆人都不肯信。武松道：『你衆人不肯信時，我和你去看便了。』衆人身邊都有火刀、火石，隨即發出火來，點起五七個火把。衆人都跟着武松，一同再上岡子來，看見那大蟲做一堆兒死在那裏。衆人見了大喜，先叫一個去報知本縣里正，并該管上户。這裏五七個鄉夫，自把大蟲縛了，抬下岡子來。

到得嶺下，早有七八十人都哄將來，先把死大蟲抬在前面，將一乘兜轎，抬了武松，徑投本處一個上户家來。那上户里正都在莊前迎接。把這大蟲扛到草廳上。却有本鄉上户、本鄉獵户三二十人，都來相探武松。衆人問道：『壯士高姓大名？貴鄉何處？』武松道：『小人是此間鄰郡清河縣人氏，姓武名松，排行第二。因從滄州回鄉來，昨晚在岡子那邊酒店吃得大醉了，上岡子來，正撞見這畜生。』把那打虎的身分拳脚，細説了一遍。衆上户道：『真乃英雄好漢！』衆獵户先把野味將來與武松把杯。武松因打大蟲困乏了，要睡。大户便教莊客打并客房，且教武松歇息。

到天明，上户先使人去縣裏報知，一面合具虎床，安排端正，迎送縣裏去。天明，武松起來洗漱罷，衆多上户牽一腔羊，挑一擔酒，都在廳前伺候。武松穿了衣裳，整頓巾幘，出到前面，與衆人相見。衆上户把盞説道：『被這個畜生正不知害了多少人性命，連累獵户吃了幾頓限棒。今日幸得壯士來到，除了這個大害。第一鄉中人民有福，第二客侣通行，實出壯士之賜。』武松謝道：『非小子之能，托賴衆長上福蔭。』衆人都來作賀，吃了一早晨酒食。抬出大蟲，放在虎床上。衆鄉村上户都把緞匹花紅來挂與武松。武松有些行李包裹，寄在莊上，一齊都出莊門前來。早有陽谷縣知縣相公使人來接武松，都相見了。叫四個莊客，將乘凉轎來抬了武松，把那大蟲扛在前面，挂着花紅緞匹，迎到陽谷縣裏來。

那陽谷縣人民聽得説一個壯士打死了景陽岡上大蟲，迎喝將來，盡皆出來看。哄動了那個縣治。武松在轎上看時，衹見亞肩迭背，鬧鬧穰穰，屯街塞巷，都來看迎大蟲。到縣前衙門口，知縣已在廳上專等。武松下了轎，扛着大蟲，都到廳前，放在甬道上。知縣看了武松這般模樣，又見了這個老大錦毛大蟲，心中自忖道：『不是這個漢，怎地打的這個猛虎！』便唤武松上廳來。武松去廳前聲了喏。知縣問道：『你那打虎的壯士，你却説怎生打了這個大蟲？』武松就廳前將打虎的本事，説了一遍。廳上廳下衆多人等，都驚得呆了。知縣就廳上賜了幾杯酒，將出上户凑的賞賜錢一千貫，賞賜與武松。武松稟道：『小人托賴相公的福蔭，偶然僥幸，打死了這個大蟲。非小人之能，如何敢受賞賜。小人聞知這衆獵户因這個大蟲受了相公責罰，何不就把這一千貫給散與衆人去用？』知縣道：『既是如此，任從壯士。』武松就把這賞錢在廳上散與衆人獵户。知縣見他忠厚仁德，有心要抬舉他，便道：『雖你原是清河縣人氏，與我這陽谷縣衹在咫尺。我今日就參你在本縣做個都頭，如何？』武松跪謝道：『若蒙恩相抬舉，小人終身受賜。』知縣隨即唤押司立了文案，當日便參武松做了步兵都頭。衆上户都來與武松作賀慶喜，連連吃了三五日酒。武松自心中想道：『我本要回清河縣去看望哥哥，誰想倒來做了陽谷縣都頭！』自此上官見愛，鄉里聞名。

又過了三二日，那一日，武松心閑，走出縣前來閑玩。衹聽得背後一個人叫聲：『武都頭，你今日發迹了，如何不看覷我則個？』武松回過頭來看了，叫聲：『阿也！你如何却在這裏？』不是武松見了這個人，有分教：陽谷縣裏，尸横血染。直教鋼刀響處人頭滚，寶劍揮時熱血流。

畢竟叫唤武都頭的正是甚人，且聽下回分解。

第二十四回　王婆貪賄說風情　鄆哥不忿鬧茶肆

寫武二視兄如父，此自是豪杰至性，實有大過人者。乃吾正不難于武二之視兄如父，而獨難于武大之視二如子也。曰：嗟乎，兄弟之際，至于今日，尚忍言哉！一壞于幹糇相爭，鬩墻莫勸，再壞于高談天顯，矜飾虛文。蓋一壞于小人，而再壞于君子也。夫壞于小人，其失也鄙，猶可救也；壞于君子，其失也詐，不可救也。壞于小人，其失也鄙，其內即甚鄙，而其外未至于詐，是猶可以聖王之教教之者也；壞于君子，其失也詐，其外既甚詐，而其內又不免于甚鄙，是終不可以聖王之教教之者也。故夫武二之視兄如父，是學問之人之事也；若武大之視二如子，是天性之人之事也。由學問而得如武二之事兄者以事兄，是猶夫人之能事也；由天性而欲如武大之愛弟者以愛弟，是非夫人之能事也。作者寫武二以救小人之鄙，寫武大以救君子之詐。夫亦曰：兄之與弟，雖二人也，揆厥初生，則一本也。一本之事，天性之事也，學問其不必也。不得已而不廢學問，此自爲小人言之；若君子，其亦勉勉于天性可也。

上篇寫武二遇虎，真乃山摇地撼，使人毛髮倒卓。忽然接入此篇，寫武二遇嫂，真又柳絲花朵，使人心魂蕩漾也。吾嘗見舞槊之後，便欲搦管臨文，則殊苦手顫；鐃吹之後，便欲洞簫清囀，則殊苦耳鳴；馳騎之後，便欲入班拜舞，則殊苦喘急；駡座之後，便欲舉唱梵唄，則殊苦喉燥，何耐庵偏能接筆而出，嚇時便嚇殺人，憨時便憨殺人，并無上四者之苦也！

寫西門慶接連數番踅轉，妙于叠，妙于換，妙于熱，妙于冷，妙于寬，妙于緊，妙于瑣碎，妙于影借，妙于忽迎，妙于忽閃，妙于有波磔，妙于無意思，真是一篇花團錦簇文字。

寫王婆定計，祇是數語可了，看他偏能一波一磔，一吐一吞，隨心恣意，排出十分光來。于十分光前，偏又能隨心恣意，先排出五件事來。真所謂其才如海，筆墨之氣，潮起潮落者也。

通篇寫西門愛奸，却又處處插入虔婆愛鈔，描畫小人共爲一事，而各爲其私，真乃可醜可笑。吾嘗晨起開户，竊怪行路之人紛若馳馬，意彼萬萬人中，乃至必無一人心頭無事者。今讀此篇而失笑也。

話說當日武都頭回轉身來，看見那人，撲翻身便拜。那人原來不是别人，正是武松的嫡親哥哥武大郎。武松拜罷，說道：『一年有餘不見哥哥，如何却在這裏？』武大道：『二哥，你去了許多時，如何不寄封書來與我？我又怨你，又想你。』武松道：『哥哥如何是怨我、想我？』武大道：『我怨你時，當初你在清河縣裏，要便吃酒醉了，和人相打，時常吃官司，教我要便隨衙聽候，不曾有一個月净辦，常教我受苦，這個便是怨你處。想你時，我近來取得一個老小，清河縣人不怯氣，都來相欺負，没人做主。你在家時，誰敢來放個屁？我如今在那裏安不得身，祇得搬來這裏賃房居住，因此便是想你處。』看官聽說：原來武大與武松是一母所生兩個，武松身長八尺，一貌堂堂，渾身上下有千百斤氣力，不恁地，如何打得那個猛虎？這武大郎身不滿五尺，面目生得猙獰，頭腦可笑，清河縣人見他生得短矮，起他一個諢名，叫做『三寸丁穀樹皮』。

那清河縣裏有一個大户人家，有個使女，小名唤做潘金蓮，年方二十餘歲，頗有些顔色。因爲那個大户要纏他，這女使祇是去告主人婆，意下不肯依從。那個大户以此恨記于心，却倒賠些房奩，不要武大一文錢，白白地嫁與他。自從武大娶得那婦人之後，清河縣裏有幾個奸詐的浮浪子弟們，却來他家裏薅惱。原來這婦人見武大身材短矮，人物猥獕，不會風流。這婆娘倒諸般好，爲頭的愛偷漢子。有詩爲證：

金蓮容貌更堪題，笑蹙春山八字眉。若遇風流清子弟，等閑雲雨便偷期。

却說那潘金蓮過門之後，武大是個懦弱依本分的人，被這一班人不時間在門前叫道：『好一塊羊肉，倒落在狗口裏。』因此武大在清河縣住不牢，搬來這陽谷縣紫石街賃房居住，每日仍舊挑賣炊餅。此日正在縣前做買賣，當下見了武松。武大道：『兄弟，我前日在街上聽得人沸沸地說道：「景陽岡上一個打虎的壯士，姓武，縣裏知縣參他做個都頭。」我也八分猜道是你，原來今日才得撞見。我且不做買賣，一同和你家去。」武松道：『哥哥家在那裏？』武大用手指道：『祇在前面紫石街便是。』武松替武大挑了擔兒，武大引着武松轉灣抹角，一徑望紫石街來。

轉過兩個灣，來到一個茶坊間壁，武大叫一聲：『大嫂開門！』祇見蘆簾起處，一個婦人出到簾子下，應道：『大哥，怎地半早便歸？』武大道：『你的叔叔在這裏，且來厮見。』武大郎接了擔兒入去，便出來道：『二哥，入屋裏來和你嫂嫂相見。』武松揭起簾子，入進裏面，與那婦人相見。武大説道：『大嫂，原來景陽岡上打死大蟲新充做都頭的，正是我這兄弟。』那婦人叉手向前道：『叔叔萬福。』武松道：『嫂嫂請坐。』武松當下推金山、倒玉柱，納頭便拜。那婦人向前扶住武松道：『叔叔，折殺奴家。』武松道：『嫂嫂受禮。』那婦人道：『奴家也聽得説道，有個打虎的好漢，迎到縣前。奴家也正待要去看一看，不想去得太遲了，趕不上，不曾看見。原來却是叔叔。且請叔叔到樓上去坐。』武松看那婦人時，但見：

眉似初春柳葉，常含着雨恨雲愁；臉如三月桃花，暗藏着風情月意。纖腰裊娜，拘束的燕懶鶯慵；檀口輕盈，勾引得蜂狂蝶亂。玉貌妖嬈花解語，芳容窈窕玉生香。

當下那婦人叫武大請武松上樓，主客席裏坐地。三個人同歸到樓上坐了。那婦人看着武大道：『我陪侍着叔叔坐地，你去安排些酒食來管待叔叔。』武大應道：『最好。二哥你且坐一坐，我便來也。』武大下樓去了。那婦人在樓上看了武松這表人物，自心裏尋思道：『武松與他是嫡親一母兄弟，他又生的這般長大。我嫁得這等一個，也不枉了爲人一世。你看我那「三寸丁穀樹皮」，三分像人，七分似鬼，我直恁地晦氣！據着武松，大蟲也吃他打了，他必然好氣力。説他又未曾婚娶，何不叫他搬來我家住？不想這段因緣却在這裏！』那婦人臉上堆下笑來，問武松道：『叔叔來這裏幾日了？』武松答道：『到此間十數日了。』婦人道：『叔叔在那裏安歇？』武松道：『胡亂權在縣衙裏安歇。』那婦人道：『叔叔，恁地時却不便當。』武松道：『獨自一身，容易料理。早晚自有土兵伏侍。』婦人道：『那等人伏侍叔叔，怎地顧管得到。何不搬來一家裏住？早晚要些湯水吃時，奴家親自安排與叔叔吃，不强似這伙腌臢人安排飲食。叔叔便吃口清湯，也放心得下。』武松道：『深謝嫂嫂。』那婦人道：『莫不别處有嬸嬸？可取來厮會也好。』武松道：『武二并不曾婚娶。』婦人又問道：『叔叔青春多少？』武松道：『虛度二十五歲。』那婦人道：『長奴三歲。叔叔今番從那裏來？』武松道：『在滄州住了一年有餘，祇想哥哥在清河縣住，不想却搬在這裏。』那婦人道：『一言難盡！自從嫁得你哥哥，吃他忒善了，被人欺負，清河縣裏住不得，搬來這裏。若得叔叔這般雄壯，誰敢道個不字。』武松道：『家兄從來本分，不似武二撒潑。』那婦人道：『怎地這般顛倒説！常言道：人無剛骨，安身不牢。奴家平生快性，看不得這般三不回頭，四答和身轉的人。』武松道：『家兄却不道得惹事，要嫂嫂憂心。』

正在樓上説話未了，武大買了些酒肉果品歸來，放在厨下，走上樓來，叫道：『大嫂，你下來安[illegible]』那婦人應道：『你看那不曉事的！叔叔在這裏坐地，却教我撇了下來。』武松道：『嫂嫂請自便。』那婦人道：『何不去叫間壁王乾娘安排便了？祇是這般不見便！』武大自去央了間壁王婆，安排端正了，都搬上樓來，擺在桌子上。無非是些魚肉果菜之類。隨即盪酒上來。武大叫婦人坐了主位，武松對席，武大打横。三個人坐下，武大篩酒在各人面前。那婦人拿起酒來道：『叔叔休怪，没甚管待，請酒一杯。』武松道：『感謝嫂嫂，休這般説。』武大祇顧上下篩酒盪酒，那裏來管别事。那婦人笑容可掬，滿口兒叫：『叔叔，怎地魚和肉也不吃一塊兒？』揀好的遞將過來。武松是個直性的漢子，祇把做親嫂嫂相待，誰知那婦人是個使女出身，慣會小意兒，亦不想那婦人一片引人的心。武大又是個善弱的人，那裏會管待人。

那婦人吃了幾杯酒，一雙眼祇看着武松的身上。武松吃他看不過，祇低了頭不恁麽理會。當日吃了十數杯酒，武松便起身。武大道：『二哥再吃幾杯了去。』武松道：『祇好恁地，却又來望哥哥。』都送下樓來。那婦人道：『叔叔是必搬來家裏住。若是叔叔不搬來時，教我兩口兒也吃別人笑話。親兄弟，難比別人。大哥，你便打點一間房屋，請叔叔來家裏過活，休教鄰舍街坊道個不是。』武大道：『大嫂說的是。二哥你便搬來，也教我爭口氣。』武松道：『既是哥哥嫂嫂恁地說時，今晚有些行李便取了來。』那婦人道：『叔叔是必記心，奴這裏專望。』那婦人情意十分殷勤。有詩爲證：

可怪金蓮用意深，包藏淫行蕩春心。武松正大元難犯，耿耿清名抵萬金。

武松別了哥嫂，離了紫石街，徑投縣裏來。正值知縣在廳上坐衙，武松上廳來稟道：『武松有個親兄，搬在紫石街居住。武松欲就家裏宿歇，早晚衙門中聽候使喚。不敢擅去，請恩相鈞旨。』知縣道：『這是孝悌的勾當，我如何阻你，其理正當。你可每日來縣裏伺候。』武松謝了，收拾行李鋪蓋，有那新制的衣服并前者賞賜的物件，叫個土兵挑了，武松引到哥哥家裏。那婦人見了，却比半夜裏拾金寶的一般歡喜，堆下笑來。武大叫個木匠就樓下整了一間房，鋪下一張床，裏面放一條桌子，安兩個杌子，一個火爐。武松先把行李安頓了，分付土兵自回去，當晚就哥嫂家裏歇卧。

次日早起，那婦人慌忙起來燒洗面湯，舀漱口水，叫武松洗漱了口面，裹了巾幘，出門去縣裏畫卯。那婦人道：『叔叔，畫了卯，早些個歸來吃飯，休去別處吃。』武松道：『便來也。』徑去縣裏畫了卯，伺候了一早晨，回到家裏。那婦人洗手剔甲，齊齊整整，安排下飯食。三口兒共桌兒食。武松是個直性的人，倒無安身之處。吃了飯，那婦人雙手捧一盞茶遞與武松吃。武松道：『教嫂嫂生受，武松寢食不安。縣裏撥一個土兵來使喚。』那婦人連聲叫道：『叔叔却怎地這般見外？自家的骨肉，又不伏侍了別人。便撥一個土兵來使用，這廝上鍋上竈地不乾凈，奴眼裏也看不得這等人。』武松道：『恁地時，却生受嫂嫂。』

話休絮煩。自從武松搬將家裏來，取些銀子與武大，教買餅饊茶果，請鄰舍吃茶。衆鄰舍鬥分子來與武松人情，武大又安排了回席，都不在話下。

過了數日，武松取出一匹彩色段子與嫂嫂做衣裳。那婦人笑嘻嘻道：『叔叔，如何使得！既然叔叔把與奴家，不敢推辭，祇得接了。』武松自此祇在哥哥家裏宿歇。武大依前上街挑賣炊餅。武松每日自去縣裏畫卯，承應差使。不論歸遲歸早，那婦人頓羹頓飯，歡天喜地伏侍武松。武松倒安身不得。那婦人常把些言語來撩撥他，武松是個硬心直漢，却不見怪。

有話即長，無話即短。不覺過了一月有餘，看看是十一月天氣。連日朔風緊起，四下裏彤雲密布，又早紛紛揚揚飛下一天瑞雪來。怎見得好雪？正是：

盡道豐年瑞，豐年瑞若何？長安有貧者，爲瑞不宜多。

當日那雪直下到一更天氣，却似銀鋪世界，玉碾乾坤。次日，武松清早出去縣裏畫卯，直到日中未歸。武大被這婦人趕出去做買賣，央及間壁王婆買下些酒肉之類，去武松房裏簇了一盆炭火，心裏自想道：『我今日着實撩鬥他一撩鬥，不信他不動情。』那婦人獨自一個冷冷清清立在簾兒下，看那大雪。祇見武松正在雪裏踏着那亂瓊碎玉歸來。那婦人推起簾子，陪着笑臉迎接道：『叔叔寒冷。』武松道：『感謝嫂嫂憂念。』入得門來，便把氈笠兒除將下來。那婦人雙手去接，武松道：『不勞嫂嫂生受。』自把雪來拂了，挂在壁上。解了腰裏纏袋，脫了身上鸚哥綠紵絲衲襖，入房裏搭了。那婦人便道：『奴等一早起，叔叔怎地不歸來吃早飯？』武松道：『便是縣裏一個相識，請吃早飯。却才又有一個作杯，我不奈煩，一直走到家來。』那婦人道：『恁地，叔叔向火。』武松道：『便好。』脫了油靴，換了一雙襪子，穿了暖鞋，掇條杌子自近火邊坐地。

那婦人把前門上了拴，後門也關了，却搬些按酒果品菜蔬，入武松房裏來擺在桌子上。武松問道：『哥哥那裏去未歸？』婦人道：『你哥哥每日自出去做買賣，我和叔叔自飲三杯。』武松道：『一發等哥哥家來吃。』婦人道：『那裏等得他來。』說猶未了，早暖了一注子酒來。武松道：『嫂嫂坐地，等武二去燙酒正當。』婦人道：『叔叔，你自便。』那婦人也掇條杌子近火邊坐了。桌兒上擺着杯盤。那婦人拿盞酒，擎在手裏，看着武松道：『叔叔，滿飲此杯。』武松接過手去，一飲而盡。那婦人又篩一杯酒來說道：『天色寒冷，叔叔飲個成雙杯兒。』武松道：『嫂嫂自便。』接來又一飲而盡。武松卻篩一杯酒遞與那婦人吃。婦人接過酒來吃了，卻拿注子再斟酒來，放在武松面前。

那婦人臉上堆着笑容說道：『我聽得一個閑人說道，叔叔在縣前東街上，養着一個唱的，敢端的有這話麼？』武松道：『嫂嫂休聽外人胡說，武二從來不是這等人。』婦人道：『我不信，祇怕叔叔口頭不似心頭。』武松道：『嫂嫂不信時，祇問哥哥。』那婦人道：『他曉得什麼？曉得這等事時，不賣炊餅了。叔叔，且請一杯。』連篩了三四杯酒飲了。那婦人也有三杯酒落肚，祇管把閑話來說。武松也知了八九分，自家把頭來低了。

那婦人起身去燙酒，武松自在房裏拿起火箸簇火。那婦人暖了一注子酒，來到房裏，一隻手拿着注子，一隻手便去武松肩胛上祇一捏，說道：『叔叔祇穿這些衣裳，不冷？』武松已自有五分不快意，也不應他。那婦人見他不應，劈手便來奪火箸，口裏道：『叔叔你不會簇火，我與你撥火。祇要一似火盆常熱便好。』武松有八分焦躁，祇不做聲。那婦人不看武松焦躁，便放了火箸，卻篩一盞酒來，自呷了一口，剩了大半盞，看着武松道：『你若有心，吃我這半盞兒殘酒。』

武松劈手奪來，潑在地下，說道：『嫂嫂休要恁地不識羞耻！』把手祇一推，爭些兒把那婦人推一跤。武松睜起眼來道：『武二是個頂天立地，噙齒戴髮男子漢，不是那等敗壞風俗沒人倫的猪狗！嫂嫂休要這般不識廉耻，爲此等的勾當。倘有些風吹草動，武二眼裏認得是嫂嫂，拳頭卻不認得是嫂嫂。再來休要恁地！』那婦人通紅了臉，便收拾了杯盤盞碟，口裏說道：『我自作樂耍子，不值得便當真起來，好不識人敬重！』搬了家火，自向厨下去了。

有詩爲證：

潑賤操心太不良，貪淫無耻壞綱常。席間尚且求雲雨，反被都頭罵一場。

卻說潘金蓮勾搭武松不動，反被搶白一場。武松自在房裏氣忿忿地。天色卻早未牌時分，武大挑了擔兒歸來推門，那婦人慌忙開門。武大進來歇了擔兒，隨到厨下。見老婆雙眼哭得紅紅的，武大道：『你和誰鬧來？』那婦人道：『都是你不爭氣，教外人來欺負我！』武大道：『誰人敢來欺負你？』婦人道：『情知是有誰！爭奈武二那廝，我見他大雪裏歸來，連忙安排酒請他吃。他見前後沒人，便把言語來調戲我。』武大道：『我的兄弟不是這等人，從來老實。休要高做聲，吃鄰舍家笑話。』

武大撇了老婆，來到武松房裏叫道：『二哥，你不曾吃點心，我和你吃些個。』武松祇不則聲。尋思了半晌，再脫了絲鞋，依舊穿上油膀靴，着了上蓋，帶上氈笠兒，一頭系纏袋，一面出門。武大叫道：『二哥那裏去？』也不應，一直地祇顧去了。

武大回到厨下來問老婆道：『我叫他又不應，祇顧望縣前這條路走了去，正是不知怎地了？』那婦人罵道：『糊突桶！有什麼難見處！那廝羞了，沒臉兒見你，走了出去。我猜他已定叫個人來搬行李，不要在這裏宿歇。卻不要又留他！』武大道：『他搬了去，須吃別人笑話。』那婦人道：『混沌魍魎！他來調戲我倒不吃別人笑！你要便自和他道話，我卻做不得這樣人。你還了我一紙休書來，你自留他便是了。』武大那裏敢再開口。

正在家中兩口兒絮聒，祇見武松引了一個土兵，拿着條扁擔，徑來房裏收拾了行李，便出門去。武大趕出來叫道：『二哥，做什麼便搬了去？』武松道：『哥哥不要問，說起來裝你的幌子。你祇由我自去便了。』武大那裏敢再問備細，由武松搬了去。那婦人在裏面喃喃吶吶的罵道：『卻也好！祇道說是：親難轉債。人祇道一個親兄弟做都頭，怎地養活了哥嫂，卻不知反來嚙咬人。正是花木瓜，空好看。你搬了去，倒謝天地，且得冤家離眼前。』武大見老婆這等罵，正不知怎地，心中衹是咄咄不樂，放他不下。

自從武松搬了去縣衙裏宿歇，武大自依然每日上街挑賣炊餅。本待要去縣裏尋兄弟説話，却被這婆娘千叮萬囑，分付教不要去兜攬他，因此武大不敢去尋武松。

捻指間，歲月如流，不覺雪晴，過了十數日。却説本縣知縣自到任已來，却得二年半多了。賺得好些金銀，欲待要使人送上東京去與親眷處收貯，恐到京師轉除他處時要使用。却怕路上被人劫了去，須得一個有本事的心腹人去便好。猛可想起武松來，『須是此人可去，有這等英雄了得。』當日便喚武松到衙内商議道：『我有一個親戚在東京城裏住，欲要送一擔禮物去，就捎封書問安則個。衹恐途中不好行，須是得你這等英雄好漢方去得。你可休辭辛苦，與我去走一遭，回來我自重重賞你。』武松應道：『小人得蒙恩相抬舉，安敢推故。既蒙差遣，衹得便去。小人也自來不曾到東京，就那裏觀看光景一遭。相公明日打點端正了便行。』知縣大喜，賞了三杯。不在話下。

且説武松領下知縣言語，出縣門來，到得下處，取了些銀兩，叫了個土兵，却來街上買了一瓶酒并魚肉果品之類，一徑投紫石街來，直到武大家裏。武大恰好賣炊餅了回來，見武松在門前坐地，叫土兵去厨下安排。那婦人餘情不斷，見武松把將酒食來，心中自想道：『莫不這厮思量我了，却又回來？那厮一定强不過我，且慢慢地相問他。』

那婦人便上樓去，重匀粉面，再整雲鬟，换些艷色衣服穿了，來到門前，迎接武松。那婦人拜道：『叔叔，不知怎地錯見了，好幾日并不上門，教奴心裏没理會處。每日叫你哥哥來縣裏尋叔叔陪話，歸來衹説道「没尋處」，今日且喜得叔叔家來。没事壞錢做什麽？』武松答道：『武二有句話，特來要和哥哥嫂嫂説知則個。』那婦人道：『既是如此，樓上去坐地。』

三個人來到樓上客位裏，武松讓哥嫂上首坐了，武松掇條杌子，横頭坐了。土兵搬將酒肉上樓來擺在桌子上，武松勸哥哥嫂嫂吃酒。那婦人衹顧把眼來睃武松，武松衹顧吃酒。酒至五巡，武松討付勸杯，叫土兵篩了一杯酒，拿在手裏，看着武大道：『大哥在上，今日武二蒙知縣相公差往東京幹事，明日便要起程。多是兩個月，少是四五十日便回。有句話特來和你説知：你從來爲人懦弱，我不在家，恐怕被外人來欺負。假如你每日賣十扇籠炊餅，你從明日爲始，衹做五扇籠出去賣；每日遲出早歸，不要和人吃酒。歸到家裏，便下了簾子，早閉上門，省了多少是非口舌。如若有人欺負你，不要和他争執，待我回來自和他理論。大哥依我時，滿飲此杯。』武大接了酒道：『我兄弟見得是，我都依你説。』吃過了一杯酒。

武松再篩第二杯酒，對那婦人説道：『嫂嫂是個精細的人，不必用武松多説。我哥哥爲人質樸，全靠嫂嫂做主看覷他。常言道：表壯不如裏壯。嫂嫂把得家定，我哥哥煩惱做什麽？豈不聞古人言：籬牢犬不入。』那婦人聽了這話，被武松説了這一篇，一點紅從耳朵邊起，紫漲了面皮，指着武大便罵道：『你這個腌臜混沌，有什麽言語在外人處，説來欺負老娘！我是一個不戴頭巾男子漢，叮叮當當響的婆娘，拳頭上立得人，胳膊上走的馬，人面上行的人！不是那等搠不出的鱉老婆！自從嫁了武大，真個螻蟻也不敢入屋裏來，有什麽籬笆不牢，犬兒鑽得入來？你胡言亂語，一句句都要下落，丢下磚頭瓦兒，一個也要着地。』武松笑道：『若得嫂嫂這般做主，最好。衹要心口相應，却不要心頭不似口頭。既然如此，武二都記得嫂嫂説的話了，請飲過此杯。』那婦人推開酒盞，一直跑下樓來，走到半胡梯上發話道：『你既是聰明伶俐，恰不道長嫂爲母！我當初嫁武大時，曾不聽得説有什麽阿叔。那裏走得來，是親不是親，便要做喬家公。自是老娘晦氣了，鳥撞着許多事！』哭下樓去了。有詩爲證：

苦口良言諫勸多，金蓮懷恨起風波。自家惶愧難存坐，氣殺英雄小二哥。

且説那婦人做出許多奸僞張致。那武大、武松弟兄兩個吃了幾杯。武松拜辭哥哥。武大道：『兄弟去了，早早回來，和你相見。』口裏説，不覺眼中墮泪。武松見武大眼中垂泪，又説道：『哥哥便不做得買賣也罷，衹在家裏坐地，盤纏兄弟自送將來。』武大送武松下樓來。臨出門，武松又道：『大哥，我的言語休要忘了。』

武松帶了士兵，自回縣前來收拾。次日早起來，拴束了包裹，來見知縣。那知縣已自先差下一輛車兒，把箱籠都裝載車子上，點兩個精壯士兵，縣衙裏撥兩個心腹伴當，都分付了。那四個跟了武松就廳前拜辭了知縣，拽扎起，提了樸刀，監押車子，一行五人離了陽谷縣，取路望東京來。

話分兩頭。祇說武大郎自從武松說了去，整整的吃那婆娘罵了三四日。武大忍氣吞聲，由他自罵，心裏祇依着兄弟的言語，真個每日祇做一半炊餅出去賣，未晚便歸。一脚歇了擔兒，便去除了簾子，關上大門，却來家裏坐地。那婦人看了這般，心内焦躁，指着武大臉上罵道：『混沌濁物！我倒不曾見日頭在半天裏，便把着喪門關了，也須吃別人道我家怎地禁鬼。聽你那兄弟鳥嘴，也不怕別人笑耻！』武大道：『由他們笑道說我家禁鬼。我的兄弟說的是好話，省了多少是非。』那婦人道：『呸！濁物！你是個男子漢，自不做主，却聽別人調遣！』武大摇手道：『由他！他說的話是金子言語。』自武松去了十數日，武大每日祇是晏出早歸，歸到家裏，便關了門。那婦人也和他鬧了幾場，向後鬧慣了，不以爲事。自此，這婦人約莫到武大歸時，先自去收了簾子，關上大門。武大見了，自心裏也喜，尋思道：『恁地時却好。』

又過了三二日，冬已將殘，天色回陽微暖。當日武大將次歸來。那婦人慣了，自先向門前來叉那簾子。也是合當有事，却好一個人從簾子邊走過。自古道：没巧不成話。這婦人正手裏拿叉竿不牢，失手滑將倒去，不端不正，却好打在那人頭巾上。那人立住了脚，正待要發作，回過臉來看時，是個生得妖嬈的婦人，先自酥了半邊，那怒氣直鑽過爪窪國去了，變作笑吟吟的臉兒。這婦人情知不是，叉手深深地道個萬福，說道：『奴家一時失手，官人休怪。』那人一頭把手整頭巾，一面把腰曲着地還禮道：『不妨事，娘子請尊便。』却被這間壁的王婆見了。那婆子正在茶局子裏水簾底下看見了，笑道：『兀誰教大官人打這屋檐邊過，打得正好！』那人笑道：『倒是小人不是，衝撞娘子，休怪。』那婦人答道：『官人不要見責。』那人又笑着，大大地唱個肥喏道：『小人不敢。』那一雙眼都祇在這婦人身上，臨動身也回了七八遍頭，自摇摇擺擺，踏着八字脚去了。有詩爲證：

風日清和漫出游，偶從簾下識嬌羞。祇因臨去秋波轉，惹起春心不肯休。

這婦人自收了簾子、叉竿歸去，掩上大門，等武大歸來。

再說那人姓甚名誰？那裏居住？原來祇是陽谷縣一個破落户財主，就縣前開着個生藥鋪。從小也是一個奸詐的人，使得些好拳棒；近來暴發迹，專在縣裏管些公事，與人放刁把濫，說事過錢，排陷官吏，因此滿縣人都饒讓他些個。那人復姓西門，單諱一個慶字，排行第一，人都唤他做西門大郎，近來發迹有錢，人都稱他做西門大官人。

不多時，祇見那西門慶一轉，踅入王婆茶坊裏來，便去裏邊水簾下坐了。王婆笑道：『大官人，却才唱得好個大肥喏。』西門慶也笑道：『乾娘你且來，我問你：間壁這個雌兒是誰的老小？』王婆道：『他是閻羅大王的妹子，五道將軍的女兒，問他怎地？』西門慶道：『我和你說正話，休要取笑。』王婆道：『大官人怎麽不認得他老公？便是每日在縣前賣熟食的。』西門慶道：『莫非是賣棗糕徐三的老婆？』王婆摇手道：『不是。若是他的也是一對兒。大官人再猜。』西門慶道：『敢是銀擔子李二的老婆？』王婆摇頭道：『不是。若是他的時，也倒是一雙。』西門慶道：『倒敢是花胳膊陸小乙的妻子？』王婆大笑道：『不是。若是他的時，又是好一對兒。大官人再猜一猜。』西門慶道：『乾娘，我其實猜不着。』王婆哈哈笑道：『好教大官人得知了笑一聲。他的蓋老，便是街上賣炊餅的武大郎。』西門慶跌脚笑道：『莫不是人叫他「三寸丁穀樹皮」的武大郎？』王婆道：『正是他。』西門慶聽了，叫起苦來，說道：『好塊羊肉，怎地落在狗口裏！』王婆道：『便是這般苦事。自古道：駿馬却馱痴漢走，美妻常伴拙夫眠。月下老偏生要是這般配合。』西門慶道：『王乾娘，我少你多少茶錢？』王婆道：『不多，由他，歇些時却算。』西門慶又道：

『你兒子跟誰出去？』王婆道：『說不得，跟一個客人淮上去，至今不歸，又不知死活。』西門慶道：『却不叫他跟我？』王婆笑道：『若得大官人抬舉他，十分之好。』西門慶道：『等他歸來，却再計較。』再說了幾句閑話，相謝起身去了。

約莫未及兩個時辰，又踅將來王婆店門口簾邊坐地，朝着武大門前。半歇，王婆出來道：『大官人吃個梅湯？』西門慶道：『最好，多加些酸。』王婆做了一個梅湯，雙手遞與西門慶。西門慶慢慢地吃了，盞托放在桌子上。西門慶道：『王乾娘，你這梅湯做得好，有多少在屋裏？』王婆笑道：『老身做了一世媒，那討一個在屋裏？』西門慶道：『我問你梅湯，你却說做媒，差了多少！』王婆道：『老身衹聽的大官人問這媒做得好，老身衹道說做媒。』西門慶道：『乾娘，你既是撮合山，也與我做頭媒，說頭好親事，我自重重謝你。』王婆道：『大官人，你宅上大娘子得知時，婆子這臉怎吃得耳刮子。』西門慶道：『我家大娘子最好，極是容得人。現今也討幾個身邊人在家裏，衹是沒一個中得我意的。你有這般好的，與我主張一個，便來說不妨。若是回頭人也好，衹是中得我意。』王婆道：『前日有一個倒好，衹怕大官人不要。』西門慶道：『若好時，你與我說成了，我自謝你。』王婆道：『生得十二分人物，衹是年紀大些。』西門慶道：『便差一兩歲，也不打緊。真個幾歲？』王婆道：『那娘子戊寅生，屬虎的，新年却好九十三歲。』西門慶笑道：『你看這風婆子，衹要扯着風臉取笑！』西門慶笑了起身去。

看看天色晚了，王婆却才點上燈來，正要關門，衹見西門慶又踅將來，徑去簾底下那座頭上坐了，朝着武大門前衹顧望。王婆道：『大官人，吃個和合湯如何？』西門慶道：『最好，乾娘放甜些。』王婆點一盞和合湯，遞與西門慶吃。坐個一晚，起身道：『乾娘記了帳目，明日一發還錢。』王婆道：『不妨。伏惟安置，來日早請過訪。』西門慶又笑了去。

當晚無事。次日清早，王婆却才開門，把眼看門外時，衹見這西門慶又在門前兩頭來往踅。王婆見了道：『這個刷子踅得緊！你看我着些甜糖，抹在這廝鼻子上，衹叫他舐不着。那廝會討縣裏人便宜，且教他來老娘手裏納些敗缺！』原來這個開茶坊的王婆，也是不依本分的。端的這婆子：

開言欺陸賈，出口勝隋何。衹憑說六國唇槍，全仗話三齊舌劍。隻鸞孤鳳，霎時間交仗成雙；寡婦鰥男，一席話搬唆捉對。解使三重門內女，遮麼九級殿中仙。玉皇殿下侍香金童，把臂拖來；王母宮中傳言玉女，攔腰抱住。略施妙計，使阿羅漢抱住比丘尼；稍用機關，教李天王摟住鬼子母。甜言說誘，男如封涉也生心；軟語調和，女似麻姑須動念。教唆得織女害相思，調弄得嫦娥尋配偶。

且說這王婆却才開得門，正在茶局子裏生炭，整理茶鍋，張見西門慶從早晨在門前踅了幾遭，一徑奔入茶房裏來，水簾底下，望着武大門前簾子裏坐了看。王婆衹做不看見，衹顧在茶局裏煽風爐子，不出來問茶。西門慶呼道：『乾娘，點兩盞茶來。』王婆應道：『大官人來了，連日少見。且請坐。』便濃濃的點兩盞姜茶，將來放在桌子上。西門慶道：『乾娘相陪我吃個茶。』王婆哈哈笑道：『我又不是影射的。』西門慶也笑了一回，問道：『乾娘，間壁賣什麼？』王婆道：『他家賣拖蒸河漏子，熱燙溫和大辣酥。』西門慶笑道：『你看這婆子，衹是風！』王婆笑道：『我不風，他家自有親老公！』西門慶道：『乾娘，和你說正經話：說他家如法做得好炊餅，我要問他做三五十個，不知出去在家？』王婆道：『若要買炊餅，少間等他街上回了買，何消得上門上戶。』西門慶道：『乾娘說的是。』吃了茶，坐了一回，起身道：『乾娘記了帳目。』王婆道：『不妨事。老娘牢牢寫在帳上。』西門慶笑了去。

王婆衹在茶局子裏張時，冷眼睃見西門慶又在門前，踅過東去，又看一看；走轉西來，又睃一睃；走了七八遍，徑踅入茶坊裏來。王婆道：『大官人稀行，好幾個月不見面。』西門慶笑將起來，去身邊摸出一兩來銀子遞與王婆，說道：『乾娘權收了做茶錢。』婆子笑道：『何消得許多？』西門慶道：『衹顧放着。』婆子暗暗地喜歡道：『來了，這刷子當敗！』且把銀子來藏了，便道：『老身看大官人有些渴，吃個寬煎葉兒茶如何？』西門慶道：『乾娘如何便猜得着?』婆子道:『有甚麽難猜。自古道:入門休問榮枯事，觀着容顏便得知。老身异樣蹺蹊作怪的事都猜得着。』西門慶道:『我有一件心上的事，乾娘若猜得着時，輸與你五兩銀子。』王婆笑道:『老娘也不消三智五猜，衹一智便猜個十分。大官人，你把耳朵來。你這兩日脚步緊，趕趁得頻，一定是記挂着隔壁那個人。我這猜如何?』西門慶笑起來道:『乾娘，你端的智賽隋何，機强陸賈!不瞞乾娘説，我不知怎地，吃他那日叉簾子時見了這一面，却似收了我三魂七魄的一般，衹是没做個道理入脚處。不知你會弄手段麽?』王婆哈哈地笑起來道:『老身不瞞大官人説，我家賣茶，叫做鬼打更。三年前六月初三下雪的那一日，賣了一個泡茶，直到如今不發市，專一靠些雜趁養口。』

西門慶問道:『怎地叫做雜趁?』王婆笑道:『老身爲頭是做媒，又會做牙婆，也會抱腰，也會收小的，也會説風情，也會做馬泊六。』西門慶道:『乾娘，端的與我説得這件事成，便送十兩銀子與你做棺材本。』

王婆道:『大官人，我知道還有一件事打攪，也多是札地不得。』西門慶説:『你且道什麽一件事打攪?』王婆道:『大官人，休怪老身直言。但凡捱光最難，十分光時，使錢到九分九厘，也有難成就處。我知你從來慳吝，不肯胡亂便使錢。衹這一件打攪。』西門慶道:『這個極容易醫治，我衹聽你的言情便了。』王婆道:『若是大官人肯使錢時，老身有一條計，便教大官人和這雌兒會一面。衹不知官人肯依我麽?』西門慶道:『不揀怎地，我都依你。乾娘有甚妙計?』王婆笑道:『今日晚了，且回去。過半年三個月却來商量。』西門慶便跪下道:『乾娘休要撒科，你作成我則個!』

王婆笑道:『大官人却又慌了。老身那條計，是個上着，雖然入不得武成王廟，端的强如孫武子教女兵，十捉九着。大官人，我今日對你説，這個人原是清河縣大户人家討來的養女，却做得一手好針綫。大官人你便買一匹白綾，一匹藍綢，一匹白絹，再用十兩好綿，都把來與老身。我却走將過去，問他討茶吃，却與這雌兒説道:「有

個施主官人與我一套送終衣料，特來借歷頭，央及娘子與老身揀個好日，去請個裁縫來做。」他若見我這般説，不睬我時，此事便休了。他若説:「我替你做。」不要我叫裁縫時，這便有一分光了。我便請他家來做。他若説:「將來我家裏做。」不肯過來，此事便休了。他若歡天喜地説:「我來做，就替你裁。」這光便有二分了。若是肯來我這裏做時，却要安排些酒食點心請他。第一日，你也不要來。第二日，他若説不便當時，定要將家去做，此事便休了。他若依前肯過我家做時，這光便有三分了。這一日，你也不要來。到第三日晌午前後，你整整齊齊打扮了來，咳嗽爲號。你便在門前説道:「怎地連日不見王乾娘?」我便出來，請你入房裏來。若是他見你入來，便起身跑了歸去，難道我拖住他?此事便休了。他若見你入來，不動身時，這光便有四分了。坐下時，便對雌兒説道:「這個便是與我衣料的施主官人，虧殺他!」我誇大官人許多好處，你便賣弄他的針綫。若是他不來兜攬應答，此事便休了。他若口裏應答説話時，這光便有五分了。我却説道:「難得這個娘子與我作成出手做。虧殺你兩個施主:一個出錢的，一個出力的。不是老身路歧相央，難得這個娘子在這裏，官人好做個主人，替老身與娘子澆手。」你便取出銀子來央我買。若是他抽身便走時，不成扯住他?此事便休了。他若是不動身時，事務易成，這光便有六分了。我却拿了銀子，臨出門對他道:「有勞娘子相待大官人坐一坐。」他若也起身走了家去時，我却難道阻當他?此事便休了。若是他不起身走動時，此事又好了，這光便有七分了。等我買得東西來，擺去桌子上，我便道:「娘子且收拾生活，吃一杯兒酒，難得這位官人壞鈔。」他若不肯和你同桌吃時，走了回去，此事便休了。若是他衹口裏説要去，却不動身時，此事又好了，這光便有八分了。待他吃得酒濃時，正説得入港，我便推道没了酒，再叫你買，你便又央我去買。我衹做去買酒，把門拽上，關你和他兩個在裏面。他若焦躁，跑了歸去，此事便休了。他由我拽上門，不焦躁時，這光便有九分了。衹欠一分光了便完就。這一分倒難。大官人，你在房裏，着幾句甜净的話兒説將入去。你却不可躁暴，便去動手動脚，打攪了事，那時我不管。你先假做把袖子在桌上拂落一雙箸去，

你衹做去地下拾箸，將手去他脚上捏一捏。他若鬧將起來，我自來搭救，此事也便休了，再也難得成。若是他不做聲時，此是十分光了。他必然有意，這十分事做得成。這條計策如何？」

西門慶聽罷大喜道：「雖然上不得凌烟閣，端的好計！」王婆道：「不要忘了許我的十兩銀子。」西門慶道：「但得一片橘皮吃，莫便忘了洞庭湖。這條計幾時可行？」王婆道：「衹在今晚便有回報。我如今趁武大未歸，走過去細細地說誘他。你却便使人將綾綢絹匹并綿子來。」西門慶道：「得乾娘完成得這件事，如何敢失信。」作別了王婆，便去市上綢絹鋪裏，買了綾綢絹緞并十兩清水好綿，家裏叫個伴當，取包袱包了，帶了五兩碎銀，徑送入茶坊裏。王婆接了這物，分付伴當回去。正是：

兩意相交似蜜脾，王婆撮合更稀奇。安排十件捱光事，管取交歡不負期。

這王婆開了後門，走過武大家裏來。那婦人接着，請去樓上坐地。那王婆道：「娘子，怎地不過貧家吃茶？」那婦人道：「便是這幾日身體不快，懶走去的。」王婆道：「娘子家裏有歷日麼？借與老身看一看，要選個裁衣日。」那婦人道：「乾娘裁什麼衣裳？」王婆道：「便是老身十病九痛，怕有些山高水低，預先要制辦些送終衣服。難得近處一個財主見老身這般說，布施與我一套衣料，綾綢絹緞，又與若干好綿。放在家裏一年有餘，不能夠做。今年覺道身體好生不濟，又撞着如今閏月，趁這兩日要做，又被那裁縫勒掯，衹推生活忙，不肯來做。老身說不得這等苦。」那婦人聽了笑道：「衹怕奴家做得不中乾娘意，若不嫌時，奴出手與乾娘做，如何？」那婆子聽了這話，堆下笑來，說道：「若得娘子貴手做時，老身便死來也得好處去。久聞得娘子好手針綫，衹是不敢來相央。」那婦人道：「這個何妨得。既是許了乾娘，務要與乾娘做了。將歷頭去叫人揀個黃道好日，奴便與你動手。」王婆道：「若是娘子肯與老身做時，娘子是一點福星，何用選日。老身也前日央人看來，說道明日是個黃道好日。老身衹道裁衣不用黃道日了，不記他。」那婦人道：「歸壽衣正要黃道日好，何用別選日。」王婆道：「既是娘子肯作成老身時，大膽衹是明日，起動娘子到寒家則個。」那婦人道：「乾娘不必，將過來做不得？」王婆道：「便是老身也要看娘子做生活則個，又怕家裏没人看門前。」那婦人道：「既是乾娘恁地說時，我明日飯後便來。」那婆子千恩萬謝下樓去了。當晚回復了西門慶的話，約定後日準來。當夜無話。次日清早，王婆收拾房裏乾净了，買了些綫索，安排了些茶水，在家裏等候。

且說武大吃了早飯，打當了擔兒，自出去做道路。那婦人把簾兒挂了，從後門走過王婆家裏來。那婆子歡喜無限，接入房裏坐下，便濃濃地點姜茶，撒上些松子、胡桃，遞與這婦人吃了。抹得桌子乾净，便將出那綾綢絹緞來。婦人將尺量了長短，裁得完備，便縫起來。婆子看了，口裏不住聲假喝采道：「好手段！老身也活了六七十歲，眼裏真個不曾見這般好針綫！」那婦人縫到日中，王婆便安排些酒食請他，下了一箸面與那婦人吃了。再縫了一歇，將次晚來，便收拾起生活自歸去。恰好武大歸來，挑着空擔兒進門。那婦人拽開門，下了簾子。武大入屋裏來，看見老婆面色微紅，便問道：「你那裏吃酒來？」那婦人應道：「便是間壁王乾娘央我做送終的衣裳，日中安排些點心請我。」武大道：「呵呀！不要吃他的。我們也有央及他處。他便央你做得件把衣裳，你便自歸來吃些點心，不值得攪惱他。你明日倘或再去做時，帶了些錢在身邊，也買些酒食與他回禮。常言道：遠親不如近鄰。休要失了人情。他若是不肯要你還禮時，你便衹是拿了家來做去還他。」那婦人聽了。當晚無話。有詩爲證：

阿母牢籠設計深，大郎愚濁不知音。帶錢買酒酬奸詐，却把婆娘白送人。

且說王婆子設計已定，賺潘金蓮來家。次日飯後，武大自出去了，王婆便踅過來相請去到他房裏，取出生活，一面縫將起來。王婆自一邊點茶來吃了，不在話下。看看日中，那婦人取出一貫錢付與王婆說道：「乾娘，奴和你買杯酒吃。」王婆道：「呵呀！那裏有這個道理！老身央及娘子在這裏做生活，如何顛倒教娘子壞錢？婆子的酒食，不到的吃傷了娘子。」那婦人道：「却是拙夫分付奴來。若還乾娘見外時，衹是將了家去做還乾娘。」那婆子聽了，連聲道：『大郎直恁地曉事。既然娘子這般説時，老身權且收下。』這婆子生怕打攪了這事，自又添錢去買些好酒好食希奇果子來，殷勤相待。看官聽説，但凡世上婦人，由你十八分精細，被人小意兒過縱，十個九個着了道兒。再説王婆安排了點心，請那婦人吃了酒食，再縫了一歇，看看晚來，千恩萬謝歸去了。

話休絮煩。第三日早飯後，王婆祇張武大出去了，便走過後頭來叫道：『娘子，老身大膽。』那婦人從樓上下來道：『奴却待來也。』兩個厮見了，來到王婆房裏坐下，取過生活來縫。那婆子隨即點盞茶來，兩個吃了。那婦人看看縫到晌午前後。却説西門慶巴不到這一日，裹了頂新頭巾，穿了一套整整齊齊的衣服，帶了三五兩碎銀子，徑投這紫石街來。到得茶坊門首，便咳嗽道：『王乾娘，連日如何不見？』那婆子瞧科，便應道：『兀誰叫老娘？』西門慶道：『是我。』那婆子趕出來看了，笑道：『我祇道是誰，却原來是施主大官人。你來得正好，且請你入去看一看。』把西門慶袖子一拖，拖進房裏，看着那婦人道：『這個便是那施主，與老身這衣料的官人。』西門慶見了那婦人，便唱個喏。那婦人慌忙放下生活，還了萬福。

王婆却指着這婦人對西門慶道：『難得官人與老身緞匹，放了一年，不曾做得。如今又虧殺這位娘子出手與老身做成全了。真個是布機也似好針綫，又密又好，其實難得。大官人，你且看一看。』西門慶把起來，看了喝采，口裏説道：『這位娘子怎地傳得這手好生活，神仙一般的手段！』那婦人笑道：『官人休笑話。』西門慶問王婆道：『乾娘，不敢問這位是誰家宅上娘子？』王婆道：『大官人，你猜。』西門慶道：『小人如何猜得着。』王婆吟吟的笑道：『便是間壁的武大郎的娘子。』西門慶道：『原來却是武大郎的娘子。小人祇認的大郎是個養家經紀人，且是在街上做些買賣，大大小小不曾惡了一個人。又會賺錢，又且好性格，真個難得這等人。』王婆道：『可知哩。娘子自從嫁得這個大郎，但是有事，百依百隨。』那婦人應道：『拙夫是無用之人，官人休要笑話。』西門慶道：『娘子差矣。古人道：柔軟是立身之本，剛强是惹禍之胎。似娘子的大郎所爲良善時，萬丈水無涓滴漏。』王婆打着攛鼓兒道：『説的是。』西門慶獎了一回，便坐在婦人對面。王婆又道：『娘子，你認的這個官人麽？』那婦人道：『奴不認的。』婆子道：『這個大官人是這本縣一個財主，知縣相公也和他來往，叫做西門大官人。萬萬貫錢財，開着個生藥鋪在縣前。家裏錢過北斗，米爛陳倉，赤的是金，白的是銀，圓的是珠，光的是寶，也有犀牛頭上角，亦有大象口中牙。』那婆子祇顧誇獎西門慶，口裏假嘈。那婦人就低了頭縫針綫。西門慶得見潘金蓮，十分情思，恨不就做一處。王婆便去點兩盞茶來，遞一盞與西門慶，一盞遞與這婦人，説道：『娘子相待大官人則個。』吃罷茶，便覺有些眉目送情。王婆看着西門慶，把一隻手在臉上摸。西門慶心裏瞧科，已知有五分了。

王婆便道：『大官人不來時，老身也不敢來宅上相請。一者緣法，二者來得恰好。常言道：一客不煩二主。大官人便是出錢的，這位娘子便是出力的，不是老身路歧相煩，難得這位娘子在這裏，官人好做個主人，替老身與娘子澆手。』西門慶道：『小人也見不到這裏。有銀子在此。』便取出來，和帕子遞與王婆，備辦些酒食。那婦人便道：『不消生受得。』口裏説，却不動身。王婆將了銀子便去，那婦人又不起身。婆子便出門，又道：『有勞娘子相陪大官人坐一坐。』那婦人道：『乾娘免了。』却亦是不動身。也是因緣，却都有意了。西門慶這厮一雙眼祇看着那婦人。這婆娘也把眼偷睃西門慶，見了這表人物，心中倒有五七分意了，又低着頭自做生活。

不多時，王婆買了些現成的肥鵝熟肉，細巧果子歸來，盡把盤子盛了果子，菜蔬盡都裝了，搬來房裏桌子上，看着那婦人道：『娘子且收拾過生活，吃一杯兒酒。』那婦人道：『乾娘自便，相待大官人。奴却不當。』那婆子道：『正是專與娘子澆手，如何却説這話？』王婆將盤饌都擺在桌子上。三人坐定，把酒來斟。這西門慶拿起酒盞來説道：『娘子滿飲此杯。』那婦人謝道：『多感官人厚意。』王婆道：『老身知得娘子洪飲，且請開懷吃兩盞兒。』

有詩爲證：

從來男女不同筵，賣俏迎奸最可憐。不獨文君奔司馬，西門慶亦偶金蓮。

却説那婦人接酒在手，那西門慶拿起箸來道：『乾娘替我勸娘子請些個。』那婆子揀好的遞將過來與那婦人吃。一連斟了三巡酒，那婆子便去燙酒來。

西門慶道：『不敢動問娘子青春多少？』那婦人應道：『奴家虛度二十三歲。』西門慶道：『小人痴長五歲。』那婦人道：『官人將天比地。』王婆便插口道：『好個精細的娘子。不惟做得好針綫，諸子百家皆通。』西門慶道：『却是那裏去討！武大郎好生有福。』王婆便道：『不是老身説是非，大官人宅裏枉有許多，那裏討一個趕得上這娘子的！』西門慶道：『便是這等，一言難盡。衹是小人命薄，不曾招得一個好的。』王婆道：『大官人先頭娘子須好。』西門慶道：『休説！若是我先妻在時，却不恁地家無主，屋倒竪。如今枉自有三五七口人吃飯，都不管事。』那婦人問道：『官人，恁地時，殁了大娘子得幾年了？』西門慶道：『説不得！小人先妻是微末出身，却倒百伶百俐，是件件都替的小人。如今不幸，他殁了已得三年，家裏的事都七顛八倒。爲何小人衹是走了出來？在家裏時便要慪氣。』那婆子道：『大官人，休怪老身直言，你先頭娘子也没有武大娘子這手針綫。』西門慶道：『便是！小人先妻也没此娘子這表人物。』那婆子笑道：『官人，你養的外宅在東街上，如何不請老身去吃茶？』西門慶道：『便是唱慢曲兒的張惜惜。我見他是路岐人，不喜歡。』婆子又道：『官人，你和李嬌嬌却長久。』西門慶道：『這個人現今取在家裏。若得他會當家時，自册正了他多時。』王婆道：『若有這般中的官人意的，來宅上説没妨事麽？』西門慶道：『我的爹娘俱已没了，我自主張，誰敢道個不字。』王婆道：『我自説耍，急切那裏有中得官人意的。』西門慶道：『做什麽了便没？衹恨我夫妻緣分上薄，自不撞着。』

西門慶和這婆子一遞一句，説了一回。王婆便道：『正好吃酒，却又没了。官人休怪老身差撥，再買一瓶兒酒來吃如何？』西門慶道：『我手帕裏有五兩來碎銀子，一發撒在你處，要吃時衹顧取來，多的乾娘便就收了。』那婆子謝了官人，起身睃這粉頭時，三鍾酒落肚，哄動春心，又自兩個言來語去，都有意了，衹低了頭，却不起身。

那婆子滿臉堆下笑來，説道：『老身去取瓶兒酒來，與娘子再吃一杯兒，有勞娘子相待大官人坐一坐。注子裏有酒没？便再篩兩盞兒和大官人吃。老身直去縣前那家有好酒買一瓶來，有好歇兒耽擱。』那婦人口裏説道：『不用了。』坐着却不動身。婆子出到房門前，便把索兒縛了房門，却來當路坐了。

且説西門慶自在房裏，便斟酒來勸那婦人。却把袖子在桌上一拂，把那雙箸拂落地下。也是緣法湊巧，那雙箸正落在婦人脚邊。西門慶連忙蹲身下去拾。衹見那婦人尖尖的一雙小脚兒，正蹻在箸邊。西門慶且不拾箸，便去那婦人綉花鞋兒上捏一把。那婦人便笑將起來，説道：『官人休要囉唣！你有心，奴亦有意。你真個要勾搭我？』西門慶便跪下道：『衹是娘子作成小生！』那婦人便把西門慶摟將起來。

當下衹見王婆推開房門入來，説道：『你兩個做得好事！』西門慶和那婦人都吃了一驚。那婆子便道：『好呀，好呀！我請你來做衣裳，不曾叫你來偷漢子。武大得知，須連累我。不若我先去出首。』回身便走。那婦人扯住裙兒道：『乾娘饒恕則個。』西門慶道：『乾娘低聲。』王婆笑道：『若要我饒恕，你們都要依我一件事。』那婦人便道：『休説一件，便是十件，奴也依乾娘。』王婆道：『你從今日爲始，瞞着武大，每日不要失約，負了大官人，我便罷休。若是一日不來，我便對你武大説。』那婦人道：『衹依着乾娘便了。』王婆又道：『西門大官人，你自不用老身説得，這十分好事已都完了，所許之物，不可失信。你若負心，我也要對武大説。』西門慶道：『乾娘放心，并不失信。』三人又吃幾杯酒，已是下午的時分。那婦人便起身道：『武大那厮將歸來，奴自回去。』便踅過後門歸家，先去下了簾子，武大恰好進門。

且説王婆看着西門慶道：『好手段麽？』西門慶道：『端的虧了乾娘。我到家裏，便取一錠銀送來與你。所許之物，豈可昧心。』王婆道：『眼望旌節至，專等好消息。不要叫老身棺材出了討挽歌郎錢。』西門慶笑了去。不在話下。

那婦人自當日爲始，每日踅過王婆家裏來和西門慶做一處，恩情似漆，心意如膠。自古道：好事不出門，惡事傳千里。不到半月之間，街坊鄰舍都知得了，祇瞞着武大一個不知。有詩爲證：

好事從來不出門，惡言醜行便彰聞。可憐武大親妻子，暗與西門作細君。

斷章句，話分兩頭。且說本縣有個小的，年方十五六歲，本身姓喬。因爲做軍在鄆州生養的，就取名叫做鄆哥。家中止有一個老爹。那小厮生的乖覺，自來祇靠縣前這許多酒店裏賣些時新果品，如常得西門慶賚發他些盤纏。其日正尋得一籃兒雪梨，提着來繞街尋問西門慶。又有一等的多口人說道：『鄆哥，你若要尋他，我教你一處去尋。』鄆哥道：『聒噪阿叔，叫我去尋得他見，賺得三五十錢養活老爹也好。』那多口道：『西門慶他如今刮上了賣炊餅的武大老婆，每日祇在紫石街上王婆茶坊裏坐地，這早晚多定正在那裏。你小孩兒家祇顧撞入去不妨。』

那鄆哥得了這話，謝了阿叔指教。這小猴子提了籃兒，一直望紫石街走來，徑奔入茶坊裏去，却好正見王婆坐在小凳兒上績緒。鄆哥把籃兒放下，看着王婆道：『乾娘拜揖。』那婆子問道：『鄆哥，你來這裏做什麼？』鄆哥道：『要尋大官人賺三五十錢養活老爹。』婆子道：『什麼大官人？』鄆哥道：『乾娘情知是那個，便祇是他那個。』婆子道：『便是大官人也有個姓名。』鄆哥道：『便是兩個字的。』婆子道：『什麼兩個字的？』鄆哥道：『乾娘祇是要作耍。我要和西門大官人說句話。』望裏面便走。那婆子一把揪住道：『小猴子，那裏去？人家屋裏，各有內外。』鄆哥道：『我去房裏便尋出來。』王婆道：『含鳥猢猻！我屋裏那得什麼西門大官人！』鄆哥道：『乾娘不要獨吃自呵，也把些汁水與我呷一呷。我有什麼不理會得。』婆子便罵道：『你那小猢猻，理會得什麼？』鄆哥道：『你正是馬蹄刀木杓裏切菜，水泄不漏，半點兒也沒得落地。直要我說出來，祇怕賣炊餅的哥哥發作。』

那婆子吃了他這兩句，道着他真病，心中大怒，喝道：『含鳥猢猻！也來老娘屋裏放屁辣臊！』鄆哥道：『我是小猢猻，你是馬泊六！』那婆子揪住鄆哥，鑿上兩個栗暴。鄆哥叫道：『做什麼便打我？』婆子罵道：『賊猢猻！高則聲，大耳刮子打出你去！』鄆哥道：『老咬蟲！沒事得便打我？』這婆子一頭叉，一頭大栗暴鑿，直打出街上去。雪梨籃兒也丟出去。那籃雪梨四分五落，滾了開去。這小猴子打那虔婆不過，一頭罵，一頭哭，一頭走，一頭街上拾梨兒，指着那王婆茶坊裏罵道：『老咬蟲！我教你不要慌！我不去說與他，不做出來不信！』提了籃兒，徑奔去尋這個人。不是鄆哥來尋這個人，却正是：從前作過事，沒興一齊來。直教：險道神脫了衣冠，小鄆哥尋出患害。

畢竟這鄆哥尋什麼人，且聽下回分解。

第二十五回 王婆計啜西門慶 淫婦藥鴆武大郎

此回是結煞上文西門潘氏奸淫一篇，生發下文武二殺人報仇一篇，亦是過接文字，祇看他處處寫得精細，不肯草草處。

第一段寫鄆哥定計，第二段寫武大捉奸，第三段寫淫婦下毒，第四段寫虔婆幫助，第五段寫何九瞧科。段段精神，事事出色，勿以小篇而忽之也。

寫淫婦心毒，幾欲掩卷不讀，宜疾取第二十五卷快誦一過，以爲羯鼓洗穢也。

話説當下鄆哥被王婆打了這幾下，心中没出氣處，提了雪梨籃兒，一徑奔來街上，直來尋武大郎。轉了兩條街，祇見武大挑着炊餅擔兒，正從那條街上來。鄆哥見了，立住了脚，看着武大道：『這幾時不見你，怎麼吃得肥了？』武大歇下擔兒道：『我祇是這般模樣，有什麼吃得肥處？』鄆哥道：『我前日要糴些麥稃，一地裏没糴處。人都道你屋裏有。』武大道：『我屋裏又不養鵝鴨，那裏有這麥稃？』鄆哥道：『你説没麥稃，你怎地棧得肥腤腤地？便顛倒提起你來，也不妨，煮你在鍋裏，也没氣。』武大道：『含鳥猢猻，倒罵得我好！我的老婆又不偷漢子，我如何是鴨？』鄆哥道：『你老婆不偷漢子，祇偷子漢。』武大扯住鄆哥道：『還我主來！』鄆哥道：『我笑你祇會扯我，却不咬下他左邊的來。』武大道：『好兄弟，你對我説是兀誰，我把十個炊餅送你。』鄆哥道：『炊餅不濟事。你祇做個小主人，請我吃三杯，我便説與你。』武大道：『你會吃酒，跟我來。』

武大挑了擔兒，引着鄆哥，到一個小酒店裏，歇了擔兒，拿了幾個炊餅，買了些肉，討了一旋酒，請鄆哥吃。那小厮又道：『酒便不要添了，肉再切幾塊來。』武大道：『好兄弟，你且説與我則個。』鄆哥道：『且不要慌。等我一發吃了，却説與你。你却不要氣苦！我自幫你打捉。』武大看那猴子吃了酒肉，道：『你如今却説與我。』鄆哥道：『你要得知，把手來摸我頭上腤腤。』武大道：『却怎地來有這腤腤？』鄆哥道：『我對你説。我今日將這一籃雪梨，去尋西門大郎挂一小勾子，一地裏没尋處。街上有人説道：「他在王婆茶房裏，和武大娘子勾搭上了，每日祇在那裏行走。」我指望去賺三五十錢使，叵耐那王婆老猪狗，不放我去房裏尋他，大栗暴打我出來。我特地來尋你。我方才把兩句話來激你，我不激你時，你須不來問我。』武大道：『真個有這等事？』鄆哥道：『又來了！我道你是這般的鳥人，那厮兩個落得快活。祇等你出來，便在王婆房裏做一處。你兀自問道真個也是假！』

武大聽罷，道：『兄弟，我實不瞞你説：那婆娘每日去王婆家裏做衣裳，歸來時便臉紅，我自也有些疑忌。這話正是了。我如今寄了擔兒，便去捉奸，如何？』鄆哥道：『你老大一個人，原來没些見識！那王婆老狗，什麼利害怕人，你如何出得他手！他須三人也有個暗號。見你入來拿他，把你老婆藏過了，那西門慶須了得，打你這般二十來個。若捉他不着，乾吃他一頓拳頭。他又有錢有勢，反告了一紙狀子，你便用吃他一場官司。又没人做主，幹結果了你。』武大道：『兄弟，你都説得是。却怎地出得這口氣？』鄆哥道：『我吃那老猪狗打了，也没出氣處。我教你一着，你今日晚些歸去，都不要發作，也不可説，自祇做每日一般。明朝便少做些炊餅出來賣，我自在巷口等你。若是見西門慶入去時，我便來叫你。你便挑着擔兒，祇在左近等我。我便先去惹那老狗，必然打我時，我先將籃兒丢出街來。你却搶來，我便一頭頂住那婆子，你便祇顧奔入房裏去，叫起屈來。此計如何？』武大道：『既是如此，却是虧了兄弟！我有數貫錢，與你把去糴米。明日早早來紫石街巷口等我。』鄆哥得了數貫錢、幾個炊餅，自去了。武大還了酒錢，挑了擔兒，自去賣了一遭歸去。

原來這婦人往常時祇是罵武大，百般的欺負他。近日來也自知無禮，祇得窩盤他些個。當晚武大挑了擔兒歸家，也祇和每日一般，并不説起。那婦人道：『大哥買盞酒吃？』武大道：『却才和一般經紀人買三碗吃了。』那婦人安排晚飯與武大吃了，當夜無話。

次日飯後，武大祇做三兩扇炊餅，安在擔兒上。這婦人一心祇想着西門慶，那裏來理會武大做多做少。當日武大挑了擔兒，自出去做買賣。這婦人巴不能夠他出去了，便踅過王婆房裏來等西門慶。

且説武大挑着擔兒，出到紫石街巷口，迎見鄆哥提着籃兒在那裏張望。武大道：「如何？」鄆哥道：「早些個，你且去賣一遭了來。他七八分來了，你衹在左近處伺候。」武大雲飛也去賣了一遭回來。鄆哥道：「你衹看我籃兒撇出來，你便奔入去。」武大自把擔兒寄了，不在話下。

却説鄆哥提着籃兒走入茶坊裏來，罵道：「老猪狗！你昨日做什麽便打我？」那婆子舊性不改，便跳起身來喝道：「你這小猢猻！老娘與你無干，你做什麽又來罵我？」鄆哥道：「便罵你這馬泊六，做牽頭的老狗，直什麽屁！」那婆子大怒，揪住鄆哥便打。鄆哥叫一聲：「你打我！」把籃兒丢出當街上來。那婆子却待揪他，被這小猴子叫聲「你打」時，就把王婆腰裏帶個住，看着婆子小肚上衹一頭撞將去，争些兒跌倒，却得壁子礙住不倒。那猴子死頂住在壁上。衹見武大撩起衣裳，大踏步直搶入茶房裏來。

那婆子見了是武大來，急待要攔當時，却被這小猴子死命頂住，那裏肯放。婆子衹叫得：「武大來也！」那婆娘正在房裏，做手脚不迭，先奔來頂住了門。這西門慶便鑽入床底下躲去。武大搶到房門邊，用手推那房門時，那裏推得開。口裏衹叫得：「做得好事！」那婦人頂住着門，慌做一團，口裏便説道：「閑常時衹如鳥嘴，賣弄殺好拳棒，急上場時便没些用。見個紙虎，也嚇一跤！」那婦人這幾句話，分明教西門慶來打武大，奪路了走。西門慶在床底下聽了婦人這幾句言語，提醒他這個念頭，便鑽出來，説道：「娘子，不是我没本事，一時間没這智量。」便來拔開門，叫聲：「不要來！」武大却待要揪他，被西門慶早飛起右脚。武大矮短，正踢中心窩裏，撲地望後便倒了。西門慶見踢倒了武大，打鬧裏一直走了。鄆哥見不是話頭，撇了王婆撒開。街坊鄰舍都知道西門慶了得，誰敢來多管。王婆當時就地下扶起武大來，見他口裏吐血，面皮蠟查也似黄了。便叫那婦人出來，舀碗水來，救得蘇醒。兩個上下肩攙着，便從後門扶歸樓上去，安排他床上睡了。當夜無話。次日，西門慶打聽得没事，依前自來和這婦人做一處，衹指望武大自死。

武大一病五日，不能夠起。更兼要湯不見，要水不見，每日叫那婦人不應。又見他濃妝艶抹了出去，歸來時便面顔紅色。武大幾遍氣得發昏，又没人來睬着。武大叫老婆來分付道：「你做的勾當，我親手來捉着你奸，你倒挑撥奸夫踢了我心！至今求生不生，求死不死。你們却自去快活。我死自不妨，和你們争不得了。我的兄弟武二，你須得知他性格。倘或早晚歸來，他肯干休！你若肯可憐我，早早扶侍我好了，他歸來時，我都不提。你若不肯覷我時，待他歸來，却和你們説話。」

這婦人聽了這話，也不回言，却踅過來一五一十都對王婆和西門慶説了。那西門慶聽了這話，却似提在冰窨子裏，説道：「苦也！我須知景陽岡上打虎的武都頭，他是清河縣第一個好漢。我如今却和你眷戀日久，情孚意合，却不恁地理會。如今這等説時，正是怎地好？却是苦也！」王婆冷笑道：「我倒不曾見，你是個把舵的，我是趁船的。我倒不慌，你倒慌了手脚。」西門慶道：「我枉自做了男子漢，到這般去處，却擺布不開。你有什麽主見，遮藏我們則個。」王婆道：「你們却要長做夫妻，短做夫妻？」西門慶道：「乾娘，你且説如何是長做夫妻，短做夫妻？」

王婆道：「若是短做夫妻，你們衹就今日便分散，等武大將息好了起來，與他陪了話。武二歸來，都没言語。待他再差使出去，却再來相約，這是短做夫妻。你們若要長做夫妻，每日同一處不擔驚受怕，我却有一條妙計，衹是難教你。」西門慶道：「乾娘，周全了我們則個！衹要長做夫妻。」王婆道：「這條計用着件東西，别人家裏都没，天生天化，大官人家裏却有。」西門慶道：「便是要我的眼睛，也剜來與你。却是什麽東西？」

王婆道：「如今這搗子病得重，趁他狼狽裏，便好下手。大官人家裏取些砒霜來，却教大娘子自去贖一帖心疼的藥來，把這砒霜下在裏面，把這矮子結果了，一把火燒得乾乾净净的，没了踪迹。便是武二回來，待敢怎地？自古道：嫂叔不通問，初嫁從親，再嫁由身。阿叔如何管得。暗地裏來往半年一載，便好了。等待夫孝滿日，大官人娶了家去。這個不是長遠夫妻，諧老同歡？此計如何？」西門慶道：「乾娘此計神妙。自古道：欲求生快活，須下死工夫。罷，罷，罷！一不做，二不休！」王婆道：「可知好哩。這是斬草除根，萌芽不發。若是斬草不除根，春來萌芽再發。官人便去取些砒霜來，我自教娘子下手。事了時，却要重重的謝我。」西門慶道：「這個自然，不消你說。」有詩爲證：

雲情雨意兩綢繆，戀色迷花不肯休。畢竟難逃天地眼，武松還砍二人頭。

且說西門慶去不多時，包了一包砒霜來，把與王婆收了。這婆子却看着那婦人道：「大娘子，我教你下藥的法度。如今武大不對你說道，教你看活他。你便把些小意兒貼戀他。他若問你討藥吃時，便把這砒霜調在心痛藥裏。待他一覺身動，你便把藥灌將下去，却便走了起身。他若毒藥轉時，必然腸胃迸斷，大叫一聲。你却把被衹一蓋，都不要人聽得。預先燒下一鍋湯，煮着一條抹布。他若毒藥發時，必然七竅內流血，口唇上有牙齒咬的痕迹。他若放了命，便揭起被來，却將煮的抹布一揩，都没了血迹，便入在棺材裏，扛出去燒了。有什麼鳥事！」那婦人道：「好却是好，衹是奴手軟了，臨時安排不得尸首。」王婆道：「這個容易。你衹敲壁子，我自過來攛掇你。」西門慶道：「你們用心整理。明日五更來討回報。」西門慶説罷，自去了。王婆把這砒霜用手捻爲細末，把與那婦人拿去藏了。

那婦人却踅將歸來，到樓上看武大時，一絲没兩氣，看看待死。那婦人坐在床邊假哭，武大道：「你做什麼來哭？」那婦人拭着眼泪説道：「我的一時間不是了，吃那厮局騙了。誰想却踢了你這脚。我問得一處好藥，我要去贖來醫你，又怕你疑忌了，不敢去取。」武大道：「你救得我活，無事了，一筆都勾，并不記懷，武二家來亦不提起。快去贖藥來救我則個。」

那婦人拿了些銅錢，徑來王婆家裏坐地，却叫王婆去贖了藥來。把到樓上，教武大看了，説道：「這帖心疼藥，太醫叫你半夜裏吃。吃了倒頭把一兩床被發些汗，明日便起得來。」武大道：「却是好也！生受大嫂，今夜醒睡些個，半夜裏調來我吃。」那婦人道：「你自放心睡，我自伏侍你。」

看看天色黑了，那婦人在房裏點上碗燈，下面先燒了一大鍋湯，拿了一片抹布，煮在湯裏。聽那更鼓時，却好正打三更。那婦人先把毒藥傾在盞子裏，却舀一碗白湯，把到樓上，叫聲：「大哥，藥在那裏？」武大道：「在我席子底下枕頭邊，你快調來與我吃。」那婦人揭起席子，將那藥抖在盞子裏，把那藥貼安了，將白湯沖在盞內，把頭上銀牌兒衹一攪，調得勻了，左手扶起武大，右手把藥便灌。武大呷了一口，説道：「大嫂，這藥好難吃！」那婦人道：「衹要他醫治得病，管什麼難吃。」武大再呷第二口時，被這婆娘就勢衹一灌，一盞藥都灌下喉嚨去了。那婦人便放倒武大，慌忙跳下床來。武大哎了一聲，説道：「大嫂，吃下這藥去，肚裏倒疼起來。苦呀，苦呀！倒當不得了！」這婦人便去脚後扯過兩床被來，劈臉衹顧蓋。武大叫道：「我也氣悶！」那婦人道：「太醫分付，教我與你發些汗，便好得快。」武大再要説時，這婦人怕他掙扎，便跳上床來，騎在武大身上，把手緊緊地按住被角，那裏肯放些鬆。正似：

油煎肺腑，火燎肝腸。心窩裏如雪刃相侵，滿腹中似鋼刀亂攪。痛剮剮烟生七竅，直挺挺鮮血模糊。渾身冰冷，口內涎流。牙關緊咬，三魂赴枉死城中；喉管枯乾，七魄投望鄉臺上。地獄新添食毒鬼，陽間没了捉奸人。

那武大當時哎了兩聲，喘息了一回，腸胃迸斷，嗚呼哀哉，身體動不得了。那婦人揭起被來，見了武大咬牙切齒，七竅流血，怕將起來，衹得跳下床來敲那壁子。王婆聽得，走過後門頭咳嗽。那婦人便下樓來，開了後門。王婆問道：「了也未？」那婦人道：「了便了了，衹是我手脚軟了，安排不得。」王婆道：「有什麼難處，我幫你便了。」

那婆子便把衣袖卷起，舀了一桶湯，把抹布撇在裏面，掇上樓來。卷過了被，先把武大嘴邊唇上都抹了。却把七竅淤血痕迹拭净，便把衣裳蓋在尸上。兩個從樓上一步一掇，扛將下來，就樓下將扇舊門停了。與他梳了頭，戴上巾幘，穿了衣裳，取雙鞋襪與他穿了，將片白絹蓋了臉，揀床乾净被蓋在死尸身上。却上樓來收拾得乾净了。

王婆自轉將歸去了。

那婆娘却號號地假哭起養家人來。看官聽說，原來但凡世上婦人哭有三樣哭：有泪有聲謂之泣；無泪有聲謂之號。當下那婦人乾號了半夜。次早五更，天色未曉，西門慶奔來討信。王婆說了備細。西門慶取銀子把與王婆，教買棺材津送。就呼那婦人商議。這婆娘過來和西門慶說道：『我的武大今日已死，我衹靠着你做主。』西門慶道：『這個何須得你說費心。』王婆道：『衹有一件事最要緊，地方上團頭何九叔，他是個精細的人，衹怕他看出破綻，不肯殮。』西門慶道：『這個不妨。我自分付他便了。他不肯違我的言語。』王婆道：『大官人便用去分付他，不可遲誤。』西門慶去了。

到天大明，王婆買了棺材，又買些香燭紙錢之類，歸來與那婦人做羹飯，點起一對隨身燈。鄰舍坊廂都來吊問。那婦人虛掩着粉臉假哭。衆街坊問道：『大郎因甚病患便死了？』那婆娘答道：『因患心疼病癥，一日日越重了，看看不能夠好，不幸昨夜三更死了。』又哽哽咽咽假哭起來。衆鄰舍明知道此人死得不明，不敢死問他，衹自人情勸道：『死自死了，活得自要過，娘子省煩惱。』那婦人衹得假意兒謝了，衆人各自散了。王婆取了棺材，去請團頭何九叔。但是入殮用的都買了，并家裏一應物件也都買了。就叫了兩個和尚晚些伴靈。多樣時，何九叔先撥幾個火家來整頓。

且說何九叔到巳牌時分，慢慢地走出來，到紫石街巷口，迎見西門慶叫道：『九叔何往？』何九叔答道：『小人衹去前面殮這賣炊餅的武大郎尸首。』西門慶道：『借一步說話則個。』何九叔跟着西門慶來到轉角頭一個小酒店裏，坐下在閣兒內。西門慶道：『何九叔請上坐。』何九叔道：『小人是何等之人，對官人一處坐地！』西門慶道：『九叔何故見外？且請坐。』二人坐定，叫取瓶好酒來。小二一面鋪下菜蔬果品按酒之類，即便篩酒。

何九叔心中疑忌，想道：『這人從來不曾和我吃酒，今日這杯酒必有蹺蹊。』兩個吃了一個時辰，衹見西門慶去袖子裏摸出一錠十兩銀子放在桌上，說道：『九叔休嫌輕微，明日別有酬謝。』何九叔叉手道：『小人無半點用功效力之處，如何敢受大官人見賜銀兩？若是大官人便有使令小人處，也不敢受。』西門慶道：『九叔休要見外，請收過了却說。』何九叔道：『大官人但說不妨，小人依聽。』西門慶道：『別無甚事，少刻他家也有些辛苦錢。衹是如今殮武大的尸首，凡百事周全，一床錦被遮蓋則個。別不多言。』何九叔道：『是這些小事，有甚利害，如何敢受銀兩。』西門慶道：『九叔不受時，便是推却。』那何九叔自來懼怕西門慶是個刁徒，把持官府的人，衹得受了。兩個又吃了幾杯，西門慶呼酒保來記了帳，明日來鋪裏支錢。兩個下樓，一同出了店門。西門慶道：『九叔記心，不可泄漏，改日別有報效。』分付罷，一直去了。

何九叔心中疑忌，肚裏尋思道：『這件事却又作怪！我自去殮武大郎尸首，他却怎地與我許多銀子？這件事必定有蹺蹊。』來到武大門前，衹見那幾個火家在門首伺候。何九叔問道：『這武大是甚病死了？』火家答道：『他家說害心疼病死了。』何九叔揭起簾子入來，王婆接着道：『久等阿叔多時了。』何九叔應道：『便是有些小事絆住了脚，來遲了一步。』衹見武大老婆穿着些素淡衣裳從裏面假哭出來。何九叔道：『娘子省煩惱，可傷大郎歸天去了。』那婦人虛掩着泪眼道：『說不可盡！不想拙夫心疼癥候，幾日子便休了，撇得奴好苦！』何九叔上上下下看了那婆娘的模樣，口裏自暗暗地道：『我從來衹聽的說武大娘子，不曾認得他，原來武大却討着這個老婆！西門慶這十兩銀子有些來歷。』何九叔看着武大尸首，揭起千秋幡，扯開白絹，用五輪八寶犯着兩點神水眼定睛看時，何九叔大叫一聲，望後便倒，口裏噴出血來。但見：指甲青，唇口紫，面皮黃，眼無光。正是：身如五鼓銜山月，命似三更油盡燈。

畢竟何九叔性命如何，且聽下回分解。

第二十六回　偷骨殖何九叔送喪　供人頭武二郎設祭

吾嘗言：不登泰山，不知天下之高，登泰山不登日觀，不知泰山之高也；不觀黄河，不知天下之深，觀黄河不觀龍門，不知黄河之深也；不見聖人，不知天下之至，見聖人不見仲尼，不知聖人之至也。乃今于此書也亦然。不讀《水滸》，不知天下之奇，讀《水滸》不讀設祭，不知《水滸》之奇也。嗚呼！耐庵之才，其又豈可以斗石計之乎哉！

前書寫魯達，已極丈夫之致矣，不意其又寫出林沖，又極丈夫之致也。寫魯達又寫出林沖，斯已大奇矣，不意其又寫出楊志，又極丈夫之致也。是三丈夫也者，各自有其胸襟，各自有其心地，各自有其形狀，各自有其裝束，譬諸閻吴二子，斗畫殿壁，星宫水府，萬神咸在，慈即真慈，怒即真怒，麗即真麗，醜即真醜。技至此，技已止。觀至此，觀已止。然而二子之胸中，固各别藏分外之絶筆，又有所謂雲質龍章，日姿月彩，杳非世工心之所構，目之所遇，手之所掄，筆之所觸也者。今耐庵《水滸》，正猶是矣。寫魯、林、楊三丈夫以來，技至此，技已止，觀至此，觀已止。乃忽然磬控，忽然縱送，便又騰筆涌墨，憑空撰出武都頭一個人來。我得而讀其文，想見其爲人，其胸襟則又非如魯、如林、如楊者之胸襟也；其心事則又非如魯、如林、如楊者之心事也；其形狀結束則又非如魯、如林、如楊者之形狀與如魯、如林、如楊者之結束也。我既得以想見其人，因更回讀其文，爲之徐讀之，疾讀之，翱翔讀之，歇續讀之，爲楚聲讀之，爲豺聲讀之。嗚呼！是其一篇一節一句一字，實杳非儒生心之所構，目之所遇，手之所掄，筆之所觸矣。是真所謂雲質龍章，日恣月彩，分外之絶筆矣。如是而尚欲量才子之才爲斗爲石，嗚呼，多見其爲不知量者也！

或問于聖嘆曰：『魯達何如人也？』曰：『闊人也。』『宋江何如人也？』曰：『狹人也。』『林沖何如人也？』曰：『毒人也。』『宋江何如人也？』曰：『甘人也。』『楊志何如人也？』曰：『正人也。』『宋江何如人也？』曰：『駁人也。』『柴進何如人也？』曰：『良人也。』『宋江何如人也？』曰：『歹人也。』『阮七何如人也？』曰：『快人也。』『宋江何如人也？』曰：『厭人也。』『李逵何如人也？』曰：『真人也。』『宋江何如人也？』曰：『假人也。』『吴用何如人也？』曰：『捷人也。』『宋江何如人也？』曰：『呆人也。』『花榮何如人也？』曰：『雅人也。』『宋江何如人也？』曰：『俗人也。』『盧俊義何如人也？』曰：『大人也。』『宋江何如人也？』曰：『小人也。』『石秀何如人也？』曰：『警人也。』『宋江何如人也？』曰：『鈍人也。』然則《水滸》之一百六人，殆莫不勝于宋江。然而此一百六人也者，固獨人人未若武松之絶倫超群。然則武松何如人也？曰：『武松，天人也。』武松天人者，固具有魯達之闊，林沖之毒，楊志之正，柴進之良，阮七之快，李逵之真，吴用之捷，花榮之雅，盧俊義之大，石秀之警者也，斷曰第一人，不亦宜乎？

殺虎後忽然殺一婦人，嗟乎，莫咆哮于虎，莫柔曼于婦人，之二物者，至不倫也。殺虎後忽欲殺一婦人，曾不舉手之勞焉耳。今寫武松殺虎至盈一卷，寫武松殺婦人亦至盈一卷，咄咄乎异哉！憶大雄氏有言：『獅子搏象用全力，搏兔亦用全力。』今豈武松殺虎用全力，殺婦人亦用全力耶？我讀其文，至于氣咽目瞪，面無人色，殆尤駭于讀打虎一回之時。嗚呼，作者固真以獅子喻武松，觀其于街橋名字，悉安獅子二字可知也！

徒手而思殺虎，則是無賴之至也，然必終仗哨棒而後成于殺虎，是猶夫人之能事也。故必于四閃而後奮威盡力，輪棒直劈，而震天一響，樹倒棒折，已成徒手，而虎且方怒。以徒手當怒虎，而終亦得以成殺之功，夫然後武松之神威以見，此前文所已詳，今亦毋庸又述。乃我獨怪其寫武松殺西門慶，亦用此法也。其心豈不曰：殺虎猶不用棒，殺一鼠子何足用刀？于是握刀而往，握刀而來，而正值鼠子之際，刀反踢落街心，以表武松之神威。然奈何竟進鼠子而與虎爲倫矣？曰：非然也。虎固虎也，鼠子固鼠子也。殺虎不用棒，殺鼠子不用刀者，所謂象亦全力，兔亦全力，觀『獅子橋下』四字，可知也。

西門慶如何入奸，王婆如何主謀，潘氏如何下毒，其曲折情事，羅列前幅，燦如星斗，讀者既知之矣。然讀者之知之也，亦爲讀之而後得知之也。乃方夫讀者讀之而得知之之時，正武二于東京交割箱籠，街上閑行之時，即又奈何以己之所得知，例人之所不知，而欲武松聞何九之言，即燎然知奸夫之爲西門，聞鄆哥之言，即燎然知半夜如何置毒耶？篇中處處寫武松是東京回來，茫無頭路，雖極英靈，了無入處，真有神化之能。

一路勸叙鄰舍，至後幅，忽然排出四家鋪面來：姚文卿開銀鋪，趙仲銘開紙馬鋪，胡正卿開冷酒鋪，張公開餶飿鋪，合之便成財色酒氣四字，真是奇絶，詳見細評中。

每聞人言：莫駭疾于霹靂，而又莫奇幻于霹靂。思之驟不敢信。如所云：有人挂兩握亂絲，雷電過，輒已絲絲相接，交羅如網者。一道士藏繭紙千張，擬書全笈，一夜遠爲雷火所焚，天明視之，紙故無恙，而層層遍畫龍蛇之形，其細如髮者。以今觀于武二設祭一篇，夫而後知真有是事也。

話説當時何九叔跌倒在地下，衆火家扶住。王婆便道：「這是中了惡，快將水來。」噴了兩口，何九叔漸漸地動轉，有些蘇醒。王婆道：「且扶九叔回家去却理會。」兩個火家使扇板門，一徑抬何九叔到家裏。大小接着，就在床上睡了。老婆哭道：「笑欣欣出去，却怎地這般歸來！閑時曾不知中惡。」坐在床邊啼哭。何九叔覷得火家都不在面前，踢那老婆道：「你不要煩惱，我自没事。却才去武大家入殮，到得他巷口，迎見縣前開藥鋪的西門慶，請我去吃了一席酒，把十兩銀子與我，説道：『所殮的尸首，凡事遮蓋則個。』我到武大家，見他的老婆是個不良的人模樣，我心裏有八九分疑忌。到那裏揭起千秋幡看時，見武大面皮紫黑，七竅内津津出血，唇口上微露齒痕，定是中毒身死。我本待聲張起來，却怕他没人做主，惡了西門慶，却不是去撩蜂剔蝎？待要胡蘆提入了棺殮了，武大有個兄弟，便是前日景陽岡上打虎的武都頭，他是個殺人不眨眼的男子，倘或早晚歸來，此事必然要發。」

老婆便道：「我也聽得前日有人説道：『後巷住的喬老兒子鄆哥，去紫石街幫武大捉奸，鬧了茶坊。』正是這件事了。你却慢慢的訪問他。如今這事有甚難處。衹使火家自去殮了，就問他幾時出喪。若是停喪在家，待武松歸來出殯，這個便没什麽皂絲麻綫。若他便出去埋葬了，也不妨。若是他便要出去燒他的，必有蹺蹊。你到臨時，衹做去送喪，張人眼錯，拿了兩塊骨頭，和這十兩銀子收着，便是個老大證見。他若回來，不問時便罷，却不留了西門慶面皮，做一碗飯却不好？」

何九叔道：「家有賢妻，見得極明！」隨即叫火家分付：「我中了惡，去不得。你們便自去殮了，就問他幾時出喪，快來回報。得的錢帛，你們分了，都要停當。與我錢帛，不可要。」火家聽了，自來武大家入殮。停喪安靈已罷，回報何九叔道：「他家大娘子説道：『衹三日便出殯，去城外燒化。』」火家各自分錢散了。何九叔對老婆道：「你説這話正是了。我至期衹去偷骨殖便了。」

且説王婆一力攛掇那婆娘，當夜伴靈。第二日，請四僧念些經文。第三日早，衆火家自來扛抬棺材，也有幾家鄰舍街坊相送。那婦人帶上孝，一路上假哭養家人。來到城外化人場上，便叫舉火燒化。衹見何九叔手裏提着一陌紙錢來到場裏。王婆和那婦人接見道：「九叔，且喜得貴體没事了。」何九叔道：「小人前日買了大郎一扇籠子母炊餅，不曾還得錢，特地把這陌紙來燒與大郎。」王婆道：「九叔如此志誠！」何九叔把紙錢燒了，就攛掇燒化棺材。王婆和那婦人謝道：「難得何九叔攛掇，回家一發相謝。」何九叔道：「小人到處衹是出熱。娘子和乾娘自穩便，齋堂裏去相待衆鄰舍街坊，小人自替你照顧。」使轉了這婦人和那婆子，把火挾去揀兩塊骨頭，損去側邊，拿去撒骨池内衹一浸，看那骨頭酥黑。何九叔收藏了，也來齋堂裏和哄了一回。棺木過了，殺火，收拾骨殖，撒在池子裏。衆鄰舍回家，各自分散。那何九叔將骨頭歸到家中，把幅紙都寫了年月日期，送喪的人名字，和這銀子一處包了，做個布袋兒盛着，放在房裏。

再説那婦人歸到家中，去槅子前面設個靈牌，上寫「亡夫武大郎之位」。靈床子前點一盞琉璃燈，裏面貼些經幡、錢垛、金銀錠、采繒之屬。每日却自和西門慶在樓上任意取樂。却不比先前在王婆房裏，衹是偷鷄盗狗之歡，如今家中又没人礙眼，任意停眠整宿。自此西門慶整三五夜不歸去，家中大小亦各不喜歡。原來這女色坑陷得人，有成時必須有敗。有首《鷓鴣天》，單道這女色。正是：

色膽如天不自由，情深意密兩綢繆。祇思當日同歡慶，豈想蕭墻有禍憂！貪快樂，恣優游，英雄壯士報冤仇。請看褒姒幽王事，血染龍泉是盡頭。

且説西門慶和那婆娘，終朝取樂，任意歌飲。交得熟了，却不顧外人知道。這條街上遠近人家，無有一人不知此事，却都懼怕西門慶那廝是個刁徒潑皮，誰肯來多管。

常言道：樂極生悲，否極泰來。光陰迅速，前後又早四十餘日。却説武松自從領了知縣言語，監送車仗到東京親戚處，投下了來書，交割了箱籠，街上閑行了幾日，討了回書，領一行人取路回陽谷縣來。前後往回，恰好將及兩個月。去時新春天氣，回來三月初頭。于路上衹覺得神思不安，身心恍惚，趕回要見哥哥。且先去縣裏交納了回書。知縣見了大喜，看罷回書，已知金銀寶物交得明白，賞了武松一錠大銀，酒食管待，不必用説。

武松回到下處，房裏換了衣服鞋襪，戴上個新頭巾，鎖上了房門，一徑投紫石街來。兩邊衆鄰舍看見武松回了，都吃一驚，大家捏兩把汗，暗暗地説道：『這番蕭墻禍起了！這個太歲歸來，怎肯干休？必然弄出事來！』

且説武松到門前揭起簾子，探身入來，見了靈床子寫着『亡夫武大郎之位』七個字，呆了，睁開雙眼道：『莫不是我眼花了？』叫聲：『嫂嫂，武二歸來！』

那西門慶正和那婆娘在樓上取樂，聽得武松叫一聲，驚得屁滚尿流，一直奔後門，從王婆家走了。那婦人應道：『叔叔少坐，奴便來也。』原來這婆娘自從藥死了武大，那裏肯帶孝，每日衹是濃妝艷抹，和西門慶做一處取樂。聽得武松叫聲『武二歸來』，慌忙去面盆裏洗落了胭粉，拔去了首飾釵環，蓬鬆挽了個髯兒，脱去了紅裙綉襖，旋穿上孝裙孝衫，便從樓上哽哽咽咽假哭下來。

武松道：『嫂嫂，且住！休哭！我哥哥幾時死了？得什麽癥候？吃誰的藥？』那婦人一頭哭，一面説道：『你哥哥自從你轉背一二十日，猛可的害急心疼起來。病了八九日，求神問卜，什麽藥不吃過！醫治不得，死了。撇得我好苦！』隔壁王婆聽得，生怕決撒，衹得走過來幫他支吾。武松又道：『我的哥哥從來不曾有這般病，如何心疼便死了？』王婆道：『都頭，却怎地這般説！天有不測風雲，人有暫時禍福。誰保得長没事？』那婦人道：『虧殺了這個乾娘！我又是個没脚蟹，不是這個乾娘，鄰舍家誰肯來幫我！』武松道：『如今埋在那裏？』婦人道：『我又獨自一個，那裏去尋墳地？没奈何，留了三日，把出去燒化了。』武松道：『哥哥死得幾日了？』婦人道：『再兩日，便是斷七。』

武松沉吟了半晌，便出門去，徑投縣裏來。開了鎖，去房裏換了一身素净衣服，便叫土兵打了一條麻縧系在腰裏，身邊藏了一把尖長柄短、背厚刃薄的解腕刀，取了些銀兩帶在身邊。叫了個土兵，鎖上了房門，去縣前買了些米面椒料等物，香燭冥紙，就晚到家敲門。

那婦人開了門。武松叫土兵去安排羹飯。武松就靈床子前點起燈燭，鋪設酒肴。到兩個更次，安排得端正，武松撲翻身便拜道：『哥哥陰魂不遠！你在世時軟弱，今日死後不見分明。你若是負屈銜冤，被人害了，托夢與我，兄弟替你做主報仇！』把酒澆奠了，燒化冥用紙錢，武松放聲大哭。哭得那兩邊鄰舍無不凄惶。那婦人也在裏面假哭。武松哭罷，將羹飯酒肴和土兵吃了。討兩條席子，叫土兵中門傍邊睡，武松把條席子就靈床子前睡。那婦人自上樓去，下了樓門自睡。

約莫將近三更時候，武松翻來覆去睡不着。看那土兵時，齁齁的却似死人一般挺着。武松爬將起來，看了那靈床子前琉璃燈半明半滅。側耳聽那更鼓時，正打三更三點。武松嘆了一口氣，坐在席子上自言自語，口裏説道：『我哥哥生時懦弱，死了却有甚分明！』說猶未了，衹見靈床子下卷起一陣冷氣來。那陣冷氣逼得武松毛髮皆竪。定睛看時，衹見個人從靈床底下鑽將出來，叫聲：『兄弟，我死得好苦！』武松看不仔細，却待向前來再問時，衹見冷氣散了，不見了人。武松一跤顛翻在席子上坐地，尋思是夢非夢。回頭看那土兵時，正睡着。武松想道：『哥哥這一死必然不明！却才正要報我知道，又被我的神氣衝散了他的魂魄！』放在心裏不題。等天明却又理會。

天色漸明了，土兵起來燒湯，武松洗漱了。那婦人也下樓來，看着武松道：『叔叔，夜來煩惱！』武松道：『嫂嫂，我哥哥端的什麽病死了？』那婦人道：『叔叔却怎地忘了？夜來已對叔叔說了，害心疼病死了。』武松道：『却贖誰的藥吃？』那婦人道：『現有藥貼在這裏。』武松道：『却是誰買棺材？』那婦人道：『央及隔壁王乾娘去買。』武松道：『誰來扛抬出去？』那婦人道：『是本處團頭何九叔。盡是他維持出去。』武松道：『原來恁地。且去縣裏畫卯却來。』便起身帶了土兵，走到紫石街巷口，問土兵道：『你認得團頭何九叔麽？』土兵道：『都頭恁地忘了？前項他也曾來與都頭作慶。他家衹在獅子街巷內住。』武松道：『你引我去。』土兵引武松到何九叔門前。武松道：『你自先去。』土兵去了。武松却揭起簾子，叫聲：『何九叔在家麽？』這何九叔却才起來，聽得是武松來尋，嚇得手忙脚亂，頭巾也戴不迭，急急取了銀子和骨殖藏在身邊，便出來迎接道：『都頭幾時回來？』武松道：『昨日方回到這裏。有句話閑說則個，請挪尊步同往。』何九叔道：『小人便去。都頭，且請拜茶。』武松道：『不必，免賜！』

兩個一同出到巷口酒店裏坐下，叫量酒人打兩角酒來。何九叔起身道：『小人不曾與都頭接風，何故反擾？』武松道：『且坐。』何九叔心裏已猜八九分。量酒人一面篩酒，武松便不開口，且衹顧吃酒。何九叔見他不做聲，倒捏兩把汗，却把些話來撩他。武松也不開言，并不把話來提起。酒已數杯，衹見武松揭起衣裳，颼地掣出把尖刀來插在桌子上。量酒的都驚得呆了，那裏肯近前看。何九叔面色青黄，不敢抖氣。武松捋起雙袖，握着尖刀，對何九叔道：『小子粗疏，還曉得冤各有頭，債各有主。你休驚怕，衹要實說，對我一一說知武大死的緣故，便不干涉你。我若傷了你，不是好漢。倘若有半句兒差錯，我這口刀，立定教你身上添三四百個透明的窟窿！閑言不道，你衹直說，我哥哥死的尸首是怎地模樣？』武松道罷，一雙手按住肐膝，兩隻眼睁得圓彪彪地看着。

何九叔去袖子裏取出一個袋兒放在桌子上，道：『都頭息怒。這個袋兒便是一個大證見。』武松用手打開，看那袋兒裏時，兩塊酥黑骨頭，一錠十兩銀子。便問道：『怎地見得是老大證見？』何九叔道：『小人并然不知前後因地。忽于正月二十二日在家，衹見開茶坊的王婆來呼喚小人殮武大郎尸首。至日，行到紫石街巷口，迎見縣前開生藥鋪的西門慶大郎，攔住邀小人同去酒店裏，吃了一瓶酒。西門慶取出這十兩銀子付與小人，分付道：「所殮的尸首，凡百事遮蓋。」小人從來得知道那人是個刁徒，不容小人不接。吃了酒食，收了這銀子。小人去到大郎家裏，揭起千秋旛，衹見七竅內有瘀血，唇口上有齒痕，系是生前中毒的尸首。小人本待聲張起來，衹是又没苦主。他的娘子已自道是害心疼病死了。因此小人不敢聲言，自咬破舌尖，衹做中了惡，扶歸家來了。衹是火家自去殮了尸首，不曾接受一文。第三日，聽得扛出去燒化，小人買了一陌紙去山頭假做人情，使轉了王婆并令嫂，暗拾了這兩塊骨頭，包在家裏。這骨殖酥黑，系是毒藥身死的證見。這張紙上，寫着年月日時，并送喪人的姓名。便是小人口詞了。都頭詳察！』

武松道：『奸夫還是何人？』何九叔道：『却不知是誰。小人閑聽得說來，有個賣梨兒的鄆哥，那小厮曾和大郎去茶坊裏捉奸。這條街上，誰人不知。都頭要知備細，可問鄆哥。』武松道：『是。既然有這個人時，一同去走一遭。』武松收了刀，入鞘藏了，算還酒錢，便同何九叔望鄆哥家裏來。

却好走到他門前，衹見那小猴子挽着個柳籠栲栳在手裏，糴米歸來。何九叔叫道：『鄆哥，你認得這位都頭麽？』鄆哥道：『解大蟲來時，我便認得了。你兩個尋我做什麽？』鄆哥那小厮也瞧了八分，便說道：『衹是一件，我的老爹六十歲，没人養贍。我却難相伴你們吃官司要。』武松道：『好兄弟！』便去身邊取五兩來銀子，道：『鄆哥，你把去與老爹做盤纏，跟我來説話。』鄆哥自心裏想道：『這五兩銀子，如何不盤纏得三五個月？便陪侍他吃官司也不妨。』將銀子和米把與老兒，便跟了二人出巷口一個飯店樓上來。武松叫過賣造三分飯來，對鄆哥道：『兄弟，你雖年紀幼小，倒有養家孝順之心。却才與你這些銀子，且做盤纏。我有用着你處，事務了畢時，我再與你十四五兩銀子做本錢。你可備細説與我，你怎地和我哥哥去茶坊裏捉奸？』

鄆哥道：『我説與你，你却不要氣苦。我從今年正月十三日，提得一籃兒雪梨，我去尋西門慶大郎挂一勾子。一地裏没尋他處。問人時，説道：「他在紫石街王婆茶坊裏，和賣炊餅的武大老婆做一處。」如今刮上了他，每日衹在那裏。」我聽得了這話，一徑奔去尋他，叵耐王婆老猪狗攔住不放我入房裏去。吃我把話來侵他底子，那猪狗便打我一頓栗暴，直叉我出來，將我梨兒都傾在街上。我氣苦了，去尋你大郎，説與他備細，他便要去捉奸。我道：「你不濟事，西門慶那斯手脚了得。你若捉他不着，反吃他告了，倒不好。我明日和你約在巷口取齊，你便少做些炊餅出來，我若張見西門慶入茶坊裏去時，我先入去，你便寄了擔兒等着。衹看我丢出籃兒來，你便搶入來捉奸。」我這日又提了一籃梨兒，徑去茶坊裏。被我罵那老猪狗，那婆子便來打我。吃我先把籃兒撇出街上，一頭頂住那老狗在壁上。武大郎却搶入去時，婆子要去攔截，却被我頂住了，衹叫得：「武大來也。」原來倒吃他兩個頂住了門。大郎衹在房門外聲張。却不提防西門慶那斯，開了房門奔出來，把大郎一脚踢倒了。我見那婦人隨後便出來，扶大郎不動。我慌忙也自走了。過得五七日，説大郎死了。我却不知怎地死了。』武松聽道：『你這話是實了？你却不要説謊！』鄆哥道：『便到官府，我也衹是這般説。』武松道：『説得是，兄弟！』便討飯來吃了。還了飯錢，三個人下樓來。何九叔道：『小人告退。』武松道：『且隨我來，正要你們與我證一證。』把兩個一直帶到縣廳上。知縣見了，問道：『都頭告什麽？』武松告説：『小人親兄武大，被西門慶與嫂通奸，下毒藥謀殺性命。這兩個便是證見。要相公做主則個！』知縣先問了何九叔并鄆哥口詞，當日與縣吏商議。原來縣吏都是與西門慶有首尾的，官人自不必得説。因此，官吏通同計較道：『這件事難以理問。』知縣道：『武松，你也是個本縣都頭，不省得法度？自古道：捉奸見雙，捉賊見贜，殺人見傷。你那哥哥的尸首又没了，你又不曾捉得他奸，如今衹憑這兩個言語，便問他殺人公事，莫非忒偏向麽？你不可造次，須要自己尋思，當行即行。』武松懷裏去取出兩塊酥黑骨頭，一張紙，告道：『復告相公，這個須不是小人捏合出來的。』知縣看了道：『你且起來，待我從長商議。可行時便與你拿問。』何九叔、鄆哥都被武松留在房裏。當日西門慶得知，却使心腹人來縣裏許官吏銀兩。

次日早晨，武松在廳上告禀，催逼知縣拿人。誰想這官人貪圖賄賂，回出骨殖并銀子來，説道：『武松，你休聽外人挑撥你和西門慶做對頭。這件事不明白，難以對理。聖人云：經目之事，猶恐未真；背後之言，豈能全信？不可一時造次。』獄吏便道：『都頭，但凡人命之事，須要尸、傷、病、物、踪五件事全，方可推問得。』武松道：『既然相公不准所告，且却又理會。』收了銀子和骨殖，再付與何九叔收了。下廳來到自己房内，叫土兵安排飯食與何九叔同鄆哥吃，留在房裏，『相等一等，我去便來也。』

又自帶了三兩個土兵，離了縣衙，將了硯瓦筆墨，就買了三五張紙藏在身邊。就叫兩個土兵買了個猪首，一隻鵝，一隻鷄，一擔酒，和些果品之類，安排在家裏。約莫也是巳牌時候，帶了個土兵來到家中。那婦人已知告狀不准，放下心不怕他，大着膽看他怎的。武松叫道：『嫂嫂下來，有句話説。』那婆娘慢慢地行下樓來，問道：『有什麽話説？』武松道：『明日是亡兄斷七。你前日惱了衆鄰舍街坊，我今日特地來把杯酒，替嫂嫂相謝衆鄰。』那婦人大剌剌地説道：『謝他們怎地？』武松道：『禮不可缺。』唤土兵先去靈床子前，明晃晃地點起兩枝蠟燭，焚起一爐香，列下一陌紙錢，把祭物去靈前擺了，堆盤滿宴，鋪下酒食果品之類。叫一個土兵後面蕩酒，兩個土兵門前安排桌凳，又有兩個前後把門。武松自分付定了，便叫：『嫂嫂來待客。我去請來。』

先請隔壁王婆。那婆子道：『不消生受，教都頭作謝。』武松道：『多多相擾了乾娘，自有個道理。先備一杯菜酒，休得推故。』那婆子取了招兒，收拾了門户，從後頭走過來。武松道：『嫂嫂坐主位，乾娘對席。』婆子已知道西門慶回話了，放心着吃酒。兩個都心裏道：『看他怎地！』武松又請這邊下鄰開銀鋪的姚二郎姚文卿。二郎道：『小人忙些，不勞都頭生受。』武松拖住便道：『一杯淡酒，又不長久，便請到家。』那姚二郎祇得隨順到來，便教去王婆肩下坐了。又去對門請兩家，一家是開紙馬鋪的趙四郎趙仲銘。四郎道：『小人買賣撇不得，不及陪奉。』武松道：『如何使得？衆高鄰都在那裏了。』不由他不來，被武松扯到家裏道：『老人家爺父一般。』便請在嫂嫂肩下坐了。又請對門那賣冷酒店的胡正卿。那人原是吏員出身，便瞧道有些尷尬，那裏肯來。被武松不管他，拖了過來，却請去趙四郎肩下坐了。武松道：『王婆，你隔壁是誰？』王婆道：『他家是賣餶飿兒的張公。』却好正在屋裏，見武松入來，吃了一驚，道：『都頭没甚話説？』武松道：『家間多擾了街坊，相請吃杯淡酒。』那老兒道：『哎呀！老子不曾有些禮數到都頭家，却如何請老子吃酒？』武松道：『不成微敬，便請到家。』老兒吃武松拖了過來，請去姚二郎肩下坐地。

説話的，爲何先坐的不走了？原來都有土兵前後把着門，都似監禁的一般。

且説武松請到四家鄰舍，并王婆和嫂嫂，共是六人。武松掇條凳子，却坐在横頭。便叫土兵把前後門關了。那後面土兵自來篩酒。武松唱個大喏，説道：『衆高鄰休怪小人粗滷，胡亂請些個。』衆鄰舍道：『小人們都不曾與都頭洗泥接風，如今倒來反擾！』武松笑道：『不成意思，衆高鄰休得笑話則個。』土兵祇顧篩酒。衆人懷着鬼胎，正不知怎地。看看酒至三杯，那胡正卿便要起身，説道：『小人忙些個。』武松叫道：『去不得。既來到此，便忙也坐一坐。』那胡正卿心頭十五個吊桶打水，七上八下，暗暗地尋思道：『既是好意請我們吃酒，如何却這般相待，不許人動身？』祇得坐下。武松道：『再把酒來篩。』土兵斟到第四杯酒，前後共吃了七杯酒過。衆人却似吃了吕

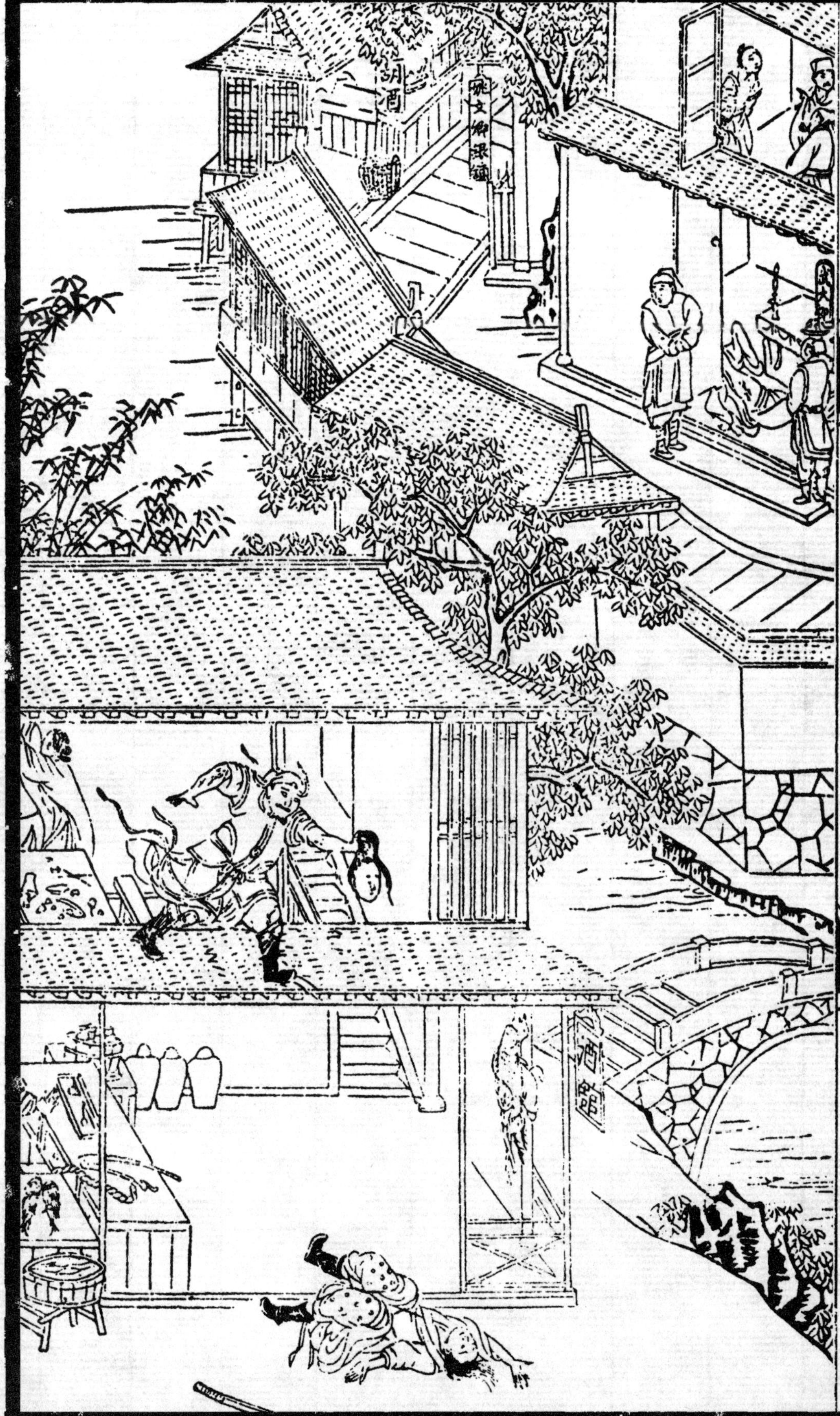

太后一千個筵宴。

衹見武松喝叫土兵：『且收拾過了杯盤，少間再吃。』武松抹了桌子。衆鄰舍却待起身，武松把兩隻手衹一攔，道：『正要説話。一干高鄰在這裏，中間高鄰那位會寫字？』姚二郎便道：『此位胡正卿極寫得好。』武松便唱個喏道：『相煩則個！』便卷起雙袖，去衣裳底下颼地衹一掣，掣出那口尖刀來。右手四指籠着刀靶，大母指按住掩心，兩隻圓彪彪怪眼睜起，道：『諸位高鄰在此，小人冤各有頭，債各有主，衹要衆位做個證見！』

衹見武松左手拿住嫂嫂，右手指定王婆，四家鄰舍驚得目睜口呆，罔知所措，都面面相覷，不敢做聲。武松道：『高鄰休怪，不必吃驚！武松雖是粗滷漢子，便死也不怕，還省得有冤報冤，有仇報仇，并不傷犯衆位，衹煩高鄰做個證見。若有一位先走的，武松翻過臉來休怪，教他先吃我五七刀了去！武松便償他命也不妨。』衆鄰俱目瞪口呆！再不敢動。

武松看着王婆喝道：『兀那老猪狗聽着！我的哥哥這個性命都在你的身上，慢慢地却問你！』回過臉來看着婦人罵道：『你那淫婦聽着！你把我的哥哥性命怎地謀害了？從實招了，我便饒你！』那婦人道：『叔叔，你好没道理！你哥哥自害心疼病死了，干我甚事！』説猶未了，武松把刀肐查了插在桌子上，用左手揪住那婦人頭髻，右手劈胸提住，把桌子一脚踢倒了，隔桌子把這婦人輕輕地提將過來，一跤放翻在靈床面前，兩脚踏住。右手拔起刀來，指定王婆道：『老猪狗！你從實説！』那婆子衹要脱身脱不得，衹得道：『不消都頭發怒，老身自説便了。』

武松叫土兵取過紙墨筆硯，排在桌子上，把刀指着胡正卿道：『相煩你與我聽一句寫一句。』胡正卿肐膊抖着道：『小人便寫。』討了些硯水，磨起墨來。胡正卿拿起筆，拂開紙道：『王婆，你實説！』那婆子道：『又不干我事，與我無干！』武松道：『老猪狗，我都知了，你賴那個去！你不説時，我先剮了這個淫婦，後殺你這老狗！』提起刀來，望那婦人臉上便摑兩摑。那婦人慌忙叫道：『叔叔，且饒我！你放我起來，我説便了！』武松一提，提起那婆娘，跪在靈床子前。武松喝一聲：『淫婦快説！』

那婦人驚得魂魄都没了，衹得從實招説，將那時放簾子因打着西門慶起，并做衣裳入馬通奸，一一地説。次後來怎生踢了武大，因何設計下藥，王婆怎地教唆撥置，從頭至尾説了一遍。武松再叫他説，却叫胡正卿寫了。王婆道：『咬蟲！你先招了，我如何賴得過，衹苦了老身！』王婆也衹得招認了。把這婆子口詞，也叫胡正卿寫了。從頭至尾都説在上面。叫他兩個都點指畫了字，就叫四家鄰舍書了名，也畫了字。叫土兵解搭膊來，背剪綁了這老狗，卷了口詞，藏在懷裏。叫土兵取碗酒來，供養在靈床子前，拖過這婦人來跪在靈前，喝那婆子也跪在靈前。武松道：『哥哥靈魂不遠，兄弟武二與你報仇雪恨！』叫土兵把紙錢點着。那婦人見頭勢不好，却待要叫，被武松腦揪倒來，兩隻脚踏住他兩隻胳膊，扯開胸脯衣裳。説時遲，那時快，把尖刀去胸前衹一剜，口裏銜着刀，雙手去挖開胸脯，取出心肝五臟，供養在靈前。肐查一刀，便割下那婦人頭來，血流滿地。四家鄰舍，吃了一驚，都掩了臉。見他凶了，又不敢動，衹得隨順他。武松叫土兵去樓上取下一床被來，把婦人頭包了，揩了刀，插在鞘裏。洗了手，唱個喏，説道：『有勞高鄰，甚是休怪。且請衆位樓上少坐，待武二便來。』四家鄰舍都面面相看，不敢不依他，衹得都上樓去坐了。武松分付土兵，也教押那婆子上樓去。關了樓門，着兩個土兵在樓下看守。

武松包了婦人那顆頭，一直奔西門慶生藥鋪前來，看着主管唱個喏：『大官人宅上在麽？』主管道：『却才出去。』武松道：『借一步，閑説一句話。』那主管也有些認得武松，不敢不出來。武松一引引到側首僻净巷内，武松翻過臉來道：『你要死却是要活？』主管慌道：『都頭在上，小人又不曾傷犯了都頭。』武松道：『你要死，休説西門慶去向；你若要活，實對我説，西門慶在那裏？』主管道：『却才和一個相識，去獅子橋下大酒樓上吃酒。』武松聽了，轉身便走。那主管驚得半晌移脚不動，自去了。

且説武松徑奔到獅子橋下酒樓前，便問酒保道：『西門慶大郎和甚人吃酒？』酒保道：『和一個一般的財主，在樓上邊街閣兒裏吃酒。』武松一直撞到樓上，去閣子前張時，窗眼裏見西門慶坐着主位，對面一個坐着客席，兩個唱的粉頭坐在兩邊。武松把那被包打開一抖，那顆人頭血渌渌的滚出來。武松左手提了人頭，右手拔出尖刀，挑開簾子，鑽將入來，把那婦人頭望西門慶臉上摜將來。西門慶認得是武松，吃了一驚，叫聲：『哎呀！』便跳起在凳子上去。一隻脚跨上窗檻，要尋走路。見下面是街，跳不下去，心裏正慌。説時遲，那時快。武松却用手略按一按，托地已跳在桌子上，把些盞兒碟兒都踢下來。兩個唱的行院，驚得走不動。那個財主官人慌了脚手，也驚倒了。西門慶見來得凶，便把手虛指一指，早飛起右脚來。武松衹顧奔入去，見他脚起，略閃一閃，恰好那一脚正踢中武松右手，那口刀踢將起來，直落下街心裏去了。西門慶見踢去了刀，心裏便不怕他，右手虛照一照，左手一拳，照着武松心窩裏打來。却被武松略躲個過，就勢裏從脅下鑽入來，左手帶住頭，連肩胛衹一提，右手早捽住西門慶左脚，叫聲：『下去！』那西門慶一者冤魂纏定，二乃天理難容，三來怎當武松勇力。衹見頭在下，脚在上，倒撞落在當街心裏去了，跌得個發昏章第十一。街上兩邊人都吃了一驚。

武松伸手去凳子邊提了淫婦的頭，也鑽出窗子外，涌身望下衹一跳，跳在當街上。先搶了那口刀在手裏，看這西門慶已自跌得半死，直挺挺在地下，衹把眼來動。武松按住，衹一刀，割下西門慶的頭來。把兩顆頭相結做一處，提在手裏，把着那口刀，一直奔回紫石街來。叫土兵開了門，將兩顆人頭供養在靈前，把那碗冷酒澆奠了，説道：『哥哥魂靈不遠，早生天界！兄弟與你報仇，殺了奸夫和淫婦。今日就行燒化。』便叫土兵，樓上請高鄰下來，把那婆子押在前面。武松拿着刀，提了兩顆人頭，再對四家鄰舍道：『我還有一句話，對你們四位高鄰説則個。』那四家鄰舍叉手拱立，盡道：『都頭但説，我衆人一聽尊命。』武松説出這幾句話來，有分教：名標千古，聲播萬年。直教英雄相聚滿山寨，好漢同心赴水窪。正是：古今壯士談英勇，猛烈强人仗義忠。

畢竟武松對四家鄰舍説出甚言語來，且聽下回分解。